Aus Freude am Lesen

btb

Buch
Duca Lamberti ist zu spät gekommen. Gerade ist die junge Lehrerin an den Folgen eines brutalen Übergriffs ihrer Schüler gestorben. Schockiert und wütend nimmt Lamberti die Ermittlungen auf. Wer hat die Frau angegriffen und aus welchem Grund? Fast alle Schüler kommen aus schwierigsten sozialen Verhältnissen, haben Drogenerfahrung und sind vorbestraft. Als Lamberti sie einzeln verhört und massiv unter Druck setzt, machen sie Angaben zur Tat, schweigen jedoch über die Täter. Alle streiten ab, an dem Mord beteiligt gewesen sein. Nur Fiorello, ein Außenseiter in der Klasse, ist vielleicht zu einer Aussage bereit, will die Sache aber überschlafen. Die Mauer des Schweigens scheint unüberwindbar. Angesichts dieser wirkungsvollen Verteidigungsstrategie kommt Lamberti der Verdacht, ein Erwachsener könnte die Jungen angestiftet und das Verbrechen organisiert haben. Am nächsten Morgen ist Fiorello tot. Ein Wettlauf gegen die Uhr beginnt.

Autor
Giorgio Scerbanenco, 1911–1969, wuchs als Sohn eines ukrainischen Offiziers und einer Italienerin in Kiew und Rom auf. Er versuchte sich in vielen Berufen und arbeitete schließlich als Klatschreporter und Romanautor. In seinen letzten Lebensjahren schrieb er die Kriminalromane um den Arzt Duca Lamberti, der als Ermittler bei der Polizei arbeitet und dessen Fälle bei den kleinen Leuten der nicht so feinen Mailänder Viertel spielen.

Giorgio Scerbanenco bei btb
Die Verratenen. Ein Duca-Lamberti-Roman (72818)
Das Mädchen aus Mailand.
Ein Duca-Lamberti-Roman (72819)
Ein pflichtbewußter Mörder.
Ein Duca-Lamberti-Roman (73146)

Giorgio Scerbanenco

Der lombardische Kurier
Ein Duca-Lamberti-Roman

*Aus dem Italienischen
von Christiane Rhein*

btb

Die Originalausgabe erschien 1968 unter dem Titel
»I ragazzi del massacro« bei Garzanti Editore, Mailand.

Umwelthinweis:
Alle bedruckten Materialien dieses Taschenbuches
sind chlorfrei und umweltschonend.

Der btb-Verlag ist ein Unternehmen der Verlagsgruppe
Random House.

1. Auflage
Genehmigte Taschenbuchausgabe August 2004
Copyright © 2002 by Kremayr & Scheriau, in der Verlagsgruppe
Random House GmbH, München
Copyright © der Originalausgabe by Garzanti Editore
1968, 1994, 1999
Umschlaggestaltung: Design Team München
Umschlagfoto: Zefa/Gail Mooney
Satz: Uhl + Massopust, Aalen
SR · Herstellung: Augustin Wiesbeck
Made in Germany
ISBN 3-442-73228-X
www.btb-verlag.de

ERSTER TEIL

Signorina Matilde Crescenzaghi, Tochter des verstorbenen Michele Crescenzaghi und seiner Frau Ada Pirelli, unterrichtete an der Abendschule Andrea e Maria Fustagni. Fast alle ihrer dreizehn- bis zwanzigjährigen Schüler hatten bereits einen Teil ihres kurzen Lebens in der Besserungsanstalt verbracht. Mal war der Vater Alkoholiker, mal die Mutter im horizontalen Gewerbe. Einige der Jungen litten an Tuberkulose, andere an vererbter Syphilis. Vermutlich wäre es besser gewesen, einen Exfeldwebel der Fremdenlegion ans Lehrerpult dieser Klasse zu stellen, als sie einer zarten jungen Dame aus dem norditalienischen Kleinbürgertum zuzumuten.

I

»Sie ist vor fünf Minuten verstorben«, sagte die Krankenschwester.

Duca Lamberti schaute über ihre Schulter hinweg auf Mascarantis bulliges, leidenschaftliches Gesicht und antwortete nicht.

»Wollen Sie sie trotzdem sehen?«, fragte die Schwester. Sie wusste, dass die beiden Polizeibeamten eigentlich gekommen waren, um die Lehrerin zu verhören, aber eine Verstorbene zu verhören ist nicht einfach.

»Ja«, antwortete Duca.

Die Decke hatte man ihr bereits weggezogen, und so lag sie dort in einem rührend altmodischen, gelben Babydoll, das starre, schmerzverzerrte Gesicht von einem großen blauen Fleck unter dem rechten Auge entstellt. Auch die ebenmäßig gewölbte Stirn war hässlich verunstaltet: Mit bestialischer Grausamkeit war ihr ein großes Haarbüschel ausgerissen worden, sodass eine unnatürlich kahle Stelle zurückgeblieben war, die traurig und komisch zugleich wirkte. Ihr Leib war unförmig wie ein Fass durch das riesige Gipskorsett, das in aller Eile angefertigt worden war, um die Schmerzen im Brustkorb zu lindern. Wie viele Rippen gebrochen waren, stand nicht fest, vielleicht sogar alle, der Chirurg hatte jedenfalls keine Zeit gehabt, sie zu zählen.

In der Ecke wartete ein kleiner Mann mit dem so genannten Sarg auf Rädern, eigentlich einem ganz normalen Krankenhausbett, das allerdings nicht mit Laken, sondern mit einer grauen Plastikplane bespannt war. Darauf würde sie nach unten gebracht werden, in die Kühlzelle, bis die Erlaubnis zur Autopsie vorlag.

Ein uniformierter Polizeibeamter erkannte Duca und hob schüchtern und respektvoll die Hand an die Mütze. Er war blutjung und sagte mit einer für Polizisten vielleicht ungewöhnlich bewegten Stimme: »Sie ist tot.« Dann verknotete er seine schweißigen Hände auf dem Rücken und knetete sie nervös – vielleicht war es doch keine so gute Idee gewesen, Polizeibeamter zu werden. »Sie hat noch ›Herr Direktor!‹ gerufen, dann ist sie gestorben.«

Duca trat an das Bett, um den entsetzlich zugerichteten Körper dieser armen Kreatur von zweiundzwanzig Jahren genauer zu betrachten, den Körper von Matilde Crescenzaghi, Tochter des verstorbenen Michele Crescenzaghi und seiner Frau Ada Pirelli, wohnhaft in Mailand, Corso Italia 6, ledig, Lehrerin an der Abendschule Andrea e Maria Fustagni an der Porta Venezia, wo sie mehrere Fächer unterrichtet hatte, unter anderem gutes Benehmen. Ihr linker kleiner Finger war gebrochen und mit einem länglichen Plastikplättchen geschient. Überhaupt war der ganze Körper so zerschunden, dass die Ärzte ihr mehrere Notverbände angelegt hatten, zum Beispiel dort an der Leiste, wo sich eine dicke Schicht Mull unter dem Höschen des gelben Babydoll abzeichnete, das die Mutter ihr gleich ins Krankenhaus gebracht hatte, als sie von der Polizei angerufen worden war. Doch auch andere Körperteile wiesen dicke Verbände auf – man hätte meinen können, sie sei von einem Zug überrollt worden.

»Die Mutter steht unter Schock. Wir haben ihr deshalb noch nicht gesagt, dass ihre Tochter gestorben ist«, erklärte die Schwester, die ihnen gefolgt war.

Verschieden vor wenigen Minuten, mit dem flehenden Ausruf »Herr Direktor!« auf den Lippen. Vor dem Krieg soll es ja

Leute gegeben haben, die im Sterben Worte wie »Mein Duce!« ausgestoßen hatten oder: »Zieht mir das Schwarzhemd an!« Viele Menschen hauchten ihr Leben weniger dramatisch aus und seufzten einfach nur noch »Mama«. Diese Frau hingegen hatte sich mit den Worten »Herr Direktor!« als Letztes flehend an ihren Schulleiter gewandt. Wie traurig.

»Wann kann ich ihre Mutter befragen?«, erkundigte sich Duca und löste seinen Blick – hoffentlich für immer – von diesem armen, misshandelten menschlichen Wesen.

»Ich frage mal den Oberarzt, aber ich denke, kaum vor morgen Abend«, antwortete die Schwester.

»Danke«, erwiderte Duca und ging mit Mascaranti hinaus. Sie verließen das Krankenhaus und blieben am Bordstein der Straße stehen, eingehüllt, ja fast geknebelt von einem eisigen Nebel. Außer einer Straßenlaterne und dem Blaulicht des Alfa Romeo der Polizei, der auf der gegenüberliegenden Straßenseite auf sie wartete, war nichts zu sehen als ein eintöniges, dunkles Grau, das alle Geräusche verschluckte oder besser: erstickte.

»Warum hat dieser Idiot nur auf der anderen Straßenseite geparkt?«, brummte Mascaranti. »Jetzt müssen wir auch noch die Fahrbahn überqueren.« Bei dem Nebel hätte er sich nicht einmal über ein Spitzentüchlein getraut.

»Zum Glück ist es eine Einbahnstraße«, beschwichtigte ihn Duca.

Mascaranti lachte bitter auf. »Nur dass wir von der Polizei die Einzigen sind, die sich an die Verkehrsregeln halten.«

Vorsichtig überquerten sie den breiten Fahrdamm. Aus dem undurchsichtigen Nichts tauchten hin und wieder die Scheinwerfer eines Autos auf, das mit zehn Stundenkilometern durch den Nebel kroch. Als sie bei dem blinkenden Blaulicht des Polizeiautos auf der anderen Straßenseite ankamen, stellte Mascaranti fest: »Entschuldigung, aber ich brauche jetzt einen Schnaps.« Er war ein erfahrener Polizist und hatte schon einiges erlebt, aber nachdem er die Leiche dieser jungen Frau gesehen hatte, spürte er das dringende Bedürfnis, etwas Starkes zu trinken, um seine unbändige Wut hinunterzuspülen.

»Ich auch«, stimmte Duca zu.

Sie gingen den Gehsteig entlang bis zur Ecke, wo durch die schneidend kalten Nebelwolken die blaue Leuchtschrift *Tavola calda* zu sehen war.

»Ist Ihnen nicht kalt, Dr. Lamberti?«, fragte Mascaranti.

Doch. So ohne Mantel, ohne Hut, ohne Schal, die Haare mit dem Rasierapparat kurz geschoren und eingetaucht in den eisigen Nebel, war ihm schon kalt. Nur hätte er es wohl weniger gespürt, vielleicht auch gar nicht, wenn er diese junge Frau nicht gesehen hätte.

»Doch, mir ist ein wenig kalt«, antwortete er, während Mascaranti ihm die Tür zu dem Imbiss aufhielt. »Ich nehme einen Grappa, und du?«

»Ich zwei«, erwiderte Mascaranti.

»Zwei doppelte Grappa«, bestellte Duca. Er betrachtete den schmalen Hals des Mädchens hinter der Theke, das sich umgedreht hatte und nun müde und lustlos auf dem Wandbord nach der Grappaflasche suchte. Schließlich fand sie sie und goss den Schnaps in zwei große Gläser.

Langsam und ohne abzusetzen trank Duca seinen Schnaps und betrachtete den großen Mann mit dem imposanten Bauch, der vor der stummen Jukebox stand und schließlich zwei Knöpfe drückte. Fett, alt und glatzköpfig, wie er war, hatte er sich natürlich eine Platte von Caterina Caselli ausgesucht. Doch auf einmal nahm Duca seine Umgebung nicht mehr wahr, und auch Mascaranti, der vor ihm stand und sein Glas ebenfalls langsam in einem Zug leerte, sah die kleine, schäbige Bar nicht mehr, in der sie sich befanden. Deutlich wie auf einer Leinwand drängte sich ihnen das Bild der ermordeten Frau auf, dieser Körper in dem altmodischen gelben Babydoll und mit all den dicken, inzwischen vollkommen nutzlosen Verbänden.

Sie haben sie erbarmungslos abgeschlachtet, dachte Duca. Er konnte sich von dem Bild dieser elenden, auf dem Krankhausbett ausgestreckten Gestalt einfach nicht lösen. Kopfschüttelnd nahm er seinen letzten Schluck Grappa. Wenn sie in einen Keller voller ausgehungerter Ratten gestürzt wäre, hätte sie nicht übler zugerichtet werden können. Bestien. Noch einmal schüttelte er den Kopf, und plötzlich nahm er Mascaranti und den fetten Mann an der Jukebox wieder wahr. »Gehen wir«, sagte er.

Draußen ruderten sie durch den dicken Nebel, von dem Blinken des Blaulichts geleitet.

»Wohin?«, erkundigte sich Mascaranti.

»In die Schule«, erwiderte Duca.

2

Die Abendschule Andrea e Maria Fustagni befand sich in einer dieser alten, zweistöckigen Villen im Stil eines mittelalterlichen Schlosses, wie sie einst in der äußersten Mailänder Peripherie gebaut wurden, damals, als hier noch offenes Land war, während sich nun überall riesige Mietshäuser mit zehn, fünfzehn oder zwanzig Stockwerken drängten. Die Villa lag etwas zurückgesetzt an einer Einbuchtung der Straße, die einen kleinen Vorplatz bildete. Dort stand, in den Nebel eingetaucht, ein kleiner Lkw, dessen Scheinwerfer das Messingschild der Abendschule anleuchteten. Neben dem Lastwagen vertraten sich vier uniformierte Polizeibeamte die Beine. Auf dem Bordstein des Gehsteigs saß ein Fotograf und döste vor sich hin, und auch drei oder vier Halbwüchsige lungerten dort herum. Ohne Publikum geht es wohl nicht, dachte Duca bitter, als er aus dem Alfa stieg, mag das Schauspiel auch noch so abstoßend sein.

Der Fotograf schreckte auf, erblickte das Polizeiauto und stürzte durch die Nebelschwaden auf Duca zu. »Herr Kommissar«, stieß er hervor, »gibt's was Neues?«

Duca antwortete nicht. Mascaranti packte den Mann energisch am Arm: »Gehen Sie, hier gibt es nichts zu sehen.«

»Bitte, lassen Sie mich kurz hinein, nur für eine einzige Aufnahme«, bettelte der Fotograf. »Ich weiß, dass die Tafel beschmiert ist mit Schimpfwörtern und schmutzigen Zeichnungen, die ich natürlich nicht fotografieren kann. Außerdem veröffentlicht das sowieso niemand. Aber vielleicht kann ich ja das Lehrerpult aufnehmen, mit der Tafel im Hintergrund, sodass man nicht erkennt, was da steht. Nur ein einziges Bild, Brigadiere, nur ein einziges Bild!«

Mascaranti zog ihn weg, und Duca betrat, von einem der Polizeibeamten geleitet, die Villa. Die Klasse A lag im Erdgeschoss. Links von der Treppe, die zu den Klassenräumen im ersten Stock führte, befanden sich die beiden Zimmerchen des alten Hausmeisters und seiner Frau, deren angespannte, bekümmerte Gesichter deutliche Spuren der Katastrophe trugen, die vor achtundvierzig Stunden über sie hereingebrochen war. Rechts von der Treppe lag der Raum der Klasse A – Allgemeinbildung –, vor dem ein weiterer Polizeibeamter Wache hielt.

»Gehen Sie ruhig in Ihre Zimmer zurück, im Moment brauche ich Sie nicht«, sagte Duca zu dem Hausmeisterehepaar, während der wachhabende Beamte die Tür öffnete. Dann traten Duca und Mascaranti in das Klassenzimmer, das von zwei langen Neonröhren erleuchtet war.

Der Raum sah genauso aus, wie der alte Hausmeister und seine Frau ihn vor zwei Tagen vorgefunden hatten. Nur ein paar Einzelheiten deuteten auf die Arbeit der Spurensicherung hin. Die drei hohen Fenster waren mit einem schwarzen Tuch verhängt, das man mit zwei schmalen, über Kreuz angebrachten Holzleisten fixiert hatte – eine Maßnahme gegen allzu neugierige Fotografen und Journalisten, denn das Klassenzimmer lag im Erdgeschoss und ging direkt auf die paar Quadratmeter vereisten Bodens hinaus, die allgemein als »Garten« bezeichnet wurden, und man musste nicht besonders groß sein, um von draußen in den Raum sehen zu können. Die Fenster waren zwar vergittert, die Scheiben geschlossen und die Rollläden herabgelassen, aber ein besonders dreister Fotograf hatte eine Scheibe eingeschlagen und versucht, den Rollladen von außen hochzuschieben, um ein paar Bilder zu schießen. Der Mann war bemerkt und fortgeschickt worden, doch um ähnliche Vorfälle zu verhindern, hatte man die Fenster zusätzlich verhängt.

»Die Karte«, sagte Duca Lamberti, der direkt neben der Klassentür stehen geblieben war und unbeweglich auf die Tafel starrte. Mascaranti kramte in seiner Tasche, fand das einfache, weiße Blatt, das Duca »Karte« genannt hatte, und reichte es ihm.

Duca löste seinen Blick von der Tafel und musterte die Kreise aus weißer Farbe, die auf die Arbeit der Spurensicherung hinwiesen und dem Raum ein ungewöhnliches Aussehen verliehen. Einige waren nicht größer als der Abdruck eines nassen Glases auf einem Tisch, andere hatten den Durchmesser einer großen Korbflasche. In jedem Kreis stand eine weiße Zahl. Es waren etwa zwanzig, um genau zu sein zweiundzwanzig, wie aus dem getippten Blatt in Ducas Hand hervorging: Unter einer Zeichnung, aus der man die Position im Klassenzimmer ersehen konnte, waren die einzelnen Gegenstände aufgelistet, die man nach dem Gemetzel in der Klasse sichergestellt hatte, jeweils mit Hinweis auf den mit einer Nummer versehenen Fundort.

Die weißen Kreise befanden sich überall: auf dem Pult der Lehrerin, auf dem Boden, auf den vier langen Tischen der Schüler und sogar an der Wand. Dort waren sie allerdings schwarz.

»Eine Zigarette, bitte«, sagte Duca und streckte seine Hand aus, während er die Kreise weiter betrachtete. Gerade jetzt fixierte er den mit der Zahl 19 in der Mitte.

»Hier.« Mascaranti reichte ihm eine Zigarette und gab ihm Feuer.

Duca Lamberti sah auf seinem Blatt unter der Nummer 19 nach. Dort stand: Schnapsflasche. Dann blickte er auf einen Kreis auf dem Fußboden, den mit der Nummer 4, und las: Nr. 4 – Kleines Goldkreuz. Das musste einer der Schüler verloren haben. Der Kreis Nummer 4 befand sich unmittelbar neben einer größeren Zeichnung, die ebenfalls mit weißer Farbe auf den Fußboden gemalt war, aber keinen Kreis darstellte, sondern den Umriss einer Person: die Silhouette von Matilde Crescenzaghi, der jungen Lehrerin.

Duca rauchte, ohne die Zigarette auch nur einen Moment aus dem Mund zu nehmen. Erst als die Glut fast seine Lippen berührte, warf er die Kippe auf die Erde. Nach und nach kontrollierte er alle Einzelheiten auf seiner Karte: Nr. 1 – Silhouette von Matilde Crescenzaghi; Nr. 19 – Schnapsflasche.

»Eine Zigarette«, bat er noch einmal.

Er setzte sich auf den harten, unbequemen Stuhl hinter dem Lehrerpult, rauchte und musterte die vier einfachen Tische mit jeweils vier Stühlen, an denen die Schüler dieser unglückseligen Klasse gelernt hatten. Wieder blickte er auf die Karte: Nr. 8 – Urin. Nicht nur einer, sondern gleich mehrere der elf Jungen hatten in eine Ecke gepinkelt und diesen bescheidenen, aber doch einem hehren pädagogischen Ziel gewidmeten Raum zu einem stinkenden Stall gemacht.

Zweimal, dreimal hintereinander zog Duca an seiner Zigarette, ohne Mascaranti oder den uniformierten Polizeibeamten zu beachten, der an der Tür des Klassenzimmers stand. Dann blickte er wieder auf die Karte: Nr. 2 – Slip. Der Slip der Lehrerin Matilde Crescenzaghi hatte an einem der beiden Haken gehangen, an denen die große Europakarte befestigt war.

»Eine Zigarette.« Dass die Zeit verging, merkte er nur an der Anzahl der Zigaretten, die er sich von Mascaranti geben ließ. Jetzt musste er die Tafel begutachten, die den Fotografen und Journalisten Anlass zu ihrer unverfrorenen Offensive gegeben hatte. Es war Pornografie auf niedrigstem Niveau. Duca erhob sich und ging nach vorn, die Zigarette zwischen den Lippen. Noch nie hatte er auf diese fast zwanghafte Art geraucht – normalerweise hielt er die Zigarette ganz gewöhnlich in der Hand. Doch das hier überstieg alles, was er bisher erlebt hatte, und um den Vulkan von Wut und Verzweiflung niederzuhalten, der in ihm auszubrechen drohte, rauchte er wie besinnungslos, auch wenn das überhaupt nichts nützte.

Er studierte die Tafel. Unten links in der Ecke stand etwas verwischt, aber doch noch gut lesbar das Wort IRELAND. Vermutlich hatte die Lehrerin Matilde Crescenzaghi es da hingeschrieben, ein Überbleibsel des Geografieunterrichts. Offenbar hatten die Schüler an jenem Abend etwas über Irland gelernt. Die Lehrerin hatte ihnen wahrscheinlich erklärt, dass es ein unabhängiges Irland gibt, eben IRELAND, aber auch einen anderen Teil, nämlich Nordirland, der zu Großbritannien gehört.

Wie viel die Schüler an jenem Abend wohl wirklich von dem Geografieunterricht begriffen hatten? Am Abend darauf jedenfalls hatte jemand neben das Wort IRELAND einen großen Phallus gezeichnet, der umgeben war mit allen nur denkbaren Bezeichnungen für das männliche Geschlecht, ein paar oder vielleicht sogar die Mehrheit im Mailänder Dialekt. Ein Schüler musste allerdings aus Rom stammen, denn die Namen des weiblichen Geschlechts standen in römischem Dialekt an der Tafel. Auch alle anderen erogenen Zonen waren aufgeführt, manche mit etwas unbeholfenen Zeichnungen versehen. Schließlich gab es noch ein paar vollständige Sätze – keinen einzigen ohne Rechtschreibfehler –, die zu den verschiedensten, meist nicht gerade konventionellen sexuellen Praktiken aufforderten. Und zwischen all diesen in manisch brutaler Handschrift an die Tafel geschmierten Schweinereien stand naiv und freundlich das Wort IRELAND.

Nummer 11 – Büstenhalter der Lehrerin. Der hatte am Fensterknauf links von der Tafel gebaumelt. Ihr Rock, Nummer 6, hatte fast ordentlich an einem Garderobenhaken in der Klasse gehangen, zusammen mit dem Pullover und dem Mantel. Einer ihrer Nylonstrümpfe – Nummer 21 – war mit Reißzwecken zwischen zwei Tische gespannt gewesen, sodass es aussah, als habe dort jemand Über-die-Schnur-Springen gespielt. Der andere Strumpf fehlte auf der Liste, da er im Klassenzimmer A nicht gefunden worden war. Aus einer Fußnote mit Sternchen ging jedoch hervor, dass man ihn in der Hosentasche eines der elf Schüler entdeckt hatte, und zwar bei Carolino Marassi, vierzehn Jahre, Vollwaise. Obwohl Duca bei der Inspektion dieses abstoßenden Schlachtfeldes speiübel geworden war, musste er bei dem merkwürdigen Namen Carolino unwillkürlich lächeln. Dieser Carolino hatte sich den Strumpf seiner jungen Lehrerin also in die Tasche gesteckt. Ob es wohl der rechte gewesen war oder der linke? Nach Bertrand Russell ist bei einem Strumpf, im Gegensatz zu einem Schuh, nicht eindeutig festzustellen, ob es sich um den linken oder den rechten handelt, nur der Schwerpunkt kann ausgemacht werden... Vermutlich hatte der Junge den Strumpf selbst vom Bein seiner unglückseligen, geschändeten Lehrerin gestreift, nachdem er ihn vom Strumpfhalter – auf der Karte die Nummer 7, aufgefunden in der Schublade eines der vier Tische – abgerissen hatte. Dann hatte er sich den Strumpf in die Tasche gesteckt, vielleicht um sich später noch einmal daran aufzugeilen. Und dieser Junge trug den merkwürdigen Namen Carolino.

Sorgfältig, Quadratmillimeter um Quadratmillimeter, untersuchte Duca Lamberti das Klassenzimmer. Fast auf Zehenspitzen balancierte er zwischen den weißen Kreisen auf dem Fußboden umher und blieb schließlich an der Rückseite der Tafel stehen, die auch mit Schweinereien beschmiert war. Dort rauchte er seine Zigarette zu Ende.

»Doktor Lamberti?«, fragte Mascaranti.

In dem überhitzten Klassenraum klang seine Stimme spitz.

»Ja?«, antwortete Duca hinter der Tafel und warf den Zigarettenstummel auf die Erde.

»Ach, nichts«, bemerkte Mascaranti.

Nummer 3 – linker Schuh der Lehrerin Matilde Crescenzaghi, an die Rückseite der Tafel geklebt. Womit? Die Karte verriet auch dies: mit einem Kaugummi. Einer der Schüler hatte seiner Lehrerin offenbar den Schuh ausgezogen und mit dem Kaugummi, den er gerade im Mund gehabt hatte, an die Tafel geklebt.

Gefolgt von den Blicken Mascarantis und des uniformierten Beamten, ging Duca Lamberti noch einmal durch die ganze Klasse A und öffnete nacheinander alle Schubladen der vier Tische. Sie waren leer. Die Männer von der Spurensicherung hatten alles mitgenommen. Dann hockte er sich vor einen kleinen weißen Kreis, den kleinsten von allen, und sah auf seine Karte. Nummer 18 – 50 Rappen. Dort, an dieser Stelle, hatte man eine Schweizer Münze gefunden, einen halben Franken. Fassungslos schüttelte Duca den Kopf und sagte schließlich zu Mascaranti: »Die Hausmeisterin.« Noch einmal schüttelte er den Kopf. »Sie, nicht ihren Mann.« Dann richtete er sich wieder auf, ging zum Lehrerpult und setzte sich auf den Stuhl, auf dem Abend für Abend, außer an Sonn- und Feiertagen, die junge Lehrerin gesessen hatte, die nun mausetot war.

Kurz darauf kam Mascaranti mit der Alten zurück und führte sie zum Pult. Ihr kurzer, männlicher Pagenschnitt wirkte ein wenig befremdlich bei so einer alten, grauhaarigen Frau.

»Gib ihr einen Stuhl«, wies Duca Mascaranti an.

Sie setzte sich – klein, müde und verängstigt.

»Um welche Uhrzeit beginnt der Unterricht?«, begann Duca das Verhör.

»Morgens um halb sieben.«

»Wieso? Ist dies nicht eine Abendschule?«

»Doch«, erklärte die Hausmeisterin, »aber es gibt auch Schüler, die abends nicht kommen können, und die haben morgens eine Stunde Unterricht, von halb sieben bis halb acht. Um acht kommen dann die Jugendlichen aus der Handelsschule und lernen Stenografie und Buchhaltung. Nachmittags ist Sprachunterricht.«

»Ich dachte, dies sei eine Abendschule!« Duca streckte Mascaranti seine Hand hin, um die nächste Zigarette in Empfang zu nehmen.

»Ja, schon, vom Namen her schon, aber der Unterricht ist über den ganzen Tag verteilt.« Die Alte antwortete angespannt, aber präzise.

»Und abends?«, fragte Duca.

»Abends wird nur hier unterrichtet, in der Klasse A.« Die Alte bemühte sich krampfhaft, nicht an die Tafel mit all den obszönen Zeichnungen zu blicken. Das war jedoch gar nicht so einfach, denn unglücklicherweise saß sie genau davor.

»Und was lernen die Schüler der Klasse A?«

»Na ja«, antwortete die Alte bitter und verächtlich, »was sollen die schon groß lernen? Das ist doch das übelste Gesindel der ganzen Gegend. Diese Sozialarbeiterinnen, diese freundlichen Damen mit ihren schwarzen Ledertaschen, wissen Sie, die haben nichts Besseres zu tun, als zu all den armen Familien zu gehen, die zwischen Piazzale Loreto und Lambrate wohnen, und ihnen zu erzählen, ihre Kinder müssten die Abendschule besuchen, statt in den Kneipen herumzuhängen und Tischfußball zu spielen. Und dann schicken sie sie her. Bloß dass sie leider nichts lernen, sondern nur ihre Lehrerinnen zur Verzweiflung bringen.« Sie biss die Zähne zusammen, holte tief Luft und stieß dann hervor: »Oder sie bringen sie um und spielen dann wieder Tischfußball in ihren Stammkneipen, wo es vor alten Lüstlingen nur so wimmelt. Deshalb gehen die Jungen da ja überhaupt hin.«

Sie nahm wirklich kein Blatt vor den Mund, die Alte mit dem Pagenschnitt.

»Um wie viel Uhr kommen die Schüler in die Klasse A?«, fragte Duca freundlich.

»Der Unterricht beginnt um halb acht.« Sie holte noch einmal tief Luft. Immer wieder musste sie daran denken, wie sie die Lehrerin Matilde Crescenzaghi nach der schrecklichen Schandtat gefunden hatte. Vollkommen nackt hatte sie auf dem Fußboden gelegen, fast unter der Tafel, mit einem dünnen Blutrinnsal zwischen den weißen Schenkeln, von dem kalten Licht der Neonröhren unbarmherzig angestrahlt. Nie würde sie ihr Schluchzen vergessen, nie die bestialischen Wunden am ganzen Körper. »Aber eigentlich kommen sie immer eher«, fuhr die Alte gewissenhaft fort. »Allerdings nicht, um etwas zu wiederholen oder so, denn nicht einer von denen hat Interesse am Unterricht. Im Grunde warten sie nur darauf, dass es halb elf ist und sie wieder gehen können, um irgendwo Unheil anzurichten. Ja, genau, deshalb kommen sie früher: um gemeinsam ihre nächste Schandtat auszuhecken. Zweimal bin ich im Kommissariat gewesen und hab denen erklärt, dieses Gesindel gefiele mir nicht. Wissen Sie, was mir der zuständige Beamte gesagt hat? ›Wenn es nach mir ginge, würde ich die Kerle einen nach dem anderen ins Klosett werfen und abziehen. Aber laut Gesetz haben sie nun einmal ein Recht auf Bildung, und deshalb müssen sie in die Schule gehen.‹ ›Aber das hier sind Kriminelle‹, hielt ich dagegen. ›Schauen Sie sich doch nur einmal an: Jemanden umzubringen ist für die genauso normal, wie einen Witz zu reißen.‹ Darauf der Beamte: ›Wenn sie wirklich jemanden umbringen, lochen wir sie ein. Aber solange das nicht passiert, gehen sie in die Schule und lernen. Das ist Gesetz.‹ Und was ist geschehen? Genau das: Sie haben jemanden umgebracht, und die Polizei hat sie eingelocht. Ihre Lehrerin aber, die Ärmste, ist jetzt mausetot, und warum? Weil diese elenden Kerle ein Recht auf Bildung haben!«

Bitter, aber wahr. In schlichten Worten, aber mit klarem Blick hatte die Alte mit dem Pagenschnitt einen der großen sozialen Missstände auf den Punkt gebracht.

»Aber wie ist es möglich, dass Sie von all dem nichts bemerkt haben?«, fragte Duca, ohne der sozialen Frage weiter nachzugehen. »Die Jungen waren doch stockbesoffen und müssen einen Heidenlärm veranstaltet haben.«

»Wissen Sie, abends, bevor das Fräulein Lehrerin kam, warfen ich oder mein Mann immer mal einen Blick in die Klasse, um zu sehen, was die Jungen so trieben. Stellen Sie sich vor, eines Abends waren sie viel früher als sonst gekommen und hatten ein Mädchen mit ins Klassenzimmer geschmuggelt! Erst als mein Mann die Polizei anrief, haben sie sie wieder laufen lassen. Das war auch der Grund, warum der Herr Direktor die Klasse A eigentlich auflösen wollte. Aber unsere übereifrigen Sozialarbeiterinnen haben mal wieder lauthals protestiert. Wenn diese Jugendlichen nicht in die Schule gehen, haben sie gesagt, dann stellen sie nur noch mehr Blödsinn an, und es sei sehr wichtig, Geduld mit ihnen zu haben. Und der Direktor, der nicht gerade ein Muster an Standhaftigkeit ist, hat mal wieder nachgegeben.« In der Stimme der Alten lagen Wut und Trauer. »Oder vor zwei Jahren – da ist eine Lehrerin aus Bergamo gekommen, die war ganz klein und schmal und sah aus wie eine Nonne. Sie war auch ein bisschen so gekleidet, ganz in dunkelblau und mit einem weißen Kragen. Nicht mal drei Tage hat sie es ausgehalten. Am dritten Abend kam sie weinend bei mir an und meinte: ›Bestellen Sie dem Herrn Direktor, dass es nicht geht, dass ich es einfach nicht schaffe.‹ Es ist uns nicht gelungen – weder mir noch dem Herrn Direktor – herauszubekommen, was sie mit ihr angestellt hatten, diese Wüstlinge, auch wenn man es sich vorstellen kann.«

»Sehr interessant«, warf Duca geduldig ein. Offenbar war kein Mensch auf die Idee gekommen, einer solchen Klasse einen männlichen Lehrer zu geben, womöglich einen Exfeldwebel der Fremdenlegion, der wusste, wie man mit Schülern dieses Kalibers umgehen musste. Den Verantwortlichen hatte es anscheinend komplett an Vorstellungsvermögen gemangelt, oder es fehlten einfach männliche Lehrer – Männer, die sich dieser schwierigen, undankbaren und schlecht bezahlten Arbeit widmeten, zu der sich so viele Frauen bereit fanden, und zwar nicht nur aus materiellen Gründen, sondern oft – wie etwa im Fall der Verstorbenen – aus ehrlicher Überzeugung. »Wirklich sehr interessant. Aber ich würde gerne wissen, wie es möglich ist, dass Sie überhaupt keine verdächtigen Geräusche gehört haben. Die Jungen waren doch völlig außer Rand und Band, haben Tische und Stühle umgeworfen und so weiter. Und Sie haben Ihre Wohnung gleich nebenan...«

»Nein, da hört man überhaupt nichts. Sie können sich gar nicht vorstellen, was für einen Lärm all die Autos, Straßenbahnen und Lastwagen verursachen, die den ganzen Tag über die Straße dröhnen. Vor neun Uhr abends wird es hier nicht still«, unterbrach ihn die Alte entschieden. »Manchmal müssen mein Mann und ich in der Küche regelrecht schreien, damit wir uns überhaupt verstehen.«

Duca nickte. Es stimmte: Mit der Straßenbahn und all den Lastwagen, die knapp drei Meter vor dem Gebäude vorbeidonnerten, war es wohl unmöglich gewesen, etwas zu hören. »Und wie haben Sie die Sache dann entdeckt?«, fragte er die Hausmeisterin.

Auch diesmal antwortete sie, ohne zu zögern: »Kurz nach neun bin ich in den Garten gegangen, um den großen Topf mit der Grünpflanze hereinzuholen. Tagsüber steht er immer draußen an der frischen Luft, aber bei dieser Kälte holen wir ihn nachts ins Haus. Mein Mann und ich sind also rausgegangen, denn der Topf ist schwer, und haben ihn zusammen reingetragen und neben die Treppe gestellt. Und da haben wir plötzlich gemerkt, dass das Licht in der Klasse ausgeschaltet war: Das Fensterchen über der Tür war dunkel.«

»Das Licht war aus?«, fragte Duca. Merkwürdigerweise musste er plötzlich an das Gesicht seiner Nichte Sara denken, der kleinen Tochter seiner Schwester Lorenza, die allmählich größer wurde und, wenn sie ihn begrüßte, immer ein Liedchen sang: »Onkelchen, mein Onkelchen, was hast du mir wohl mitgebracht?« Er musste ihr wirklich mal wieder was mitbringen.

»Ja, es war aus. Mein Mann meinte: ›Lernen die, oder schnarchen die?‹, und ich darauf: ›Das gefällt mir ganz und gar nicht, schauen wir doch mal nach.‹ Und so haben wir gesehen, was passiert war.« Die Alte schluckte und starrte auf den Boden, um nicht an die Tafel blicken zu müssen.

»Vielen Dank.« Duca entließ sie und sah Mascaranti an, der kramphaft versuchte, die Tafel und all die großen und kleinen weißen Kreise zu ignorieren. »Und jetzt gehen wir wieder nach Hause.« Er meinte ins Kommissariat.

3

Als sie im Kommissariat ankamen, schickte er Mascaranti erst mal etwas essen. Er selbst ging direkt in sein Büro – falls der einfache Raum diese Bezeichnung verdiente – und fand dort einen Zettel auf dem Schreibtisch – falls man seinen grob gehobelten Tisch denn so nennen wollte. *»Deine Schwester hat zweimal angerufen, ruf sofort zurück! Carrua.«*

Er wählte die Nummer. »Na, was ist?«, fragte er, als er Lorenzas Stimme vernahm.

»Sara hat fast vierzig Fieber. Sie ist heiß wie ein Bügeleisen«, antwortete seine Schwester atemlos.

»Versuch mal, ihr in den Hals zu schauen, ob du einen weißen Belag oder kleine Pünktchen erkennen kannst«, schlug Duca vor.

»Das habe ich schon, aber es ist nichts zu sehen. Bitte, komm sofort nach Hause, Duca. Das Fieber ist einfach zu hoch, ich habe schreckliche Angst!«

Er starrte auf den großen grauen Ordner vor ihm: die Kopien von den Verhören der elf Jungen aus der Abendschule

Andrea e Maria Fustagni, Klasse A, die er jetzt durcharbeiten musste. »Lorenza, jetzt beruhige dich doch erst mal! Ich rufe Livia an und sage ihr, sie soll dir Fieberzäpfchen bringen. Ich komme, sobald ich hier fertig bin. Als Erstes solltest du Sara mal einen kalten Waschlappen auf die Stirn legen.«

»Ach, Duca, komm doch bitte!« Sie weinte fast.

»Ich komme, sobald ich kann. Mach dir keine Sorgen – es ist bestimmt nur eine Grippe.«

Er legte auf und rief Livia an. Durch den Hörer vernahm er ihre klare, aufgeweckte Stimme. »Oh, *ciao* Duca.«

»Hör mal, Sara hat hohes Fieber, aber ich kann hier absolut nicht weg.«

»Bist du im Kommissariat?«

»Ja. Könntest du vielleicht bei Lorenza vorbeischauen? Und auf dem Weg eine Packung Uniplus-Zäpfchen besorgen? Eins gibst du ihr sofort, und wenn das Fieber nach einer Stunde nicht gesunken ist, noch ein zweites. Ach ja, und nimm bitte noch eine Packung Luminalette mit, und gib ihr eine, damit sie keinen Fieberkrampf kriegt. Und mach ihr den Nuckel immer mal wieder nass, damit sie etwas Flüssigkeit zu sich nimmt. Sobald ich hier fertig bin, komme ich nach Hause. Aber wenn irgendetwas ist, rufst du mich sofort an, ja?«

Noch einmal drang ihre klare, jetzt jedoch leicht beunruhigte Stimme an sein Ohr: »Gut, ich gehe sofort los.«

»Vielen Dank, du Liebe.«

»Es wird doch nichts Schlimmes sein, oder?«, fragte sie.

»Ich weiß nicht. Ich glaube eigentlich nicht. Beeil dich jetzt, ja?«

»Ja, Lieber.«

Duca legte den Hörer auf die Gabel, erhob sich und ging zum Fenster, um es zu öffnen. Der Raum war so klein, dass das Fenster fast die Hälfte der Wand einnahm. Eisige Luft, drei

Grad unter null, strömte herein. Draußen war außer Nebel nichts zu erkennen. Der kalte Luftstrom vertrieb den unangenehmen Geruch von altem Holz, staubigen Akten und abgestandenem Rauch, der in dem winzigen Zimmer hing. Er ließ das Fenster offen und setzte sich wieder an seinen Tisch, klappte den Aufschlag seines Jacketts hoch und öffnete den dicken Ordner vor sich.

Er begann zu lesen, ganz ordentlich, ein Blatt nach dem anderen. Der Ordner enthielt elf Akten, eine für jeden der Jungen, die an dem schrecklichen Verbrechen in der Abendschule beteiligt gewesen waren. Zuerst waren immer die Personalien aufgeführt, dann kamen drei oder vier Zeilen Stichwörter über ihr Leben. Beigelegt waren ein ärztliches und ein psychiatrisches Gutachten und schließlich die Abschrift des auf Tonband aufgezeichneten Verhörs. Duca stellte fest, dass er pro Akte etwa zwanzig Minuten brauchte, um sie zu lesen und sich ein paar Stichpunkte zu notieren.

Nach dem dritten Hefter hörte Duca, wie die Tür aufging. Es war Mascaranti.

»Doktor Lamberti, es ist ja so kalt hier, dass einem die Zähne klappern. Merken Sie das nicht?«

»Doch, doch.« Er klapperte tatsächlich mit den Zähnen. »Sie können gern zumachen.«

Mascaranti schloss das Fenster. »Kann ich Ihnen behilflich sein?«

»Ja. Geh in Carruas Büro – er ist heute zu Hause –, setz dich in einen Sessel und versuch, ein wenig zu schlafen. Ich hole dich, wenn ich dich brauche. Wir haben heute Nacht noch einiges vor.«

»Gut, Doktor Lamberti.« Dann, als er bereits in der Tür stand, fragte er noch: »Soll ich Ihnen eine Zigarette dalassen?«

»Nein«, antwortete Duca. »Ich brauche drei Päckchen Nazionali, die einfachen, nicht Esportazione. Und zwei Schachteln Streichhölzer.«

»Drei Päckchen!«, staunte Mascaranti. Normalerweise rauchte Duca nicht besonders viel.

»Ja, ja, du hast ganz richtig verstanden.« Trotz ihres kurzen Gesprächs ließ Duca sich nicht einen Augenblick vom Lesen abbringen. Sein Gesicht und seine Hände waren ganz blau vor Kälte, da er eine volle Stunde bei offenem Fenster still dagesessen hatte. Ganz bewusst hatte er das getan, schließlich wollte er objektiv sein – kühl und objektiv! »Außerdem wollte ich dich bitten, mir vor dem Schlafengehen noch zwei Flaschen milchweißen Anis zu besorgen.«

»Doktor Lamberti, wo soll ich denn um diese Zeit milchweißen Anis auftreiben?« Dieser Schnaps war eine sizilianische Spezialität, die es nur in wenigen sehr gut sortierten Geschäften gab.

»Ach, das ist ganz einfach«, murmelte Duca seelenruhig, während er in dem grellen Licht der Schreibtischlampe weiterlas. »Den gibt es bei ›Angelina‹, dem besten sizilianischen Restaurant in dieser nordischen Stadt. Zwei Flaschen.«

»In Ordnung«, erwiderte Mascaranti skeptisch, aber gehorsam.

Als Duca bei der fünften Akte war, klingelte das Telefon. »Für Sie«, schnarrte die Vermittlerin.

»Danke«, entgegnete Duca. Als er die Stimme seiner Schwester Lorenza vernahm, wollte er sofort wissen: »Na, wie sieht's bei euch aus?«

»Schlecht. Das Fieber geht einfach nicht runter, obwohl wir Sara schon zwei Zäpfchen gegeben haben. Sie hat die ganze Zeit fast vierzig, nur mit einem kalten Waschlappen auf der Stirn sinkt es um ein halbes Grad. Ich habe furchtbare Angst, Duca! Bitte, komm sofort!«

Lorenza war offensichtlich einer Panik nahe. »Moment«, warf er ein. »Hat sie Krämpfe?«

»Nein.«

Duca biss sich auf die Lippen. Er war kein Kinderarzt, und außerdem übte er seinen Beruf nun schon seit fünf Jahren, die drei im Gefängnis mitgerechnet, nicht mehr aus. Aber er konnte der Kleinen ja zur Sicherheit ein Breitbandantibiotikum verschreiben. »Ich kann jetzt wirklich nicht kommen, Lorenza.« Er musste husten vor Anspannung. Noch einmal sah er sich das große Foto an, das ganz hinten in seinem Ordner lag. Es zeigte die Lehrerin Matilde Crescenzaghi, wie man sie nach der grausamen Tat gefunden hatte. Fotos besitzen eine Klarheit, die der Wirklichkeit fehlt: Diese hat immer etwas Fliehendes, Vergängliches, Fotos hingegen sind erschreckend statisch und konkret. Und obwohl er ja Medizin studiert und in den Anatomiesälen so einiges gesehen hatte, hätte er dieses Bild am liebsten aus seinem Gedächtnis gelöscht. »Ich kann jetzt wirklich nicht. Bitte verzeih mir!« Seine Stimme klang heiser. »Schick Livia in die Apotheke, ein Antibiotikum kaufen, am besten Ledermicina, und gib der Kleinen zwanzig Tropfen davon. Ich kümmere mich inzwischen um einen Arzt.«

»Wie heißt das Mittel?«

»Le-der-mi-ci-na«, buchstabierte Duca langsam.

»Ledermicina«, wiederholte Lorenza.

»Ich versuche, einen Kinderarzt aufzutreiben, denn von Kinderkrankheiten verstehe ich nichts. Aber mach dir keine Sorgen, es wird schon nichts Ernstes sein.«

»Duca«, unterbrach ihn seine Schwester, »Livia möchte dich noch kurz sprechen.«

»Duca!« Jetzt hörte er Livias Stimme. »Du *musst* kommen, das Kind ist schwer krank!« Ihre Stimme war nicht nur ängstlich, sondern auch schroff und befehlend. Bei Livia Ussaro gab es keine Zwischenstufen: entweder sie gehorchte oder sie befahl.

»Livia, ich *kann* jetzt nicht«, entgegnete er trocken und distanziert, denn ihr befehlender Ton machte ihn immer schwach. Er musste mit seiner Arbeit vor morgen früh um zehn fertig sein, denn dann kam der Untersuchungsrichter, und alles wäre vorbei. »Ich verspreche dir, dass binnen einer Stunde ein Kollege kommt, der viel mehr Erfahrung hat als ich.«

»Nein, Duca«, widersprach sie unerbittlich. »Du weißt genau, dass es hier nicht nur darum geht, einen guten Arzt zu finden. Der Punkt ist: Deine Nichte hat vierzig Fieber, deine Schwester ist einem Nervenzusammenbruch nahe, und du bleibst im Büro wegen irgendeiner widerlichen Akte, statt herzukommen und uns wenigstens moralisch zu unterstützen.« Sie klang, wie so häufig, ein wenig spitzfindig.

Doch natürlich hatte Livia Recht. Es war wirklich eine widerliche Akte. Und es stimmte auch, dass er ihnen seine moralische Unterstützung verweigerte. Wer so viel von Kant hielt wie sie, musste das natürlich sofort merken. Trotzdem sagte er hart: »Livia, jetzt reicht's! Spätestens in einer Stunde ist der Kinderarzt da.« Dann legte er auf. Einen Moment lang versuchte er, sich zu entspannen, dann wählte er eine Nummer. Niemand ging ans Telefon, doch Duca ließ nicht locker, und nach mehreren Anläufen meldete sich eine ärgerliche Frauenstimme.

»Entschuldigen Sie, dass ich Sie um diese Zeit störe, Signora. Hier ist Duca Lamberti. Ich hätte gern mit Ihrem Mann gesprochen.«

»Mein Mann schläft«, entgegnete die Stimme kurz angebunden. Es war die Frau des berühmten Kinderarztes.

»Tut mir Leid, aber es ist wirklich sehr dringend.«

»Na gut, ich schau mal«, sagte sie unfreundlich.

Er musste lange warten, doch endlich vernahm er die gähnende Stimme seines Freundes Gian Luigi. »Ciao, Duca.«

»Entschuldige, Gigi, aber meine Nichte hat vierzig Fieber, und ich sitze hier im Kommissariat fest und kann nicht weg. Sie hat auf meine Anweisung hin zwanzig Tropfen Ledermicina und zwei Zäpfchen Uniplus bekommen, aber das Fieber geht einfach nicht runter. Tu mir doch bitte den Gefallen und sieh mal nach ihr.«

Er hörte ihn noch einmal gähnen. »Ausgerechnet heute Nacht, wo es mir ausnahmsweise einmal gelungen war, schon um zehn im Bett zu liegen.«

»Es tut mir wirklich Leid, Gigi. Tu mir den Gefallen, bitte!«

Dann las er die fünfte Akte zu Ende und begann mit der sechsten. Als er fast fertig war, kam Mascaranti mit den zwei Flaschen, den Zigaretten und den Streichhölzern herein.

»Wo soll ich die Sachen hinstellen?«, erkundigte er sich.

»Hier neben mich auf die Erde«, erwiderte Duca. »Und jetzt geh eine Runde schlafen. Ich hole dich, wenn es so weit ist.«

»Ja, Doktor Lamberti.«

Er las die siebte Akte und dann die achte und die neunte. In jeder Akte lagen zwei Fotos des jeweiligen Schülers, eins von vorn und eins im Profil, wie bei gewöhnlichen Verbrechern. Es waren keine schönen Gesichter. Bevor er mit der zehnten Akte begann, öffnete er das Fenster, betrachtete die dicken Nebelschwaden, die sich durch die Via Fatebenefratelli wälzten, und atmete tief durch. Er ließ das Fenster offen, ging zum Tisch zurück und las die zehnte und die elfte Akte, wobei er sich weiter Notizen machte.

Nun war er mit dem ersten Teil seiner Arbeit fertig. Er klappte die Aufschläge seines Jacketts wieder hoch, denn die eisige Luft war schon bis in die letzte Ecke des Zimmerchens gedrungen, und überflog noch einmal seine Aufzeichnungen.

Um in die Abendschule eingelassen zu werden, mussten die Jugendlichen klingeln. Die Hausmeisterin öffnete ihnen die Tür und wusste also immer, wer gekommen war und wer nicht. Sie hatte ausgesagt, dass an dem Abend des Verbrechens elf Jungen in der Schule gewesen waren. Duca hatte ihre Namen und einige Stichpunkte auf einem Blatt Papier zusammengefasst und sie dem Alter nach aufgelistet.

13 Jahre: CARLETTO ATTOSSO. Vater Alkoholiker. Tuberkulosekrank.

14 Jahre: CAROLINO MARASSI. Waise. Mehrere Diebstähle.

14 Jahre: BENITO ROSSI. Eltern anständige Leute. Gewalttätig.

16 Jahre: SILVANO MARCELLI. Vater im Gefängnis. Mutter verstorben. Vererbte Syphilis.

16 Jahre: FIORELLO GRASSI. Eltern anständige Leute. Nicht vorbestraft. Guter Junge.

17 Jahre: ETTORE DOMENICI. Mutter Prostituierte. Übertragung des Sorgerechts auf die Tante. Zwei Jahre Besserungsanstalt.

17 Jahre: MICHELE CASTELLO. Eltern anständige Leute. Zwei Jahre Besserungsanstalt. Zwei Jahre Sanatorium.

18 Jahre: ETTORE ELLUSIC. Eltern anständige Leute. Spieler.

18 Jahre: PAOLINO BOVATO. Vater Alkoholiker. Mutter im Gefängnis wegen Zuhälterei.

18 Jahre: FEDERICO DELL'ANGELETTO. Eltern anständige Leute. Gewohnheitstrinker. Gewalttätig.

20 Jahre: VERO VERINI. Vater im Gefängnis. Drei
Jahre Besserungsanstalt. Sexualtäter.

Das also waren die Protagonisten der Horrornacht. Dass die elf Jungen tatsächlich in der Schule gewesen waren, stand außer Zweifel, denn die Hausmeisterin hatte bezeugt, sie an jenem Abend kurz vor sieben eingelassen zu haben, und ihre Aussage auch unterschrieben. Die Jungen waren bereits einmal befragt worden, und dabei hatte sich jeder von ihnen auf die gleiche Weise verteidigt, und zwar mit der simplen, ja fast schon lächerlichen Behauptung, er sei es nicht gewesen: Die anderen hätten die Lehrerin misshandelt und vergewaltigt, er nicht. Die Beamten von der Spurensicherung hatten überall Fingerabdrücke genommen, sodass sie wohl bald mehr über den schrecklichen Mord wissen würden – jedenfalls, was die reinen Fakten des Tathergangs anging. Doch bevor am nächsten Morgen um zehn der Untersuchungsrichter erschien, wollte Duca die jungen Kriminellen noch einmal selbst befragen. Und vor allem wollte er ihnen persönlich in die Augen schauen.

Er schauderte und merkte, dass das Fenster noch immer offen war. Also stand er auf, schloss es und verließ dann den Raum, um Mascaranti zu wecken, der in einem tiefen Sessel in Carruas Büro lag und schlief.

»Wie spät ist es?«, fragte Mascaranti schlaftrunken und erhob sich.

»Fast zwei. Wir müssen jetzt beginnen«, teilte Duca ihm mit.

»Gut, Doktor Lamberti.«

Sie standen sich in dem Licht der kleinen Schreibtischlampe gegenüber. Einen Moment wankte Mascaranti vor Müdigkeit.

»Also«, begann Duca, »du bringst sie mir jetzt nacheinander herauf, immer schön einen nach dem anderen. Erst wenn ich mit einem fertig bin, weckst du den nächsten. Sie dürfen sich kaum auf den Beinen halten können vor Müdigkeit, so wie du jetzt!«

Mascaranti lächelte. »In Ordnung.«

»Wir beginnen mit Carletto Attoso, dem Jüngsten.«

»Ja, Doktor Lamberti.«

»Ach so – du lässt mir die Jungen bitte von zwei Beamten hochbringen, denn für die Verhöre brauche ich Zeugen. Und weck auch den Stenografen.«

»Wir können das Verhör doch auf Tonband aufnehmen«, widersprach Mascaranti.

»Nein, denn da hört man auch die Ohrfeigen. Ich brauche den Stenografen«, erwiderte Duca trocken.

»Doktor Lamberti«, wandte Mascaranti schüchtern ein, »Doktor Carrua hat mich gebeten, Ihnen mitzuteilen, wenn Sie sich auch nur an einem Einzigen dieser Jungen vergreifen, fliegen Sie hier raus.«

»Na gut, dann schmeißt er mich eben raus. Aber jetzt fangen wir an. Bring mir den ersten Jungen ins Büro. Du weißt schon: Carletto Attoso.«

»Ja, Doktor Lamberti.«

Duca kehrte in sein Kabuff zurück und öffnete noch einmal das Fenster. Eine Weile stand er dort und starrte auf die immer dickeren, das Licht der Straßenlampen widerspiegelnden Nebelschwaden. Noch einmal atmete er tief durch, schloss das Fenster wieder und setzte sich hinter seinen Schreibtisch. Gigi war zu ihnen nach Hause gefahren, um die kleine Sara zu untersuchen. Dass sie nicht angerufen hatten, hieß eigentlich, dass es nichts Schlimmes war. Aber vielleicht meldete er sich doch mal kurz. Er wählte die Nummer. Schon beim zweiten Klingeln nahm Livia ab. »Na, wie geht's, Livia?«

Ihre warme, besorgte Stimme wurde hart. »Schlecht.« Sie

klang fast ein wenig feindlich. »Einen Moment, der Professor möchte dich mal sprechen.«

Er wartete noch immer mit dem Hörer am Ohr, als sich die Tür seines Büros öffnete und die beiden Beamten eintraten. Zwischen ihnen stand ein großer, magerer Junge mit Hakennase und blinzelte verschlafen in die Schreibtischlampe, die Duca absichtlich so aufgestellt hatte, dass sie die Eintretenden blendete. Hinter ihnen erschien Mascaranti mit dem Stenografen, einem jungen, sehr dicken Mann mit einem überaus sorgfältig gepflegten Bart.

»Hallo, Duca?«

»Ja, hallo, Gigi. Wie geht's?« Während er telefonierte, musterte Duca den Jungen vor sich. Er hatte blondes, strähniges Haar und vorstehende, Basedowsche Augen mit einem trotzigen, für einen dreizehnjährigen Jungen außergewöhnlich bösartigen Blick.

»Es ist nicht wirklich ernst«, bemerkte Gigi, der berühmte Kinderarzt. »Aber —«, und er, Duca, mochte Wörter wie aber, jedoch oder trotzdem überhaupt nicht, »— es ist schon eine ziemlich starke Bronchitis. Ich habe der Kleinen eine Spritze gegeben und hoffe, dass wir die Situation bald im Griff haben. Hauptsache, es artet nicht in eine Lungenentzündung aus. Wer mir aber fast noch mehr Sorgen macht, ist deine Schwester. Es wäre gut, wenn du kommen könntest, Duca, dann würde sie sich bestimmt etwas beruhigen.«

Duca drehte die Lampe so, dass der Lichtkegel dem Jungen nicht mehr in die Augen fiel, und bedeutete ihm, Platz zu nehmen. Der Junge setzte sich ihm gegenüber an den Schreibtisch. Er sah noch genauso trotzig und bösartig aus wie zuvor.

»Gigi, gib ihr ein Beruhigungsmittel«, sagte Duca in die Muschel. Er kramte in dem Ordner, fand das Foto der misshandelten und missbrauchten Lehrerin Matilde Crescenzaghi,

Tochter des verstorbenen Michele Crescenzaghi und seiner Frau Ada Pirelli, und legte es vor den dreizehnjährigen Carletto Attoso. »Sieh dir dieses Foto an«, forderte er ihn auf, während er die Muschel mit der Hand verdeckte, »und zwar ganz genau. Halt es mit beiden Händen vor dich hin, und sieh es dir sorgfältig an, während ich telefoniere, sonst hau ich dir die Fresse ein.« Der Junge tat zwar, was von ihm verlangt wurde, gab seine widerspenstige, ja feindliche Haltung aber trotz Ducas schneidendem Tonfall nicht auf. Angst hatte er offenbar nicht.

»Duca? Duca, bist du noch da?«

»Ja, ja, natürlich.«

»Hör mal, ihr ein Beruhigungsmittel zu geben ist keine Lösung. Deine Schwester ist nicht in der Lage, mit dem kranken Kind allein zu bleiben! Und auch für die Kleine wäre es gut, wenn du hier wärst, dann könntest du ihr eine Spritze geben, falls sie in zwei, drei Stunden noch einmal Probleme mit der Atmung bekommt. Allein schafft deine Schwester es nicht, sie ist ganz verrückt vor Angst.«

Während Duca seinem Freund zuhörte, beobachtete er den Jungen, der das Foto vor sich hinhielt. Die Lider auf die etwas hervorstehenden Augäpfel gesenkt, strahlte er eine gewisse Überheblichkeit aus, was Duca ganz besonders reizte, weil es wie die Arroganz eines schmutzigen Welpen wirkte.

»Gigi«, sagte er in die Muschel »im Moment ist es mir absolut unmöglich zu kommen. Selbst wenn du mir sagen würdest, dass die Kleine im Sterben liegt, käme ich nicht, denn ich könnte nichts für sie tun. Hier hingegen bin ich zu etwas nütze. Ich bin kein Kinderarzt – ich bin ja nicht einmal mehr Arzt! Wenn ihr jemanden braucht, der dem Kind im Notfall eine Spritze geben kann, dann sag Livia, sie soll sich sofort um eine Krankenschwester kümmern. Oder geht es dir mehr um den moralischen Beistand? Dann sag Lorenza, dass es für mich jetzt bestimmt schwerer ist, nicht bei ihr sein zu können, als für sie, allein zu sein. Tut mir Leid. Und jetzt muss ich wirklich Schluss machen. Danke für alles und bis bald.« Er hängte ein.

Lange, bestimmt eine Minute, blieb er unbeweglich sitzen und betrachtete die Szene vor sich: den Jungen, der ihm gegenüber auf dem harten Stuhl saß, mit dem Foto in den Händen, und so tat, als machten die schauerlichen Einzelheiten des Bildes keinerlei Eindruck auf ihn; dahinter die beiden uniformierten Polizeibeamten, jederzeit bereit einzugreifen, denn im Gegensatz zu den meisten Leuten wissen Polizisten, dass ein Dreizehnjähriger genauso gefährlich sein kann wie ein Erwachsener; links vom Tisch Mascaranti, rechts der Stenograf mit dem üppigen Bart à la Cavour, der mit aufgeschlagenem Block und gezücktem Stift auf einem Hocker saß, der viel zu klein war für sein ziemlich breites Hinterteil – sechs Personen in diesem kleinen Büro, das mit seinen zweieinhalb mal dreieinhalb Metern kaum größer war als eine Besenkammer.

Nachdem er die Szene eingehend betrachtet hatte, begann er zu sprechen. »Du kannst die Fotografie jetzt vor dich auf den Tisch legen. Aber schau sie weiter an, während ich dir ein paar Fragen stelle.«

Mechanisch und mit geradezu provozierender Gehorsamkeit legte der Junge das Foto auf den Schreibtisch und senkte die Lider, damit es so aussah, als blicke er auf das Bild.

»Sehr gut«, sagte Duca. »Bevor wir mit dem Verhör beginnen, möchte ich dir etwas erklären. Du fühlst dich ungeheuer sicher – nicht nur, weil du erst dreizehn bist, sondern vor allem wegen deiner Tuberkulose. Das ärztliche Attest lässt keinen Zweifel: größere Herde in beiden Lungenlappen mit beginnender Degeneration des Lungengewebes.« Kein Polizeibeamter würde es wagen, so einen armen, tuberkulosekranken Halbwüchsigen auch nur anzurühren. »Die Fresse kann ich dir leider nicht einschlagen, auch wenn ich das vorhin behauptet habe. Eine leere Drohung, das gebe ich zu. Ich kann aber etwas tun, was noch viel schlimmer ist. Dir ist ja wohl klar, dass du in der Besserungsanstalt landest, egal, wie diese Geschichte ausgeht. Wenn du jetzt vernünftig auf meine Fragen antwortest, werde ich bei meinen Freunden vom Beccaria ein gutes Wort für dich einlegen, damit sie dich ein wenig rücksichtsvoll behandeln. Versuchst du hingegen, mich reinzulegen, werde ich dafür sorgen, dass du auf ihre schwarze Liste kommst. Du selbst warst ja noch nicht im Beccaria, aber deine Freunde kennen sich aus und können dir erzählen, was das heißt. Klar – im Beccaria werden sie dir deine Tuberkulose auskurieren, vielleicht bekommst du sogar runde, rosige Wangen. Aber wer auf der schwarzen Liste steht, der kommt da nicht mehr so schnell raus, das kannst du mir glauben. Selbst wenn sie dir nur zwei Jahre aufbrummen, bleibst du drei, vier oder sogar fünf Jahre da hängen, wegen ›rebellischen Verhaltens‹. Und bist du dann volljährig, geht's direkt weiter ins Gefängnis, zum Beispiel, weil du dich an einem Gefängniswärter vergriffen hast, denn ihr seid nicht nur kriminell, sondern außerdem noch so dumm, das Wachpersonal aufs Korn zu nehmen.«

Jetzt hob Carletto Attoso die schweren Lider und sah ihn an. In seinem Blick lag eine provozierende Sicherheit, wie sie nur ein Dreizehnjähriger demonstrieren kann. »Ich hab nichts getan«, entgegnete er, und sein Blick wurde noch sicherer und herausfordernder. »Ich bin doch viel zu jung dafür. Ich hatte Angst. Die anderen waren ja wie durchgedreht.« Er log ohne die geringste Scham.

Das musste Duca jetzt aushalten.

Er griff nach einem Päckchen Zigaretten, öffnete es, zog

eine Zigarette heraus und hielt sie dem Jungen hin. »Möchtest du?«

Carletto nahm die Zigarette, und Duca gab ihm Feuer. Sich selbst zündete er auch eine an. Dann sagte er: »Jetzt geht es los. Und denk an die schwarze Liste.«

ZWEITER TEIL

In einem Verhör unterliegt eigentlich immer, wer die Wahrheit herausfinden will, denn der Verhörte sonnt sich unbeschwert in seinen Lügen und Erfindungen – außer, man wendet körperliche Gewalt an –, und das Gesetz ist vollkommen machtlos dagegen.

1

Duca bedeutete dem Stenografen Cavour, dass er jetzt anfangen könne zu schreiben. Dann wandte er sich wieder dem Jungen zu und begann: »Wie heißt du?«

»Carletto Attoso.«

»Und dein Vater?«

»Giovanni Attoso.«

»Deine Mutter?«

»Marilena Dovati.«

»Wann bist du geboren?«

»Am vierten Januar 1954.«

Die Fragen waren reine Formsache und vor allem für den Stenografen gedacht. Doch dann ging es richtig los. »Bist du vor drei Tagen in der Abendschule gewesen, so wie immer?« Duca wollte den Jungen zum Lügen verführen und in Widersprüche verwickeln.

Doch Carletto antwortete nicht gleich. Die Frage war ein mit Bedacht ausgelegter Köder: Groß war die Verlockung, einfach mit »nein« zu antworten, dann wäre er das ganze Problem auf einen Schlag los gewesen. Doch so dumm war er nicht. Er wusste, dass die Hausmeisterin seine Anwesenheit an jenem Abend bezeugt hatte, und außerdem erinnerte er sich, das im ersten Verhör bestätigt zu haben.

»Ja, ich bin in die Schule gegangen, aber ich habe nichts getan«, sagte er schließlich.

Mit dieser Behauptung hatten sich schon beim letzten Verhör alle elf einstimmig verteidigt.

Duca nahm eine der beiden Flaschen Anis, die neben ihm

auf dem Boden standen, drehte den Schraubverschluss ab, roch vorsichtig an der Flüssigkeit und las auf dem Etikett: 78 % vol. Dieser sizilianische Anis war der stärkte Schnaps der Welt. Bei einer derartigen Konzentration steigt der Alkohol schon bei der geringsten Berührung mit der Zungenspitze beißend in die Atemwege und lässt Whisky oder Gin dagegen wie Mineralwasser erscheinen. Vier, fünf Löffel von diesem Zeug reichen, um selbst einen gestandenen Trinker in Wahnsinn und Gewalttätigkeit zu stürzen, denn milchweißer Anis hat die Eigenschaft, sämtliche Schranken niederzureißen und einen heftigen psychischen Erethismus auszulösen: Er macht nicht müde, sondern brennt die Sicherungen des nervlichen und erotischen Kontrollsystems durch.

»Ja, ja, ich weiß, dass du nichts getan hast«, entgegnete Duca ruhig. »Möchtest du vielleicht einen Schluck von diesem Schnaps? Der wird dich vielleicht ein bisschen munter machen.«

»Nein danke, der ist mir zu stark«, antwortete der Junge hastig. Ah, jetzt war er ihm doch auf den Leim gegangen! Typen wie er waren wirklich schlau, wirklich intelligent waren sie aber nicht.

»Woher weißt du denn, wie stark dieses Zeug ist? Hast du es schon mal gekostet?«, bohrte Duca freundlich nach.

»Ich? Nein. Aber man sieht doch, dass da was Hochprozentiges drin ist.«

»Ach ja? Und woran sieht man das?«

»Ich weiß nicht. An der Flasche. Sieht aus wie Grappa.«

»Na ja, es könnte aber auch Zitronensirup sein. Komm, probier mal.«

Dem Jungen wurde klar, dass das Verhör dabei war, in eine ungewollte Richtung zu entgleisen. Von Ducas durchdringendem Blick verunsichert, verlor er die Beherrschung und machte gleich den nächsten Fehler. »Nein, nein, bloß nicht«, stieß er panisch hervor. Der Gedanke, er könne zum Trinken gezwungen werden, versetzte ihn offensichtlich in Angst und Schrecken. »Das Zeug bekommt mir nicht.«

»Und woher weißt du, dass es dir nicht bekommt? Du hast es wohl doch schon mal getrunken?«

Carletto Attoso senkte den Kopf. Er war überführt, aber geschlagen gab er sich deshalb noch lange nicht. »Ja, an jenem Abend, in der Schule.« Das konnte er ruhig zugeben, das hieß an sich ja noch gar nichts. »Die anderen haben mich dazu gezwungen.«

»Wir hingegen werden das nicht tun«, sagte Duca ruhig, »wir werden dich nicht zwingen zu trinken. Mir genügt, dass du daran schnupperst.« Und um noch deutlicher zu werden, fügte er hinzu: »Du brauchst die Flasche nur unter die Nase zu halten und daran zu riechen.«

Der Junge gehorchte. Doch kaum hatte er sein Gesicht der offenen Flasche genähert, als er es auch schon angewidert verzog.

»Ist dies der Schnaps, den man dich an jenem Abend in der Schule gezwungen hat zu trinken?«, hakte Duca nach.

Vor Übelkeit ganz grau im Gesicht, stellte der Junge die Flasche auf den Tisch zurück. »Ja.«

Duca stand auf. »Gut. Manchmal sagst du ja sogar die Wahrheit!« Er ging um den Stuhl herum, auf dem der Junge saß, stellte sich hinter ihn und legte ihm die Hände auf die Schultern. »Dreh dich nicht um, sondern sieh dir weiter das Foto an. Die meisten Leute denken wahrscheinlich, dass du ein armes Würstchen bist, schon mit dreizehn Jahren von unserer Konsumgesellschaft verdorben und durch schlechten Umgang auf die schiefe Bahn geraten. Ich hingegen bin überzeugt, dass du schon als Verbrecher zur Welt gekommen bist, so wie andere von Geburt aus blond sind, denn ein normaler Junge in deinem Alter kann beim Anblick eines solchen Fotos nicht ungerührt bleiben. Einem Burschen wie dir müsste speiübel werden, wenn er sieht, wie seine Lehrerin zugerichtet wurde. Aber du bist eben kein normaler Junge, sondern auf dem besten Weg, ein hart gesottener Verbrecher zu werden. Hörst du mir zu?« Duca legte noch ein wenig mehr Gewicht in seine Hände, sodass sie schwer auf den Schultern des mageren, tuberkulosekranken Jungen lasteten. »Und dreh dich nicht um, sondern bleib sitzen und antworte mir!«

»Ja, ich höre Ihnen zu, aber ich hab nichts getan«, erwiderte der Junge.

»Natürlich!«, entgegnete Duca. »Jetzt pass mal gut auf: Ich erwarte gar nicht, dass du alles gestehst, was du angestellt hast. Ich will das überhaupt nicht hören, denn ich weiß sowieso, was du getan hast, so genau, als wäre ich dabei gewesen. Ich wette zum Beispiel tausend Lire, dass du derjenige warst, der den Strumpf eurer Lehrerin mit Reißzwecken zwischen den Tischen aufgespannt hat, um Schnurspringen zu spielen, denn du bist ja fast noch ein Kind und tust so was sicher gern, vor allem, wenn du achtundsiebzigprozentigen milchweißen Anis getrunken hast und im Vollrausch bist.«

»Nein, ich habe nichts getan.«

»Hör mal zu, Carletto«, knurrte Duca mit harter Stimme, »du behauptest, dass du unschuldig bist, und ich will auch gar nicht wissen, was du angestellt hast und was nicht. Ich möchte nur, dass du mir einen klitzekleinen Gefallen tust.«

Der Junge drehte sich um und schaute Duca unsicher an.

»Dreh dich nicht um!«, brüllte Duca so unvermittelt, dass sogar Mascaranti, der Stenograf und die beiden Polizeibeamten zusammenzuckten. »Dreh dich nicht um, sondern sieh dir gefälligst dieses Foto an! Und zwar richtig, sonst schleife ich dich ins Leichenschauhaus und sperr dich in die Kühlzelle zu deiner Lehrerin, die so naiv war, dir ein wenig Anstand beibringen zu wollen! Und dann lasse ich dich für den Rest der Nacht bei ihrem Leichnam, der da jetzt auf die Autopsie wartet, und zwar bei brennendem Licht!«

»Ja«, keuchte der Junge hastig, »ich seh es mir ja an.«

»Na, bitte. Und während du dieses Foto betrachtest, hör mir gut zu.« Ducas Stimme wurde wieder ruhiger. »Ich habe dir eben gesagt, dass ich dich um einen Gefallen bitten möchte. Nur eine einzige Information verlange ich von dir: Ich möchte wissen, wer die Flasche mit dem milchweißen Anis in die Schule gebracht hat. Wenn du mir das sagst, frage ich dich überhaupt nichts mehr, und du kannst wieder ins Bett gehen. Selbst wenn du derjenige warst, der eurer Lehrerin den Todesstoß versetzt hat – ich werde nicht danach fragen. Das Einzige, was ich wissen will, ist, wer die Flasche mit dem Alkohol mitgebracht hat. Dann kannst du wieder ins Bett.«

»Ich weiß es nicht, ich hab es nicht gesehen, deshalb kann ich es Ihnen auch nicht sagen«, antwortete der Junge gehetzt. Ducas Hände, die schwer auf seinen Schultern lagen – wirklich wehtaten sie ihm nicht, denn wer wagt es schon, einen tuberkulosekranken Jungen zu schlagen –, machten ihn nervös.

»Hör mal zu, du Vollidiot: Denk wenigstens einen Moment nach, bevor du irgendwelchen Schwachsinn von dir gibst«, zischte Duca. »Und vergiss nicht die schwarze Liste! Ich verlange von dir ja kein vollständiges Geständnis, sondern habe dir nur eine einzige, kleine Frage gestellt. Aber ich warne dich: Wenn du mir nicht einmal diese eine, kleine Antwort gibst, dann wirst du die nächsten zwanzig Jahre keine Ruhe mehr haben. Denn dann schicke ich dich mit einem Bericht ins Beccaria, der dich dazu verdonnert, die Hälfte deiner Jugend in einer Strafzelle zu verbringen und dann noch zehn Jahre in einem richtigen Gefängnis. Also überleg dir gut, ob du mich wirklich zum Narren halten willst. Ich wiederhole die Frage noch einmal: Wer hat die Flasche milchweißen Anis mit in die Schule gebracht?«

Schweigen. Mascaranti, der sich gerade eine Zigarette anzünden wollte, hielt inne, das Feuerzeug in der Hand. Der Junge starrte noch immer auf das schreckliche Foto vor ihm. Dann sagte er: »Fiorello Grassi.« Nichts weiter als diesen Namen: Fiorello Grassi.

Duca ging zurück zur gegenüberliegenden Seite des Schreibtischs und musterte den Jungen mit den schweren, auf das Foto gesenkten Lidern. Schweigend überflog er die Notizen, die er sich vorhin gemacht hatte. Er las: FIORELLO GRASSI – *Eltern anständige Leute. Nicht vorbestraft. Guter Junge.* Mit einer ungeheuren Willensanstrengung gelang es ihm, sich zu beherrschen, und er sagte leise: »Ich habe eine Menge Geduld, aber ich rate dir, den Bogen nicht zu überspannen. Sag mir die Wahrheit!« Fiorello Grassi war der einzige anständige Junge unter diesem Gesindel. Das jedenfalls ging aus den Verhören hervor. Fiorello war sogar von Carrua selbst vernommen worden, und der hatte die Worte »guter Junge« notiert. Es war aber durchaus denkbar, dass Carletto Attoso, der jüngste dieser jugendlichen Verbrecher, den einzigen Anständigen aus ihrer Mitte anschwärzte, um die anderen zu decken.

»Das ist die Wahrheit!«, schrie der Junge, der inzwischen ziemlich aufgelöst wirkte. »Er ist in die Klasse gekommen und hat gesagt, er habe was zu trinken mitgebracht, damit wir uns die Zeit vertreiben könnten, bis die Lehrerin käme.«

»War es wirklich Fiorello Grassi? Bist du sicher, dass du dich nicht irrst?«

»Nein, er war es, bestimmt, ich irre mich nicht!«

»Und warum hast du das im ersten Verhör nicht gesagt?«

Der Junge hatte sich wieder gefangen. »Weil mich niemand danach gefragt hat.«

Völlig unvermittelt, so unvermittelt, dass der Junge noch einmal ganz blass wurde vor Schreck, brüllte Duca, so laut er konnte: »Du lügst! Man *hat* dich danach gefragt, hier steht es! Man hat dich gefragt: Wer hat die Flasche Schnaps mit in die Klasse gebracht? Mit genau denselben Worten, die ich eben benutzt habe!« Er schrie immer lauter. »Und weißt du, was du da geantwortet hast? Du wüsstest es nicht, du hättest nichts gesehen!«

Ducas Gebrüll erschütterte den Jungen – offenbar reagierte er einfach auf die Wucht der Schallwellen. »Ich wollte meinen Schulkameraden nicht anschwärzen. Ich bin schließlich kein Verräter«, sagte er fast weinend.

Erneut senkte Duca die Stimme. »Na gut, du willst mich also reinlegen. Mach, was du willst. Aber denk dran, dass deine Jugend in der Besserungsanstalt und im Gefängnis draufgehen wird. Man wird dir deine Tuberkulose auskurieren, darauf kannst du zählen, und vielleicht wirst du sogar rund und rosig. Aber vor dreißig kommst du da nicht wieder raus, das schwöre ich dir.« Er gab den beiden Polizeibeamten einen Wink. »Und jetzt bringt ihn weg, ich will ihn nicht mehr sehen.«

Kaum hatte der Junge von den Polizisten begleitet den Raum verlassen, wählte Duca die Telefonnummer von zu Hause.

»Na, wie geht's?«, fragte er, als er die Stimme seiner Schwester Lorenza vernahm.

»Etwas besser. Sie schläft jetzt, und auch das Fieber ist ein wenig gesunken.«

»Ist die Atmung in Ordnung?«

»Es sieht so aus. Die Krankenschwester überwacht sie ständig.«

»Dann geh jetzt schlafen, Lorenza.«

»Ja. Ach, warte, Livia will dich noch sprechen.«

Kurz darauf drang Livias Stimme an sein Ohr. »Mach dir keine Sorgen, Duca, der Kleinen geht es jetzt besser.«

»Danke, Livia.«

»Wann kommst du?«

»Bitte, frag mich nicht, Livia, ich weiß es nicht. Es wird bestimmt ziemlich spät. Aber ich muss diese Arbeit jetzt einfach zu Ende bringen, wirklich, vorher kann ich nicht kommen.«

»Ich wollte mich für vorhin entschuldigen. Ich war furchtbar angespannt, weil es der Kleinen so schlecht ging, weißt du«, sagte sie sanft.

»Na, wenn sich hier einer entschuldigen muss, dann ja wohl ich. Ich ruf dich später noch mal an.« Er legte den Hörer auf, blickte kurz zu dem Stenografen hinüber, der sehr müde wirkte, und wandte sich dann an Mascaranti: »Nach dem Jüngsten nehmen wir den Ältesten. Bring mir Vero Verini rauf.« Er holte tief Luft. Sara ging es besser.

Vero Verini war der älteste Schüler der Abendschule Andrea e Maria Fustagni. Ducas Notizen über ihn lauteten: Vater im Gefängnis. Drei Jahre Besserungsanstalt. Sexualtäter.

Mascaranti verließ den Raum mit den beiden Beamten. Wenige Minuten später kamen sie mit Vero Verini zurück.

2

Er war klein und wirkte ein wenig aufgedunsen. Mit seinen langen, schmutzigen, ja fast verklebten kastanienbraunen Haaren sah er älter aus als dreißig. Die Beamten mussten ihn aus dem Tiefschlaf geholt haben, denn seine ohnehin kleinen Augen waren nur zwei enge Schlitze.

»Setz dich!«, forderte Duca ihn auf.

Der vorzeitig gealterte Junge nahm Platz.

»Etwas näher an den Tisch heran«, fügte Duca hinzu.

Der Junge rückte den Stuhl zum Tisch, bis seine Knie unter der Platte verschwanden.

»Also«, begann Duca und griff nach seinem Notizzettel. »Du heißt Vero Verini und bist zwanzig Jahre alt. Dein Vater Giuseppe sitzt wegen Raubüberfalls seit sieben Jahren im Gefängnis. Du selbst warst insgesamt drei Jahre in der Besserungsanstalt, immer mal wieder und jedes Mal aus dem gleichen Grund, nämlich wegen Unzucht in der Öffentlichkeit. Mit ›Öffentlichkeit‹ sind diverse Grünanlagen gemeint, der Park und sogar das Fenster deiner Wohnung, denn wenn jemand am Fenster steht und bestimmte Dinge tut, die man besser nicht täte, wenn ein junges Mädchen vorbeikommt, jedenfalls nicht an einem offenen Fenster und genauso spärlich bekleidet wie der gute, alte Adam, dann ist das eine unsittliche Handlung. Ist das richtig?«

»Nein.« Der gealterte Junge schüttelte den Kopf. »Ich habe überhaupt nichts getan. Die Polizisten haben das alles nur behauptet, um mich in Schwierigkeiten zu bringen.«

»Aha. Und warum sollten Polizisten eine Kanaille wie dich in Schwierigkeiten bringen wollen?«

Mit unerschütterlicher Selbstsicherheit blickte der Junge

ihm direkt in die Augen und antwortete ohne jede Spur von Angst: »Weil sie gemein sind, und zwar zu allen Leuten, auch zu den anständigen.«

Duca lächelte, Mascaranti und der Stenograf ebenfalls, und sogar die beiden uniformierten Polizeibeamten grinsten, wenn auch etwas weniger breit. Als Vero Verini merkte, was für einen Erfolg er erzielt hatte, lächelte auch er wie ein Kabarettist, der zufrieden über seine geistreiche Bemerkung ins Publikum strahlt.

»Also gut, du sagst also, du seist ein anständiger Junge«, fuhr Duca fort. »Wenn das stimmt, dann wirst du mir sicher eine Frage beantworten, nur eine einzige Frage. Wenn du das tust, höre ich sofort auf, dich weiter zu löchern. Eine Antwort, und du kannst wieder ins Bett gehen. Verstanden?«

»Ja, verstanden.«

»Überleg dir deine Antwort gut. Die Frage lautet: Wer hat die Flasche mit dem milchweißen Anis mit zur Schule gebracht?«

Der gealterte Junge schüttelte den Kopf. »Ich weiß es nicht«, antwortete er prompt.

»Du weißt es nicht?« Duca griff mit der rechten Hand nach dem Anisschnaps auf dem Tisch. Dabei machte er jedoch eine so ungeschickte – bewusst ungeschickte – Bewegung, dass er ihn umwarf. Da die Flasche nicht verschlossen war, kippte der Schnaps aus und ergoss sich über die Knie des gealterten Jungen, der instinktiv versucht hatte, der klebrigen, alkoholischen Dusche zu entgehen. Blitzschnell hatte Duca ihn jedoch über den Tisch hinweg am Arm gepackt und festgehalten. »Du bleibst sitzen!«, brüllte er. Stumm beobachtete Mascaranti die Szene und strich sich mit der Hand übers Gesicht. Er hatte immer ein wenig Angst, wenn Duca brüllte.

»Ja«, stotterte Vero Verini schreckerfüllt, während ihm der

letzte Schwall milchweißer Anis mit seinem stechenden Geruch auf die Hosen und in die Schuhe schwappte. Schließlich war die Flasche leer, und Duca stellte sie wieder aufrecht hin. Der penetrante Geruch des Anisschnapses war in dem winzigen Raum kaum noch auszuhalten. Die Augen des Stenografen Cavour wurden rot, Mascaranti putzte sich die Nase, einer der Beamten musste niesen, und der gealterte Junge war nach kürzester Zeit ganz grün im Gesicht. Am Abend des Verbrechens musste er ziemlich viel von dem Zeug getrunken haben, denn er hatte einen ganzen Tag auf der Krankenstation gelegen, bis es ihm wieder leidlich gut ging. Nun musste ihm der stechende Geruch, der aus seinen alkoholgetränkten Hosen und Schuhen aufstieg, erneut den Magen umdrehen, und seine Augen tränten vor Übelkeit.

»Vielleicht könnten wir das Fenster ein wenig öffnen«, schlug Mascaranti behutsam vor. Offensichtlich versuchte er sich als Vermittler.

»Nein, um Himmels willen! Es ist scheußlich kalt und neblig draußen«, entgegnete Duca, »und dieser arme Junge hat schließlich Tuberkulose. Wusstest du das nicht?« Nach ein paar Sekunden wandte er sich dem gealterten Jungen zu, dessen aufgedunsenes, grünes Gesicht vor Übelkeit verzerrt war. »Ich frage dich noch einmal, wer die Flasche Anis mit in die Klasse gebracht hat. Eben hast du mir gesagt, du wüsstest es nicht. Vielleicht erinnerst du dich einfach nicht mehr so richtig. Denk doch mal genau nach. Wenn dir einfällt, wer die Flasche Anis mitgebracht hat, kannst du sofort wieder ins Bett gehen, und außerdem gebe ich dir noch eine Schachtel Zigaretten mit.« Er legte ein Päckchen Zigaretten mit einer Streichholzschachtel vor Vero Verini. »Na, wie ist es?«, schloss er.

Vero Verini schlug sich eine Hand vor den Mund und wurde von einem starken Brechreiz geschüttelt. Mit hochrotem

Kopf stieß er schließlich hervor: »Doch, jetzt weiß ich es wieder.«

»Was?«, fragte Duca nach.

»Wer die Flasche mitgebracht hat.«

»Und wer war es?«

»Ich hab genau gesehen, wie er mit der Flasche in der Hand reingekommen ist. Es war Fiorello Grassi.«

Duca Lamberti rührte sich nicht. Er blieb vollkommen unbeweglich sitzen und schaute nicht einmal auf, sondern starrte nur auf seine Hände, die still auf der Tischplatte lagen. »Danke, du kannst gehen«, sagte er schließlich zu dem gealterten Jungen. »Und nimm die Zigaretten und die Streichhölzer mit«, fügte er hinzu, als sich der kleine, kaputte Kerl vor ihm erhob, wobei der Gestank seiner Hosen fast unerträglich wurde. »Bringt ihn wieder ins Bett«, wies er die Beamten an.

Als sie mit Vero Verini verschwunden waren, fragte Mascaranti vorsichtig: »Könnten wir jetzt mal kurz das Fenster öffnen?«

»Nein«, entgegnete Duca hart, »denn dieser Gestank ist den werten Herren hier eine unentbehrliche Gedächtnisstütze. Als wir sie verhaftet haben, waren sie stockbesoffen, und wahrscheinlich wäre es ihnen am liebsten, wenn wir den Anisschnaps nicht einmal erwähnen würden.«

Mascaranti nickte ergeben. Inzwischen war allen Anwesenden speiübel. Geduldig stand er auf und fragte: »Soll ich Ihnen jetzt Fiorello Grassi bringen?« Schließlich war das der Hauptverdächtige, denn nach der Aussage der beiden Jungen hatte er den Schnaps mitgebracht.

»Nein«, widersprach Duca, »bring mir erst noch einen anderen von diesen Schlaumeiern. Bring mir Ettore Domenici.«

»In Ordnung.«

3

Setz dich«, wies Duca den Jungen an. »Hier, schön nah an den Tisch, auch wenn der Boden ein wenig nass ist. Weißt du, leider ist uns eben eine Flasche milchweißer Anis umgekippt. Hast du so was schon mal getrunken?«

»Ja«, bestätigte Ettore Domenici, siebzehn Jahre, wie Duca Lamberti seinen Notizen entnahm, Sohn einer Prostituierten, der in den letzten Jahren unter der Obhut seiner Tante gestanden, davon allerdings zwei in der Besserungsanstalt verbracht hatte. Der Grund: Er hatte einen Cousin, einen älteren Herrn in solider Anstellung, mit dem Messer bedroht, weil er ihm kein Geld mehr geben wollte.

Ettore Domenici war einer dieser Jugendlichen, die sich in Anwesenheit von zwei oder drei Polizeibeamten zahm und unterwürfig geben und hoffen, die Polizei mit ihrer gespielten Fügsamkeit besänftigen zu können, in Wirklichkeit aber nur darauf aus sind, ihr Gegenüber hereinzulegen, wo es nur geht. Wie die beiden anderen blinzelte auch dieser Junge vor Müdigkeit.

»Ich möchte gerne wissen, was du an jenem Abend in der Schule gemacht hast«, forderte Duca ihn auf. Er bog die Schreibtischlampe ein wenig nach unten, damit sie den Jungen nicht blendete und er im Halbdunkel besser lügen konnte. Irgendwie machte es ihm Spaß, sich all ihre Geschichten anzuhören und diesen armen Schluckern vorzugaukeln, sie hätten ihn reingelegt.

»Ich habe nichts getan. Ich habe mit der ganzen Sache nichts zu tun!«

»Ja, ja, ich weiß, du hast nichts getan. Dann erzähl mir wenigstens, was du gesehen hast.«

Das Verhör verlief so ruhig, dass der Junge übermütig wurde und an den Fähigkeiten seines Gegenübers zu zweifeln begann. Mit gespielter Unschuld sagte er: »Ich habe noch nicht einmal hingeschaut. Ich hatte Angst.«

»Hör mal zu, Ettore, euer Fest hat zwei Stunden gedauert«, meinte Duca ruhig. »Du kannst mir doch nicht weismachen, dass du ganze zwei Stunden lang mit dem Gesicht zur Wand gestanden hast. Komm, gib dir einen Ruck und sag mir, was du gesehen hast.«

»Ich habe wirklich nichts gesehen«, antwortete der Junge.

»Na gut«, sagte Duca leise, stand auf und ging um den Tisch herum auf Ettore zu. Mascaranti schluckte. Er fürchtete, Duca würde dem Jungen an die Gurgel gehen, und er selbst würde ihn nicht daran hindern können, denn keinem Menschen kam es in den Sinn, Duca Lamberti Einhalt zu gebieten. Gleichzeitig tat es ihm aber auch Leid, denn er wusste, dass eine einzige Ohrfeige genügte, und seine Majestät Carrua würde Duca mit Pauken und Trompeten feuern.

Doch Duca rührte den Jungen nicht an. Er näherte sich ihm nur, nahm die Flasche, auf deren Boden sich noch ein letzter Rest Anis fand, vom Tisch, goss sich ein paar Tropfen in die Handfläche und hielt sie Ettore Domenici unter die Nase. »Falls du den Geruch des Anisschnapses in diesem Raum nicht wahrgenommen hast – probier doch mal, und sag mir dann, ob du an jenem Abend von diesem Zeug getrunken hast.« Er benetzte Mund und Nase des Jungen mit der Flüssigkeit. Ettore ließ es sich zwar gefallen, wurde aber umgehend von einem heftigen Hustenanfall geschüttelt und keuchte: »...Ich wollte das nicht trinken ... sie haben mich gezwungen ... Sie haben mir die Flasche mit Gewalt an die Lippen gesetzt und gesagt: ›Trink!‹«

»Wer hat dich zum Trinken gezwungen?«

»Ich weiß nicht ... Mehrere, eigentlich alle ...«

Diese Jungen brachten es tatsächlich fertig, das Blaue vom Himmel herunterzulügen, dachte Duca. Natürlich war es völliger Quatsch, dass Ettore von seinen Schulkameraden zum Trinken gezwungen worden war. Doch selbst wenn, war es unmöglich, dass er nicht gemerkt hatte oder sich nicht erinnerte, *wer* ihn gezwungen hatte. Ettore Domenici hatte wirklich sehr dick aufgetragen.

»Und du hast überhaupt nichts davon mitbekommen, was deine Freunde mit eurer Lehrerin angestellt haben?«

»Nein, ich habe eigentlich gar nichts gesehen.« Wieder musste der Junge husten.

»Was heißt ›eigentlich‹? Heißt das, dass du vielleicht doch etwas gesehen hast?«

Ettore hustete noch einmal, doch diesmal war sein Husten gespielt. »Eigentlich schon, Herr Kommissar. Ich habe gesehen, wie sie anfingen, sie auszuziehen. Aber das hat mir solche Angst eingejagt, dass ich nicht mehr hingeguckt habe.«

»Komisch. Normalerweise guckt man in deinem Alter gerade hin, wenn man eine nackte Frau zu sehen bekommt.«

»Nein, nein, dazu hatte ich viel zu viel Angst. Als ich sah, dass sie ihr ein Taschentuch in den Mund stopften, damit sie nicht schreien konnte, habe ich mich abgewandt.«

»Aber wenn du gesehen hast, wie sie ihr das Taschentuch in den Mund gestopft haben, musst du doch auch gesehen haben, *wer* das war!«

»Ich ...«

Ducas Stimme wurde leise und scharf: »Raus mit der Sprache, du Gauner.«

»Ich ...«, stammelte Ettore Domenici wie ein in die Enge getriebenes Tier, und seine Wangen glühten jetzt vor Angst. Doch endlich gab er sich einen Ruck und sagte entschlossen: »Doch, ich habe gesehen, wer der Lehrerin das Taschentuch in den Mund gestopft hat.«

»Und wer war es?«

»Ehm, ich weiß nicht, vielleicht irre ich mich auch, aber ich glaube, es war Fiorello.«

»Du meinst Fiorello Grassi? Dieser hier?« Duca entnahm seinem Ordner den Bogen von Fiorello Grassi samt Fotografie.

»Ja, der.« Der Junge senkte den Kopf.

Zwei lange Minuten schwieg Duca. Auch die anderen schwiegen, aber die hatten ja auch vorher nicht gesprochen. Duca hielt die Augen gesenkt, genau wie der Junge vor ihm, doch plötzlich gewann die Wut, die in ihm brodelte, die Oberhand. »Du weißt natürlich nicht, wer die Flasche Anis mit in die Schule gebracht hat, oder?«

»Nein.«

Noch einmal Schweigen, diesmal etwas kürzer. Dann nahm Duca ein Blatt Papier und einen Stift aus dem Schreibtisch, legte beides vor den Jungen und sagte: »Also gut, das Verhör ist beendet. Jetzt beginnt die schriftliche Prüfung.«

Der Junge schaute ihn ungläubig an und wagte sogar ein vorsichtiges Lächeln.

»Ich möchte, dass du jetzt zwei, drei Dinge zeichnest. Fang doch mal an mit ...«, und er nannte ihm den vulgärsten Ausdruck für das männliche Geschlecht, den er kannte.

Ettore Domenici errötete noch einmal – vor Furcht allerdings, nicht aus Scham, denn der Ton in Ducas Stimme flößte ihm Angst ein.

»Sag bloß, du hast das noch nie gezeichnet«, bemerkte Duca trocken.

Der Junge zeichnete unsicher, was von ihm verlangt worden war.

»Und jetzt zeichnest du das Gleiche, bloß in weiblicher Version«, forderte Duca ihn auf. »Hast du verstanden, oder muss ich mich deutlicher ausdrücken?«

Ettore Domenici zeichnete die Hüften einer Frau und den gewünschten Körperteil.

»Jetzt schreibst du ein paar Wörter und Wendungen auf.« Er diktierte ihm das erste Wort, und obwohl Mascaranti, der Stenograf und die beiden Polizeibeamten sicher nicht zimperlich waren, fuhren sie deutlich zusammen. »Schreib.«

»Soll ich das wirklich schreiben?«, fragte der Junge ungläubig und verschreckt.

»Wenn ich dir sage, du sollst schreiben, dann schreibst du das auch«, brüllte Duca und hieb mit der Faust auf den Tisch.

»Ja.« Der Junge tat, was von ihm verlangt wurde.

»Und jetzt schreibst du ...« Duca nannte noch einen Ausdruck.

Der Junge nickte und kritzelte das gewünschte Wort auf das Papier.

»Und jetzt schreibst du folgenden Satz ...« Er beobachtete den Siebzehnjährigen, der gehorsam alles aufschrieb. »Und jetzt noch diesen und diese beiden Wörter.«

Nun war das Blatt bedeckt mit Ausdrücken und obszönen Zeichnungen.

»Bringt ihn weg«, sagte Duca schließlich. Als der Junge verschwunden war, reichte er Mascaranti den beschriebenen Bogen. »Gib das an die Graphologen der Spurensicherung weiter. Es sind dieselben Schimpfwörter und Zeichnungen, die in der Schule an der Tafel standen. Eine graphologische Untersuchung wird ergeben, welche Jungen die Verfasser dieser Schweinereien waren.«

»Gut«, erwiderte Mascaranti. Dann fügte er vorsichtig hinzu: »Vielleicht könnte ich das Fenster jetzt ein wenig öffnen? Der Geruch von dem Anis ...«

»Tut mir Leid, aber das Fenster bleibt zu, bis wir mit den Verhören fertig sind.« Es war inzwischen fast vier Uhr morgens.

4

Um sechs Uhr früh hatte Duca weitere vier Mitschüler befragt: erst Silvano Marcelli, einen sechzehnjährigen Halbwaisen, dessen Vater im Gefängnis saß. Dann Paolino Bovato, Vater Alkoholiker, Mutter im Gefängnis wegen Zuhälterei. Dann einen Achtzehnjährigen slawischer Herkunft, Ettore Ellusic, Sohn anständiger Eltern, der nicht vorbestraft, aber ein leidenschaftlicher Spieler war und sicher längst in der Besserungsanstalt gelandet wäre, wenn ihm seine Sozialarbeiterin nicht so entschieden beigestanden hätte. Kurz vor sechs Uhr hatte er schließlich Carolino Marassi verhört, einen Vierzehnjährigen aus einer einfachen, gediegenen Familie, dessen Eltern aber beide gestorben waren, sodass er begonnen hatte, hier und da mal etwas mitgehen zu lassen. Und so war auch er schließlich ein Jahr in der Besserungsanstalt gelandet.

Alle vier behaupteten, an jenem Abend in der Schule nichts getan oder gesehen zu haben. Alle vier bekräftigten, sie seien gezwungen worden, den milchweißen Anis zu trinken und der schändlichen Vergewaltigung beizuwohnen. Alle beharrten sie darauf, dass sie liebend gern aus dem Klassenraum geflohen wären, von ihren bösen Schulkameraden aber daran gehindert worden waren. Natürlich wusste keiner von ihnen, wer die Flasche Anisschnaps mit zur Schule gebracht hatte. Duca hatte sie aufgefordert, die einschlägigen Zeichnungen zu Papier zu bringen und die bekannten Ausdrücke dazuzuschreiben. Alle vier waren grün im Gesicht geworden, als ihnen der Geruch von dem Anisschnaps in die Nase stieg, der in dem kleinen Raum nicht etwa verflog, sondern mit der Zeit eher noch durchdringender wurde, und einer hatte sich schließlich sogar übergeben. Mascaranti ließ den Boden zwar säubern, aber der Gestank im Büro war jetzt wirklich kaum noch zu ertragen.

»Können wir nicht ein wenig das Fenster öffnen?«, meldete sich der Stenograf schüchtern zu Wort.

Duca griff zur zweiten Flasche Anis, die noch neben ihm auf dem Boden stand, entkorkte sie und stellte sie auf den Tisch.

»Vor drei Tagen haben sich unsere elf Schüler mit diesem fast achtzigprozentigen Schnaps besoffen. Die Folgen ihrer Alkoholvergiftung sind noch nicht ganz verklungen, sodass ihnen bei dem bloßen Geruch übel wird.« Er goss den Anis auf den Boden und über den Stuhl, auf den sich der nächste Junge setzen würde. »Da das Gesetz mir verbietet, dieses Pack mit Tritten in die Fresse zum Reden zu bringen, bleibt mir nichts anderes übrig, als zu psychologischen Tricks zu greifen. Und dabei wird mir niemand vorwerfen können, ich habe Minderjährige misshandelt, denn der Anis ist ein hochprozentiger Alkohol, der innerlich säubert, und diese Jungen haben solch eine Säuberung dringend nötig. Mag der eine oder andere Bauchkrämpfe bekommen – am Ende wird vielleicht doch einer auspacken. Seit vier Stunden wiederholen diese Kerle hartnäckig, dass sie nichts getan oder gesehen haben und nichts wissen. Mal sehen, ob sie alle aus dem gleichen Holz geschnitzt sind.«

»Ja, Herr Kommissar«, gab der Stenograf klein bei.

»Wen soll ich jetzt heraufbringen?«, fragte Mascaranti.

»Jetzt will ich meinen Spaß haben«, antwortete Duca. »Bring mir Fiorello Grassi.«

Der Junge, der kurz darauf vor ihm saß, war klein und gedrungen. Eine liebevolle Tante hätte ihn wohl »meinen kleinen

Stier« genannt, da er trotz seines niedrigen Wuchses breit und kräftig war und eine kurze Nase mit weiten Nasenlöchern hatte, die größer wirkten, als sie tatsächlich waren.

»Setz dich«, forderte Duca ihn auf.

Der Junge blickte auf den Stuhl. In der Delle des Sitzes stand eine Pfütze milchweißer Anis und verbreitete einen stechenden Geruch.

»Aber der Stuhl ist ja ganz nass«, wandte der Junge ein.

Duca sah ihn durchdringend an und sagte: »Genau. Und du setzt dich jetzt trotzdem.«

Sein Ton ließ dem kleinen Stier keine Wahl, und so setzte er sich mit offensichtlichem Widerwillen in die Anispfütze.

»Und die Füße stellst du in die Lache auf dem Boden«, wies Duca ihn an.

Der Junge gehorchte. Es gibt Stimmen, denen man sich nicht widersetzen kann.

Duca vergewisserte sich, dass der Junge die Füße in den Anissee unter dem Stuhl gestellt hatte, und sagte dann leise, aber hart: »Du heißt Fiorello Grassi, bist sechzehn Jahre alt, deine Eltern sind anständige Leute. Die Sozialarbeiterin und andere Personen behaupten, dass du ein guter Junge bist.« Er machte eine kleine Pause. »Vor drei Tagen aber warst du in der Abendschule, wo eure Lehrerin misshandelt und vergewaltigt worden ist – hier, schau dir ruhig das Foto an.« Der kleine Stier blinzelte, als er auf die Fotografie blickte. »Natürlich hast du nichts gesehen. Im ersten Verhör hast du ausgesagt, dass du dich abgewandt hast, dass du gezwungen wurdest, den Schnaps zu trinken, und zwar denselben Anis, in dem du jetzt sitzt, und dass man dich daran gehindert hat, das Klassenzimmer zu verlassen, damit du nicht Alarm schlägst. Deshalb seist du dort geblieben, bis alles vorbei war. Das hast du doch ausgesagt, nicht?«

Der Sechzehnjährige, der deutlich weniger gerissen aussah als seine Mitschüler, antwortete nicht.

»Ich habe dich etwas gefragt und erwarte, dass du mir eine Antwort gibst«, sagte Duca.

Auch diesmal war es sein Ton, der den Jungen veranlasste zu antworten. »Ich habe nichts gesehen. Sie haben mich sogar geschlagen, weil ich nicht mitmachen wollte. Ich habe nichts getan.«

»Aha«, entgegnete Duca. »Komischerweise haben aber einige deiner Mitschüler ausgesagt, dass du derjenige warst, der an jenem Abend den Anis mitgebracht und die anderen gezwungen hat ihn zu trinken und verrückt zu spielen.«

Fiorello Grassi senkte den Kopf. Wie er so dasaß, mit hängendem Kopf und tiefen Falten auf der Stirn, wirkte er viel älter als sechzehn. Er schien einer dieser Menschen zu sein, die psychisch sehr schnell altern. »Es war klar, dass sie mir die Schuld in die Schuhe schieben würden«, sagte er bitter. »Ich war mir da ganz sicher.« Noch immer hielt er seinen Kopf gesenkt.

Duca stand auf. In der Antwort des Jungen lag etwas Aufrichtiges. Lügen wirken immer irgendwie schief, während das, was der Junge gesagt hatte, richtig und authentisch klang. Er ging zu ihm, legte ihm jedoch nicht die Hände auf die Schultern wie bei Carletto Attoso, sondern fuhr ihm mit der Hand über die dichten schwarzen, borstigen Haare. Es fühlte sich an, als streichle er eine Bürste. »Hör mal zu«, sagte er zu dem Jungen. »Ich möchte dir helfen. Ich weiß nicht, ob dir klar ist, dass du – genau wie alle anderen – ein Dutzend Jahre riskierst, erst im Erziehungsheim und dann im Knast. Und hinterher kommen dann noch mal fünf oder sechs Jahre auf Bewährung. Wenn du mir hingegen die Wahrheit sagst, kann ich dir helfen, das zu vermeiden.«

Der Junge hielt noch immer den Kopf gesenkt und sah aus, als höre er ihm gar nicht zu.

»Du hast eben gesagt, du habest schon erwartet, dass deine Schulkameraden dich beschuldigen würden, den Schnaps mitgebracht und die anderen zu ihrer Schandtat angestiftet zu haben. Wie kommt es, dass du dir dessen so sicher warst?« Duca fasste den Jungen am Kinn und zwang ihn, den Kopf zu heben.

»Weil ...«, sagte Fiorello und blickte ihn an, und plötzlich waren seine Augen ganz blank, »... weil ich nicht so bin wie sie.« Zwei Tränen liefen ihm über die Wangen.

»Was meinst du damit, du bist nicht so wie sie?«, wollte Duca wissen. Doch noch während er seine Frage stellte, begriff er. Dieser Junge war in Wirklichkeit gar kein kleiner Stier – in seiner Stimme, seinen Gesten, seinem Gesichtsausdruck lag etwas sehr Weiches.

Jetzt begann er richtig zu weinen: »Ich bin eben nicht wie sie, und das nutzen sie aus und geben mir immer an allem die Schuld. Aber ich habe nichts getan. Sie haben mich mit Gewalt dort festgehalten.« Seine Tränen strömten, und außerdem wurde er von einem starken Brechreiz geschüttelt, denn er war von Kopf bis Fuß mit Anis durchtränkt.

»Komm mal mit«, beschwichtigte ihn Duca, nahm ihn am Arm, ließ ihn aufstehen, führte ihn zum Fenster und öffnete es. »Die Luft ist zwar kalt, aber gleich wird es dir besser gehen. Atme mal ganz tief durch.« Er strich dem Jungen über Kopf und Nacken. Durch das Fenster drangen nur Nebel und Dunkelheit herein, obwohl es schon fast sieben Uhr war. Er wandte sich an die Polizeibeamten: »Könnten Sie den Raum vielleicht ein wenig säubern? Und öffnen Sie doch bitte die Tür, dann gibt es ein wenig Durchzug.« Dann strich er dem Jungen noch einmal über den Kopf. »Komm, hör auf zu weinen, jetzt ist es genug. Möchtest du eine Zigarette?«

Fiorello Grassi schüttelte den Kopf. »Nein, danke.«

Duca starrte weiter durch das Fenster in den Nebel und die Dunkelheit, als er plötzlich bemerkte, wie die beiden Straßenlaternen in der Nähe erloschen. Einen Augenblick lang war der Nebel nur ein schwarzer Tintenfleck. Doch gleich darauf begann er sich aufzuhellen und einen rosigen Ton anzunehmen, der von Moment zu Moment kräftiger wurde. »Möchtest du Kaffee?«, fragte er den Jungen, der immer noch schluchzte.

»Ja, bitte«, erwiderte Fiorello. Als der Polizeibeamte ihm den Kaffee brachte, trank er ihn gierig. Die heiße, aromatische Flüssigkeit vertrieb das saure Kratzen in seinem Magen. Schließlich sagte er: »Mir ist kalt.« Er schauderte.

Duca schloss das Fenster. »Komm, wir stellen uns mal an die Heizung.« Auch ihm war kalt, und so ging er mit dem Jungen zur gegenüberliegenden Wand, an der ein großer, altmodischer, aber gut funktionierender Heizkörper angebracht war. Duca forderte den Jungen auf, sich mit der Brust gegen die Heizung zu lehnen, während er selbst sich nur die Hände wärmte. Fiorello weinte jetzt nicht mehr. Eine Weile zitterte er noch, dann stand er ganz still und ruhig da.

»Sag mir, was geschehen ist, Fiorello«, bat Duca ihn sanft. »Sag mir, was an jenem Abend geschehen ist.«

Doch der Junge schüttelte den Kopf. Er beichtete nicht. Er sagte nur tonlos: »Ich bin kein Verräter.«

5

Mascaranti, der Stenograf Cavour und die beiden Polizeibeamten rührten sich zwar nicht und schwiegen auch weiterhin, wie sie es bereits seit vier Stunden taten, waren jedoch sichtlich erschüttert bei den Worten: »Ich bin kein Verräter.«

Duca strich dem Jungen erneut übers Haar. »Du hast Recht«, sagte er, »man soll seine Schulkameraden nicht anschwärzen, selbst wenn es schlechte Kameraden sind. Bloß musst du dich dann damit abfinden, auf ihrer Seite zu stehen, auf der Seite der Bösen, die dich auslachen und fertig machen, und musst für immer auf die andere Seite verzichten, die der Guten. Dann musst du tatenlos mit ansehen, dass die Guten niedergemacht, ja, dass sie kaltblütig ermordet werden wie deine Lehrerin, denn dann geht es dir einzig und allein darum, nicht Verräter genannt zu werden. Und sollte jemand eines Tages deine Mutter oder Schwester umbringen, dann dürftest du auch keinen Mucks von dir geben, denn du bist ja schließlich kein Verräter. Wenn man es sich einmal genau überlegt, war eure Lehrerin eigentlich fast wie eine Mutter, denn sie hat sich bemüht, dich und deine Schulkameraden zu erziehen und euch ein Minimum an Bildung beizubringen, und zwar nicht wegen dem kargen Gehalt, das sie dafür bekam, sondern weil ihr ihr am Herzen lagt, du und deine feinen Freunde, die ihr sie gequält und umgebracht habt. Aber dir geht es ja nur darum, dass man dich nicht Verräter nennt.«

Fiorello begann von neuem zu weinen, das Gesicht gegen die Heizung gelehnt.

»Weinen bringt nichts, Fiorello«, sagte Duca trocken und begann, in dem winzigen Raum auf und ab zu gehen. »Ich glaube dir ja, dass du an jenem Abend nichts getan hast. Ich bin mir sicher, dass sie dich gezwungen haben, in der Ecke zu stehen, zu trinken und zuzuschauen, und ich vermute, dass sie dir sogar Schläge angedroht haben, falls du nicht gehorchst. Wahrscheinlich hast du an jenem Abend wirklich nichts verbrochen. Jetzt aber bist du dabei, ein Verbrechen zu begehen, genau in diesem Moment, denn du kennst die Wahrheit, weigerst dich jedoch, sie uns mitzuteilen. Dadurch, dass du die Mörder deiner Lehrerin deckst, wirst du selbst zum Mörder, auch wenn du nichts getan hast.«

Der Junge hatte aufgehört zu weinen. Durch das Fenster fiel trotz des Nebels ein rosafarbener Schein, der nach und nach das Licht der einzigen Glühlampe in diesem kleinen Büro überstrahlte.

»Weißt du, Fiorello«, nahm Duca seinen Gedankengang wieder auf und blieb noch einmal neben dem Jungen an dem Heizkörper stehen, »ich erwarte gar nicht, dass du mir jetzt alles erzählst. Ich möchte nur, dass du dich entscheidest, auf welcher Seite du stehen willst, auf der der Täter oder auf der der Opfer. Du brauchst bestimmt Zeit, um in Ruhe darüber nachzudenken. Ich gebe dir so viel Zeit, wie du willst, denn so eine Entscheidung kann man nicht im Handumdrehen fällen. Eins jedoch kann ich dir versprechen: Niemand wird dich zwingen, deine Kameraden zu verraten. Niemand wird dich bedrohen oder verprügeln, falls du dich entschließt zu schweigen, auch wenn du das vielleicht erwartest, weil du es von deinen Kameraden nicht anders kennst. Nein – wenn du redest, gut; wenn nicht, auch gut. Das musst du selbst ganz frei entscheiden, nach bestem Wissen und Gewissen.«

Von Ducas Worten und der zärtlichen Hand auf seinem Kopf übermannt, begann der Junge von neuem heftig zu schluchzen. Er hob das Gesicht und schaute Duca durch einen Schleier von Tränen an. »Ich bin kein Verräter«, wiederholte er.

»Du wirst das tun, was du für richtig hältst«, erwiderte Duca ruhig. »Und jetzt geh schlafen, du musst furchtbar müde sein. Wenn du soweit bist, melde dich. Ich werde die Beamten anweisen, mir umgehend Bescheid zu geben, wenn du mich sehen möchtest.«

»Ich bin kein Verräter«, wiederholte der Junge schluchzend.

Doch Duca ging nicht mehr darauf ein. »Hier.« Er gab ihm zwei Schachteln Zigaretten und ein Heftchen Streichhölzer. »Ich weiß, dass du ein anständiger Junge bist, und auch deine Eltern sind anständige Leute. Sie machen sich bestimmt große Sorgen um dich. Denk auch an sie, wenn du dich entscheidest, auf welcher Seite du stehen willst.«

Noch immer schluchzend, nahm der Junge, der aussah wie ein kleiner Stier, in Wirklichkeit aber fast noch ein Kind war, die Zigaretten und ließ sich von den Polizeibeamten abführen.

Mascaranti stand auf und ging zum Fenster. »Die Sonne«, bemerkte er und starrte in das neblige Rosa.

»Bring mir den Nächsten«, forderte Duca ihn auf und warf einen Blick auf seine Liste, statt sich um die Sonne zu kümmern, die vergebens versuchte, durch das Fenster zu dringen. »Federico dell'Angeletto.«

Aber auch Federico dell'Angeletto sagte nichts – weder, wer den Anis mit in die Klasse gebracht hatte, noch, wer der Lehrerin als Erster auf den Leib gerückt war. Wie die anderen behauptete auch er, er habe nichts gesehen, man habe ihn gezwungen, in der Klasse zu bleiben und zu trinken, und schließlich sei er eingeschlafen.

»Du hast sogar geschlafen?«, fragte Duca mit leiser Stimme. Wie konnte dieser Kerl nur so dreist sein, ihm weismachen zu wollen, er habe geschlafen, während seine zehn Klassenkameraden ihre Lehrerin misshandelt, vergewaltigt und umgebracht hatten?

»Ja«, behauptete Federico dell'Angeletto. »Sobald ich einen Schluck trinke, werde ich furchtbar müde.«

»Na gut«, bemerkte Duca. »Dann geh jetzt zurück in deine Zelle und schlaf weiter.«

Auch das Verhör des letzten Jungen, Michele Castello, siebzehn Jahre, zwei davon in der Besserungsanstalt, brachte keine neuen Erkenntnisse. Er wusste nichts, hatte nichts gesehen, seine Kameraden hatten ihn gezwungen zu trinken und in der Klasse zu bleiben. Als Duca ihn fragte, wer ihn denn gezwungen habe, sagte er, die ganze Situation habe ihn so verschreckt, dass er sich nicht erinnern könne.

»Na ja«, bemerkte Duca lakonisch und winkte den beiden Beamten, damit sie ihn wegbrachten, »die zehn Jahre Gefängnis, die dich erwarten, werden deinem Gedächtnis auf die Sprünge helfen, du wirst schon sehen.«

Nun waren sie fertig. Es war inzwischen knapp acht Uhr. Der Stenograf fiel fast vom Stuhl vor Müdigkeit. Mascaranti hingegen hielt sich eisern, obwohl auch er ziemlich erschöpft sein musste.

»Kommen Sie heute Nachmittag noch mal vorbei«, sagte Duca zu Cavour, »damit ich die Verhöre unterschreiben kann.«

»Gut«, antwortete der Stenograf und unterdrückte ein Gähnen.

»Ich könnte mich zwei Stunden ausruhen und dann wiederkommen«, schlug Mascaranti vor.

»Nein, du schläfst jetzt mindestens bis zwei. Das ist eine Dienstanweisung«, stellte Duca nachdrücklich fest. Er wartete, bis die beiden den Raum verlassen hatten, und wählte dann die Telefonnummer von zu Hause.

»Na, wie geht's?«, erkundigte er sich, als er Livias weiche Stimme vernahm.

»Das Fieber ist wieder gestiegen«, antwortete sie resigniert.

»Wie hoch ist es denn?«

»Einundvierzig rektal.«

Das entsprach vierzig Komma fünf unter dem Arm. »Die Atmung?«

»Ist nicht gerade beruhigend.« Ihre Stimme klang sehr, sehr müde.

»Hat die Krankenschwester ihr eine subkutane Injektion gegeben?«

»Ja, um sechs. Das ist jetzt zwei Stunden her, scheint aber nicht viel geholfen zu haben.«

Duca spürte, wie ihm der Schweiß ausbrach, obwohl es hier im Büro nicht besonders warm war. Er fuhr sich mit der Hand über die Stirn. Sie war klatschnass.

»Ruft sofort Gigi an!« Er meinte seinen Kollegen, den Kinderarzt.

»Das habe ich bereits getan. Er ist schon unterwegs«, antwortete Livia. »Er meinte, vielleicht sei es besser, sie ins Krankenhaus zu bringen und unter ein Sauerstoffzelt zu legen.«

Eine Lungenentzündung mit zwei Jahren – das ist zwar kein Todesurteil, aber auch keine Lappalie. »Sag Gigi, er soll mich sofort anrufen, wenn er auftaucht«, bat Duca. »Ich rühre mich nicht von der Stelle.«

»Heißt das, dass du nicht kommst, um nach der Kleinen zu schauen?«

»Ich kann nicht.«

»Na gut«, antwortete sie kurz.

»Moment, gib mir noch mal kurz Lorenza«, bat Duca.

»Sie schläft. Als sie gemerkt hat, dass das Fieber wieder anstieg, ist sie fast durchgedreht und wollte zu dir ins Kommissariat kommen. Da habe ich ihr eine Schlaftablette gegeben.«

»Danke.« Das war alles, was Duca über die Lippen brachte.

Dann legte er auf. Erst jetzt bemerkte er, dass Carrua ins Zimmer getreten war, sein Chef und ein alter Freund sowohl von ihm selbst als auch von seinem Vater.

6

Carrua lehnte an der geschlossenen Tür. Er war ganz in das rosafarbene Licht der aufgehenden Sonne getaucht.

»Entschuldige, ich habe dich gar nicht reinkommen hören«, sagte Duca erstaunt. »Guten Morgen.«

»Guten Morgen«, erwiderte Carrua und setzte sich auf den Hocker vor die Schreibmaschine. Er war frisch rasiert und sah ausgeruht aus, was höchstens einmal pro Woche vorkam. »Ich habe gerade Mascaranti getroffen. Er hat mir mitgeteilt, dass du die Jungen verhört hast.«

»Du meinst, Mascaranti ist zu dir ins Büro gekommen und hat dir brühwarm weitergetratscht, dass ich dieses Gesindel malträtiert habe.«

»Schon möglich, aber darum geht es nicht. Mascaranti ist verpflichtet, mir alles zu berichten, was du tust.« Duca antwortete nicht. Mit verdächtiger Liebenswürdigkeit fuhr Carrua fort: »Er hat mir erzählt, dass du diesen Jungen kein Haar gekrümmt hast. Schlimmer noch: Du hast sie mit allen möglichen Drohungen unter Druck gesetzt und auf ihrer Menschenwürde herumgetrampelt, indem du sie mit milchweißem Anis übergossen hast.«

Duca lachte trocken auf.

»Lach nicht, ich meine es ernst!« Carrua hob die Stimme. »Ich frage mich, was aus uns beiden wird, wenn die Richter Wind von deiner Anisschnapsmethode bekommen.«

Noch einmal lachte Duca kurz und trocken auf. Es war allerdings kein wirkliches Lachen, sondern klang eher nervös und angespannt.

»Duca, du bist todmüde. Die ganze Nacht hast du damit zugebracht, dieses Pack zu verhören. Deine Augen sind rot und geschwollen! Weißt du, was ich dir rate? Geh nach Hause und schlaf eine Runde. In zwei, drei Stunden kommt der Untersuchungsrichter. Dann übergeben wir ihm die elf Hurensöhne. Die Jüngeren wird er ins Beccaria schicken und die Älteren nach San Vittore, und damit ist die Geschichte für uns beendet und wir haben unsere Ruhe.«

»Sehr bequem«, warf Duca ein.

»Weißt du, irgendwann im Leben kommt eine Zeit, wo man sich nicht mehr unbedingt darum reißt, sich Probleme aufzuhalsen. In Sardinien, in meinem Dorf, ist es inzwischen so weit gekommen, dass sie nicht mehr die Banditen verhaften, sondern die Polizisten und Kommissare. Ich habe aber nicht die geringste Lust, in San Vittore zu landen, weil du bei einem dieser jugendlichen Dreckskerle die Geduld verlierst und ihm ein paar Zähne einschlägst.«

»Ich hab sie nicht einmal angerührt.«

»Lassen wir das«, knurrte Carrua. »Und jetzt geh nach Hause und schlaf ein paar Stunden.«

Duca stand auf und kam auf Carrua zu. Nun standen sie voreinander, Carrua klein, Duca groß und mager, und blickten sich an. »Ich möchte gern einen Augenblick mit dir über diese Jungen sprechen. Ich glaube, ich habe etwas herausgefunden.«

Carrua überlegte eine Weile, dann antwortete er: »Gut, raus mit der Sprache.«

Und Duca begann. Unbeweglich wie eine Statue stand er da und schaute abwechselnd auf Carrua und auf den Boden. »Die einfachste Erklärung wäre, dass einer dieser elf Jungen eines Abends aus Jux eine Flasche hochprozentigen Schnaps mit in die Schule gebracht hat und dass sie alle davon getrunken, die Kontrolle verloren und schließlich ein schreckliches Verbrechen begangen haben. In diesem Fall kämen die Jungen höchstens für ein oder zwei Jahre in die Besserungsanstalt, denn es gibt zwei mildernde Umstände: erstens ihre Minderjährigkeit und zweitens ihre Unzurechnungsfähigkeit auf Grund des Alkoholgenusses.«

»Möglich«, gab Carrua giftig zu. »Aber dir kann es doch eigentlich egal sein, wie viel man ihnen aufbrummt, oder? Das ist Sache der Richter und geht dich gar nichts an. Du hättest es wohl lieber, wenn sie alle lebenslänglich bekämen, was?«

»Nein, nicht alle. Mir reicht einer.«

Carrua blickte zu ihm auf. »Und wer?«

»Das weiß ich noch nicht, aber bald werde ich es wissen. Gib mir noch ein bisschen Zeit, dann liefere ich dir Namen und Beweise.«

Wie ernst das klang, dachte Carrua, so ernst, dass eigentlich was Wahres dran sein musste. Trotzdem erwiderte er ironisch: »Was hast du denn herausgefunden? Ich hatte die Jungen ja selbst schon verhört und muss dir ehrlich sagen: Mir scheint, dass es da absolut nichts herauszufinden gibt. Die sind doch nichts als ein Haufen Dreckskerle und damit basta. Oder haben sie dir vielleicht etwas Besonderes verraten?«

Duca schüttelte den Kopf. »Nein. Zehn von ihnen haben mir genau das Gleiche erzählt wie dir, das heißt, sie haben alles abgestritten. Aber einer hat etwas mehr gesagt.«

»Wer?«

»Ein Sechzehnjähriger. Er ist nicht vorbestraft und kommt aus einer anständigen Familie. Er heißt Fiorello Grassi.«

»Ja, ich glaube, ich erinnere mich. Und was hat er dir gesagt?«

»Er hat mir gesagt, dass er schwul ist. Dir hatte er das verschwiegen, oder?«

»Stimmt, dieses äußerst wichtige Detail war mir nicht bekannt«, erwiderte Carrua bissig. »Und was schließt du daraus?«

»Wenn es wirklich jemanden gibt, der nicht an der grausamen Tat beteiligt war, sondern gezwungen wurde zuzuschauen, dann er.«

Carrua überlegte. »Kann schon sein. Bloß dass diese Überlegung uns nicht einen Deut weiterbringt. Sie nützt höchstens dem Jungen, denn als Schwuler hat er höchstwahrscheinlich nicht an der Vergewaltigung teilgenommen.«

»Sie bringt auch uns weiter«, widersprach Duca. »Denn wenn er nicht mitgemacht hat, heißt das, dass er nicht mit den anderen unter einer Decke steckt, und dann könnte es sein, dass er uns am Ende doch noch etwas erzählt.«

»Warum sollte er?« Carrua zuckte die Achseln. »Aus Sympathie vielleicht?«, fragte er höhnisch.

Duca lächelte. »Er hat mir gesagt, er sei kein Verräter. Weißt du, was das heißt?«

»Das heißt, dass er nicht dumm ist«, stellte Carrua fest. »Denn wenn er ausplaudert, wer von den anderen die schreckliche Orgie eröffnet hat, werden die ihm die Hölle heiß machen, sobald sie zusammen im Beccaria sind. Und dann droht ihm Allerschlimmstes. Es wäre nicht das erste Mal, dass...«

»Und doch bin ich mir ziemlich sicher, dass der Junge reden wird. Das spüre ich. Und wahrscheinlich kommt dann etwas heraus, was wir bisher noch gar nicht in Betracht gezogen haben.«

»Und das wäre?«

»Hör mal, ich kann einfach nicht glauben, dass die Jungen schlicht und einfach im Rausch durchgedreht und sich einer infernalischen Orgie hingegeben haben. Meiner Meinung nach muss jemand anderes dahinter stecken – ein Erwachsener, der diese ganze schreckliche Geschichte überhaupt erst verursacht hat.«

Carrua schwieg. Schließlich sagte er: »Setzen wir uns«, und fügte dann hinzu: »Was meinst du damit?«

»Genau das, was ich gesagt habe.« Auch Duca setzte sich, allerdings nicht auf einen Stuhl, sondern auf die Tischkante. »Ich meine, dass die Jungen letztlich nicht für diese Tat verantwortlich sind. Sie sind Kanaillen und wären wahrscheinlich noch zu viel Schlimmerem fähig. Aber ohne Hilfe von außen wären sie bestimmt nicht im Stande gewesen, dieses furchtbare Gemetzel anzurichten.«

»Hast du Beweise für deine Annahme?«

»Noch nicht. Aber denk doch mal an die Logik ihrer Verteidigung. Diese Dreckskerle haben ihre Lehrerin vergewaltigt und umgebracht, anschließend die Schule verlassen und sich auf den Heimweg gemacht. Wenn sie diesen bestialischen Mord im Alleingang begangen hätten, ohne jemanden, der sie im Hintergrund irgendwie angeleitet hatte, hätten sie hinterher das große Zittern bekommen. Sie hätten versucht abzuhauen, denn es musste ihnen doch klar sein, dass die Polizei sie nach dem Mord an der Lehrerin zu Hause aufspüren würde. Warum sind sie also seelenruhig schlafen gegangen? Meiner Meinung nach, weil irgendjemand sie bewusst dazu angestiftet hat. *Und zwar noch bevor sie das Verbrechen überhaupt begangen haben.*«

Carrua dachte nach. Ihm persönlich lag Duca Lambertis Art nicht. Er steigerte sich zu sehr in die Dinge hinein, und so wurde aus einem einfachen Diebstahl im Supermarkt im Handumdrehen ein tief gehendes philosophisches Problem. Er selbst war für klare Verhältnisse – schwarz oder weiß, drinnen oder draußen – und mochte diese Whiteheadsche Haarspalterei gar nicht. Die Wahrheit akzeptierte er aber schon. Und jetzt merkte er, dass Duca der Wahrheit auf der Spur war. »Du meinst«, sagte er langsam, »dass dieses Verbrechen sich nicht zufällig ergeben hat, inmitten einer Meute betrunkener Jugendlicher, sondern dass irgendein Außenstehender alles ganz bewusst eingefädelt hat – jemand, der weder minderjährig ist noch auf diese Schule geht. Meinst du das?«

»Genau das«, bestätigte Duca. »Meiner Ansicht nach ist alles haarklein durchorganisiert worden, und zwar *vorher* – Tage, Wochen, vielleicht sogar Monate vorher. Denk doch mal an ihre Verteidigung. Sie hauen stockbesoffen aus der Schule ab. Kurz nach Mitternacht werden sie zu Hause verhaftet, wo sie gerade ihren Rausch ausschlafen. Und im Verhör sagen sie dann alle genau dasselbe aus, nämlich dass sie selbst nichts getan haben, sondern gezwungen wurden, in der Ecke zu stehen und zuzuschauen. Sie beteuern alle ihre Unschuld, einer wie der andere. Diese Verteidigungsstrategie ist praktisch unwiderlegbar, denn wir können ja nicht beweisen, dass der Junge, den wir gerade vor uns haben, an dem Verbrechen beteiligt war. Meiner Meinung nach würden diese primitiven und noch dazu vom Alkohol benebelten Halbstarken nie von allein auf so eine schlaue Verteidigung kommen und sich *nach* der Tat spontan absprechen, wie sie sich gegenseitig schützen können. Irgendjemand muss diesen Plan *vor* der Tat ausgeheckt haben – jemand, der erstens intelligenter ist als diese Jungen und zweitens nicht betrunken war.«

Überraschenderweise nickte Carrua. »Aber was folgt daraus? Was willst du jetzt tun?«

»Die Jungen müssen hier bleiben, bei uns. Wenn der Untersuchungsrichter sie auf das Beccaria und San Vittore verteilt, werden wir die Wahrheit niemals herausfinden. Keiner von ihnen wird reden, und der Mörder, der wahre Mörder ihrer Lehrerin, wird ungestraft davonkommen, genau wie er es sich vorgestellt hat.«

Diesmal schüttelte Carrua bedenklich den Kopf. »Und wie kann ich deiner Meinung nach verhindern, dass die Jungen ins Beccaria oder nach San Vittore geschickt werden?«

»Keine Ahnung. Ich weiß nur, dass sie hier bleiben müssen, im Kommissariat, unter unserer Obhut. In zwei, drei Tagen wird einer von ihnen reden, da bin ich mir ganz sicher. Dem Richter kann es doch im Grunde egal sein, ob die Jungen hier sind oder im Beccaria, oder?«

»Weißt du, es gibt auch so etwas wie eine Strafprozessordnung. Vielleicht hast du davon ja schon mal gehört?«

Duca lächelte. »Ja, davon habe ich gehört. Aber es kommt doch darauf an herauszufinden, wer wirklich schuld an diesem Verbrechen ist!«

»Vergiss es«, seufzte Carrua und stand auf. »Ich glaube kaum, dass ich den Untersuchungsrichter von deiner Idee überzeugen kann. Aber versuchen werd ich es trotzdem. Reicht dir ein Aufschub von drei Tagen?«

»Ich glaube schon.«

»Gut, ich geb dir dann Bescheid. Jetzt gehst du aber erst mal nach Hause und schläfst eine Runde, dein Gesicht gefällt mir nämlich ganz und gar nicht.«

»Danke«, erwiderte Duca. Als Carrua gegangen war, zog er sich sein Jackett über, verließ das Kommissariat, winkte ein Taxi heran und ließ sich nach Hause fahren. Irgendwie hatte er das Gefühl, in den Frühling hineinzufahren, auch wenn es ein seltsamer Frühling war, gesättigt mit diesem dichten und doch transparenten Nebel. Die Sicht betrug nicht mehr als fünf oder sechs Meter, doch die Unsichtbarkeit dahinter war mit hellem Sonnenlicht durchtränkt. Auf der Piazza Leonardo da Vinci war der Nebel noch dichter und leuchtete noch heller, die Baumwipfel der Grünanlage waren kaum zu erkennen.

Er klingelte, doch niemand öffnete. Geistesabwesend kramte er nach seinem Schlüssel. Als er den kleinen Flur betrat, wusste er sofort, dass niemand da war, denn leere Wohnungen vermitteln immer ein irgendwie beklemmendes Gefühl. Er hoffte, er habe sich geirrt, und warf rasch einen Blick in die drei kleinen Zimmer und die Küche. Nein, es war wirklich keiner da. Sein Herz schlug schneller. Im Zimmer seiner Schwester Lorenza herrschte ein heilloses Durcheinander, als sei die Wohnung in hastiger Eile, ja in Panik verlassen worden. Saras Kinderbettchen stand schief mitten im Zimmer, der Behälter der subkutanen Infusion lag umgekippt auf dem Boden, und der Telefonhörer im Flur war nicht aufgelegt, sondern baumelte an der Schnur herunter und gab ein unerbittliches Tut-tut-tut-tut von sich. Es war nicht schwer, sich vorzustellen, was geschehen war: Der Zustand des kleinen Mädchens musste sich plötzlich verschlechtert haben, sodass sie es in größter Eile ins Krankenhaus gebracht hatten.

Duca nahm den Telefonhörer und legte ihn auf die Gabel. Er dachte einen Moment nach. Nein, es gab eigentlich keine andere Möglichkeit: Livia und Lorenza hatten bestimmt einen Krankenwagen gerufen und das Kind ins Fatebenefratelli gebracht, wo sein Freund, der Kinderarzt, arbeitete. Schon hatte er die Nummer gewählt und verlangte nach Gigi.

»Einen Moment, Doktor Lamberti«, sagte die freundliche Stimme der Vermittlerin, »ich verbinde Sie mit dem Herrn Professor.«

»Danke.« Er wartete. Sobald er Gigis »Hallo?« vernahm, fragte er hastig: »Was ist passiert?«

»Hör mal...«, begann Gigi.

»Ich höre ja!«, brüllte Duca. »Ich höre bestens! Was ist passiert?«

»Wo bist du, im Kommissariat?«, fragte Gigi.

»Was tut denn das jetzt zur Sache, wo ich bin«, bellte Duca. »Ich hab dich gefragt, was passiert ist!«

»Dann sag ich es dir jetzt«, entgegnete Gigi, und seine Stimme schien mit jeder Silbe leiser zu werden. »Um kurz vor acht haben wir sie ins Krankenhaus bringen müssen, sie hatte einen Kollaps.« Er holte tief Luft und fügte hinzu: »Sie ist während des Transports gestorben.«

Duca sagte nichts. Auch Gigi blieb still. Fast eine Minute lang schwiegen sie. Nicht einmal ein »Hallo, bist du noch da?« kam ihnen über die Lippen.

Schließlich begann Gigi zu sprechen. »So etwas kommt nur in einem Fall von hunderttausend vor, aber es kann eben passieren.« Und dann beschrieb er die medizinischen Details des Kollapses, und Duca, der Arzt, hörte mit brennendem Interesse zu und begriff, dass niemand Schuld hatte. Es war einfach so gekommen, wie eine Lawine, die sich plötzlich löst. Der Kollaps der kleinen Sara war nicht im Mindesten vorhersehbar gewesen. Niemand stirbt heutzutage mehr an Lungenentzündung, das kommt nur in einem Fall von hunderttausend vor. Aber Sara, seine kleine Sara, Lorenzas Tochter, war ebendieser eine Fall von hunderttausend.

»Danke für alles«, sagte Duca. »Ich komme sofort.«

»Ja, das ist gut«, erwiderte Gigi, »Lorenza ist in ziemlich schlechter Verfassung.«

»Ich komme sofort«, wiederholte Duca. Er legte den Hörer auf und ertappte sich dabei, wie ihm durch den Kopf ging, dass er sich nun um ein Bestattungsunternehmen kümmern, mit einem Priester sprechen und dann auch an die Blumen denken müsse. Er schob diese Gedanken beiseite und entdeckte plötzlich auf dem Boden ein Wollschühchen der kleinen Sara. In der Eile war es ihr wohl vom Fuß gerutscht, bloß dass es in dem panischen Durcheinander niemand bemerkt hatte. Er bückte sich, um es aufzuheben, als das Telefon klingelte. Er ließ es läuten, nahm den kleinen, unnützen Schuh und steckte ihn in die Hosentasche. Das Telefon klingelte immer weiter, und so nahm er schließlich den Hörer ab. »Ja?«

»Doktor Lamberti, hier ist Mascaranti.«

»Was ist los?«

»Sie hatten mir doch gesagt, ich soll Sie anrufen, sobald es etwas Neues gibt.«

»Beeil dich: Was ist los?«

»Dieser Junge, der etwas anders ist...«, sagte Mascaranti.

»Ja, red weiter, ich weiß, wen du meinst, Fiorello Grassi.« Er merkte, dass er schrecklich angespannt war, und doch gelang es ihm nicht, sich zusammenzunehmen.

»Ja, genau«, erwiderte Mascaranti, von Ducas rüdem Ton eingeschüchtert. »Er will mit Ihnen sprechen, sofort. Er hat gemeint, es müsse sofort sein. Ich hab ihn gefragt, was los sei, aber er hat gesagt, er redet nur mit Ihnen. Nur Ihnen will er sagen, was er zu sagen hat.«

Während Duca zuhörte, spürte er das Wollschühchen in seiner Hosentasche. Offensichtlich hatte der Junge in seiner Zelle über Ducas Worte nachgedacht und sich nun entschlossen, »jemanden zu verraten«. Das heißt, dass sie die Wahrheit erfahren würden.

»Pass auf«, wies er Mascaranti an. »Hol ihn sofort aus seiner Zelle und bring ihn in mein Büro. Gib ihm irgendetwas zu essen oder zu trinken. Sag ihm, ich komme sofort, sofort. Ich muss nur noch kurz...« Dann versagte ihm die Stimme. Er hatte genug über Psychoanalyse gelesen, um zu wissen, dass Emotionen das logische Denken blockierten.

Mascaranti musste das intuitiv erfasst haben, auch ohne psychoanalytische Vorkenntnisse, und so half er ihm weiter. »Ja,

Doktor Lamberti, machen Sie sich keine Gedanken. Ich kümmere mich um ihn, bis Sie kommen.«

»Danke.« Sobald er konnte, würde er ins Kommissariat gehen, um mit dem Jungen zu sprechen. Er brauchte nur eine Viertelstunde, um seine Schwester zu sehen und die kleine Sara. Nicht mehr.

DRITTER TEIL

Kinder erzählen ihren Eltern grundsätzlich nichts. Sie reden vielleicht mit ihren Freunden oder teilen sich dem Erstbesten mit, den sie auf der Straße oder in der Kneipe treffen. Dem Vater oder der Mutter aber vertrauen sie sich nicht an.

I

Nicht mehr als eine Viertelstunde. Das war genau die Zeit, die er brauchte, um mit dem Taxi ins Fatebenefratelli zu fahren, zu fragen, wo die kleine Sara Lamberti lag – denn da sie ein uneheliches Kind war, trug sie den Namen ihrer ledigen Mutter –, und schließlich in die Pädiatrie hinaufzugehen, in den engen Raum neben dem Schwesternzimmer, wo man den kleinen toten Körper aufgebahrt hatte. Da lag sie in ihrem Bettchen, und Lorenza saß daneben in einem tiefen Sessel und sah aus, als sei sie eingeschlafen. Vielleicht war sie das wirklich bei den Unmengen von Beruhigungstabletten, die man ihr gegeben hatte. Als er ihr sachte über die Stirn strich, blinzelte sie einen Moment angestrengt, schloss die vom Weinen geschwollenen Augen aber gleich wieder. Doch dann öffnete sie sie noch einmal, und diesmal waren sie mit Tränen gefüllt. Neben ihr stand Livia Ussaro und blickte Duca durchdringend an, mit diesem Gesicht, das sogar im Winter braun gebrannt aussah, nur dass es keine echte Bräune war, sondern das Make-up, das gnädig die unzähligen Narben verdeckte, die trotz der Kunstfertigkeit der Schönheitschirurgen ihr Gesicht verunstalteten. Auf dem Nachttisch neben dem Bettchen des Kindes, das nun seinen letzten Schlaf schlief, stand ein Strauß weißer Rosen, die einen sanften Duft verströmten.

Duca Lamberti beugte sich über die Kleine und küsste sie auf die Stirn. Sie war noch nicht ganz kalt, stellte er ganz objektiv fest, eben als Arzt. Dann streichelte er ihr über die bleiche, schon etwas bläuliche Wange. Ade, Sara, dachte er.

Nicht mehr als eine Viertelstunde. Das war genau die Zeit,

die er brauchte, um Lorenza zu umarmen und sie so lange festzuhalten, bis sie nicht mehr von heftigen Schluchzern geschüttelt wurde und in ihren Sessel zurücksank, betäubt von ihrem Schmerz und all den Pillen, die Gigi ihr verabreicht hatte.

Das war die Zeit, die er brauchte, um einen Moment mit Livia den Raum zu verlassen und auf dem Flur zwischen vorbeihastenden Krankenschwestern, Ärzten und Pflegern ein paar Worte mit ihr zu wechseln.

»Livia, ich muss sofort ins Kommissariat zurück und etwas erledigen, was keinen Aufschub duldet. Bitte, bleib hier bei Lorenza und kümmere dich um alles Notwendige, ich rufe hin und wieder an. Es geht nicht anders!«

Sie blickte ihn an, mit ihren distanzierten und doch so lebhaften Augen und diesem hübschen, mit Narben übersäten Gesicht. »Geh ruhig, ich kümmere mich schon um Lorenza.« Sie hob langsam die Hand und strich leicht über seine stoppelige Wange. »Geh, ich mach das schon.«

»Danke.«

Nicht mehr als eine Viertelstunde. Drei Minuten waren ihm noch verblieben – genau die Zeit, um vom Fatebenefratelli ins Kommissariat zu eilen, zu seinem Büro hinaufzulaufen, wobei der Gedanke an die Kleine, die drüben im Krankenhaus steif in ihrem Bettchen lag, ihm die Kehle zuschnürte, und die Tür zu öffnen. Dann stand er vor einem der beiden uniformierten Polizeibeamten und Mascaranti. Und in der Ecke saß Fiorello Grassi, der junge Homosexuelle, der mit ihm reden wollte, und zwar sofort.

2

Fiorello saß mit vor Anspannung verzerrtem Gesicht und weit aufgerissenen Augen vor dem Tisch, der als Schreibtisch diente. Ununterbrochen fuhr er sich mit der Zunge über die Lippen, und obwohl er seine Knie fest mit den Händen umklammerte, zitterten sie heftig.

Duca Lamberti nahm nicht hinter dem Schreibtisch Platz, sondern zog einen Stuhl heran und ließ sich neben dem Jungen nieder. »Du bist schrecklich aufgeregt«, sagte er sanft. »Wenn du nicht reden möchtest, dann lass es. Tu, was du möchtest, ich werde dich zu nichts zwingen. Niemand wird dich zwingen, weder wir hier von der Polizei noch die Leute im Beccaria oder der Richter. Wenn du möchtest, redest du, sonst lässt du es eben bleiben.«

»Ich habe nichts getan«, sagte der Junge. Unvermittelt wandte er sich Duca zu, legte ihm die Hände auf die Schultern, stützte den Kopf an seine Brust und schluchzte rau: »Ich habe nichts getan.«

Obwohl er die Berührung als unangenehm empfand, war die Verzweiflung dieses Jugendlichen so tief und echt, dass Duca sich beherrschte. »Gut, du hast nichts getan. Ich glaube dir, und du wirst sehen, auch die Richter werden dir glauben. Du bist ein guter Junge und würdest nichts Böses tun, ich weiß.«

»Ich habe nichts getan.« Der Junge schluchzte weiter, aber Ducas sanfte Worte schienen ihn etwas zu beruhigen. Er löste sich von ihm und sagte weinend: »Aber ich weiß, wer das alles organisiert hat. Nur dass ich ihren Namen nicht nennen kann.«

Duca überlegte. Der Junge hatte eine klare, deutliche Aussprache, und wenn er gesagt hatte »ihren Namen« und nicht

»seinen Namen« oder »ihre Namen«, dann hieß das, dass es sich nicht um einen Mann handelte oder um mehrere Menschen, sondern um eine einzelne Frau. »Wenn du uns verrätst, wer es ist, dann erleichterst du uns die Arbeit enorm.«

»Nein, ich kann nicht, ich habe schon viel zu viel gesagt.« Der Junge weinte jetzt nicht mehr, aber seine Hände zitterten noch immer. »Lieber bringe ich mich um.«

»Du hast gesagt, dass es eine Frau war«, bemerkte Duca.

»Nein, das habe ich nicht gesagt!« Er begann von neuem krampfhaft zu weinen und schluchzte: »Ich bin ein Feigling, ein Verräter! Ja, es war eine Frau, eine Frau, eine Frau! Aber mehr sage ich nicht!« Er schrie jetzt fast und fing an, hysterisch um sich zu schlagen, sodass Duca ihn packte und festhielt.

»Komm, beruhige dich!« Er strich ihm über die tränennasse Wange.

Unter seiner Berührung wurde die Stimme des Jungen gleich wieder etwas weicher. »Na gut. Aber jetzt sage ich nichts mehr. Bitte bestehen Sie nicht darauf, dass ich es verrate, sonst renne ich mit dem Kopf gegen die Wand und bringe mich um.«

Duca strich ihm noch einmal über die Wange. Es gab verschiedene Möglichkeiten, den Jungen dazu zu bringen, alles zu erzählen, denn offensichtlich wusste er einiges, vielleicht sogar die ganze Wahrheit, wie seine Mitschüler. Und sollte sich der Junge nach seiner Beichte, die er als infamen Verrat empfand, tatsächlich den Kopf an der Wand seiner Zelle einrennen, dachte Duca bitter, dann würde die Menschheit das auch verschmerzen können. Doch dann schob er seine bitterbösen Gedanken beiseite und meinte mitfühlend: »Komm, beruhige dich! Ich frage nicht mehr weiter – ich will gar nichts mehr wissen.« Er strich ihm noch einmal freundlich über das Haar.

»Ich lasse dich jetzt auf die Krankenstation bringen, denn du brauchst dringend Ruhe. Hab keine Angst, niemand wird dich mehr irgendetwas fragen.« Er hatte begriffen, dass der Junge sich umbringen würde, wenn man ihn zwang zu beichten. Und er wollte nicht, dass Fiorello starb, denn er steckte zwar voller Probleme, aber böse war er nicht.

»Schicken Sie mich nicht zu meinen Mitschülern!«, flehte der Junge. »Wenn herauskommt, dass ich etwas verraten habe, werden sie mich umbringen. Dann ergeht es mir wahrscheinlich noch schlimmer als unserer armen Lehrerin.«

»Hab keine Angst, wir werden auf dich aufpassen«, beruhigte ihn Duca. Der Junge spürte, dass er sich auf dieses Versprechen verlassen konnte. Er trocknete sich die Augen mit dem Handrücken ab – erschöpft, aber nicht mehr verzweifelt.

»Bring ihn auf die Krankenstation«, wies Duca Mascaranti an. »Und sorg dafür, dass er nicht mit den anderen zusammentrifft, bevor ich es nicht ausdrücklich erlaube.«

»In Ordnung.«

Der Junge ging mit Mascaranti und dem Polizeibeamten hinaus, und Duca blieb allein in seinem kleinen Büro zurück. Der Nebel hatte sich nun gelichtet, sodass er, wenn auch noch etwas schemenhaft, die Fenster der Via dei Giardini und die Frauen mit ihren bunten Stiefeln sehen konnte. So, jetzt hatte er ein wenig Zeit für seine Schwester Lorenza. Wenn auch nicht viel.

Er ging zum Krankenhaus zurück. Die kleine Sara lag noch immer aufgebahrt in dem Raum neben dem Schwesternzimmer. Sie hatte eine Binde um den Kopf, damit ihr die Kinnlade nicht herunterfiel. Lorenza saß noch immer in dem Sessel neben dem Bettchen, und auch Livia Ussaro stand noch immer am Fenster. Schweigend setzte Duca sich neben seine Schwester. Es gab nichts zu sagen, und so schwiegen sie. Nur durch die Tür drangen hin und wieder einzelne Stimmen, die die Stille unterbrachen, etwa die einer Schwester, die ärgerlich rief: »Ich kann doch nicht alles auf einmal machen, ich hab schließlich nur zwei Hände!«

3

»Es war eine Frau«, sagte Duca.
»Woher weißt du das?«, fragte Carrua.
»Einer der Jungen hat es mir gesagt.«
»Welcher?«
»Der Homosexuelle.«
»Du meinst, der, den du seit Tagen auf der Krankenstation behältst!«, fauchte Carrua, der allmählich wütend wurde. »Denk daran, dass wir hier im Hauptkommissariat Mailand sind und nicht in einem Wohlfahrtsverein!« Dann senkte er die Stimme, klang jetzt aber eher noch wütender als zuvor. »Weißt du was? Es ist mir egal, wenn seine Kumpane ihn verdreschen, weil sie glauben, er habe ausgepackt. Ich will dieses Gesindel nur endlich loswerden und die ganze Geschichte ein für alle Mal abhaken.«
Ruhig – denn Müdigkeit macht ruhig – erwiderte Duca: »Möchtest du denn gar nicht wissen, wer die Jungen zu ihrer grausamen Tat angestiftet hat?«
»Nein, das möchte ich nicht wissen. Es gibt viel wichtigere Fälle als diesen! Tag für Tag haben wir hier in Mailand mindestens einen Raubüberfall, bei dem geschossen und getötet wird. Das ist viel dringender.«
Duca wartete, dass Carrua sich ein wenig beruhigte, und sagte dann mit Nachdruck: »Diese Jugendlichen hätten nichts dergleichen getan, wenn es da nicht eine Frau gegeben hätte,

die alles sorgfältig geplant hat. Und ich möchte wissen, wer diese Frau ist.«

»Mir hingegen ist das vollkommen egal«, entgegnete Carrua aggressiv. »Diese Kerle haben ihre arme Lehrerin vergewaltigt und umgebracht. Sollte es einen Drahtzieher geben, wird das beim Prozess herauskommen, vielleicht sogar noch vorher. Und du brauchst nicht einmal etwas dafür zu tun, denn bis zum Prozess vergehen Monate, und am Ende werden die Jungen reden und den Namen des Verantwortlichen preisgeben, wenn es einen gibt.« Carrua zuckte die Achseln. »Unsere Arbeit ist schon kompliziert genug, da braucht man sie sich doch nicht noch schwerer zu machen.«

Ja, das stimmte, dachte Duca. Es war tatsächlich nicht nötig, sich allzu viel Mühe zu geben. Nach ein paar Monaten Gefängnis oder Besserungsanstalt würden die Jungen reden, da hatte Carrua Recht. Trotzdem antwortete er: »Ich wüsste eben gern sofort, wer diese Frau ist.«

»Heilige Neugier!«, rief Carrua höhnisch aus. »Jetzt verstehe ich: Du bist Polizist geworden, weil du so neugierig bist!« Er zog sein Jackett aus, denn das Büro war ziemlich überheizt, und fuhr dann mit normaler, ernster Stimme fort: »Ich kann die Jungen wirklich nicht länger hier behalten. Gerade haben sich die Leute vom Gericht deshalb bei mir gemeldet.«

»Verstehe«, meinte Duca. »Dann übergib die Jungen an die Justiz. Aber sag dem zuständigen Richter, er soll ein Auge auf Fiorello Grassi haben, sonst bringen seine Schulkameraden ihn um, oder er begeht Selbstmord.«

Carrua nickte. Dann fragte er: »Warum bist du dir eigentlich so sicher, dass da eine Frau im Spiel ist? Schließlich hast du diese Information von einem Halbwüchsigen, der in seinen sechzehn Jahren wahrscheinlich mehr Märchen erzählt hat als ich in über fünfzig. Vielleicht bist du einfach zu gutgläubig.«

»Ich glaube das nicht nur, weil Fiorello es gesagt hat«, entgegnete Duca. »Ich hatte diese Möglichkeit selbst schon in Betracht gezogen.«

»Und wieso?«

»Wegen dieser merkwürdig irrationalen, ungeordneten Hysterie des Verbrechens«, erklärte Duca.

»Wie bitte? Weißt du, ich bin nicht besonders intelligent, du musst mir schon etwas genauer erklären, was du mit ›ungeordneter Hysterie‹ meinst.« Carrua blickte ihn spöttisch an. »Gibt es vielleicht auch eine geordnete Hysterie?«

»Ich meine damit Folgendes«, dozierte Duca. »Wenn ein Mann jemanden hasst und umbringen will, dann geht er hin und erschießt ihn. Er tut also etwas, was gesetzeswidrig, aber trotzdem logisch ist: Er hasst jemand, und deshalb erschießt er ihn. Eine hysterische Frau hingegen reagiert vollkommen anders. Sie wird einerseits versuchen, ihren Hass indirekt auszuleben, also so, dass sie dabei selbst kein größeres Risiko eingeht. Und andererseits wird sie ihren Hass bis zum Letzten auskosten wollen. Einer hysterischen Frau reicht der Tod des gehassten Menschen nicht: Sie wünscht ihm einen qualvollen, spektakulären Tod, denn hysterische Frauen haben immer auch etwas Theatralisches. Weißt du, woher das Wort ›Hysterie‹ kommt? Bestimmt, auch wenn du dich vielleicht nicht gerade daran erinnerst. Es kommt von dem griechischen Wort *hystéra*, in Sanskrit *ustera*, und das bezeichnet die Gebärmutter, also das weibliche Organ *par excellence*.«

»Ich glaube, ich verstehe, worauf du hinauswillst. Rede nur weiter.«

»Manche Philologen meinen, derselbe Stamm stecke auch in dem lateinischen Wort *histriones* – das waren die Schauspieler, die Komödianten im antiken Rom. Um es kurz zu sagen: Wenn eine Frau jemanden umbringen will, beschränkt sie sich nicht darauf, das Verbrechen zu begehen, sondern sie inszeniert es als Schauspiel, als Tragödie. Und das, was sich in dieser Abendschule abgespielt hat, war eine regelrechte Inszenierung, ein schreckliches, makabres Schauspiel, eine Tragödie. Deshalb ist mir durch den Kopf gegangen, dass die Regie dieser blutigen Tragödie eine Frau geführt haben muss. Oder ...«

»Oder was?«, unterbrach ihn Carrua kalt und etwas ungeduldig. Er verabscheute diese Art von Philosophiererei.

»Oder ein Mann, der nur scheinbar ein Mann ist«, antwortete Duca.

Sie blickten sich an. Dann senkte Carrua den Blick. »Dein Junge, Fiorello Grassi, wäre so einer«, stellte er fest.

»Ja, an diese Möglichkeit habe ich auch gedacht«, bestätigte Duca. »Homosexuelle sind manchmal für erstaunliche Überraschungen gut. Doch im Moment halte ich es für überflüssig, diesen Aspekt weiterzuverfolgen, denn sollte Fiorello tatsächlich der Drahtzieher gewesen sein, komme ich jederzeit an ihn heran – schließlich ist er in Sicherheitsverwahrung. Was mir deshalb dringender erscheint, ist, nach dieser Frau zu suchen, bevor sie vielleicht die Flucht ergreift.« Ducas Gesicht wurde rot vor aufgestauter Wut. »Ich kann es kaum erwarten, sie hierher zu schleifen, und zwar eingewickelt in ein langes Stück Papier, auf das sie ihr Geständnis geschrieben hat. Denn ohne dieses Ungeheuer wären die elf Jungen, auch wenn man sie wohl getrost zum übelsten Gesindel Mailands zählen kann, bestimmt nicht so weit gegangen – und erst recht nicht in einem Klassenzimmer und mit einer Lehrerin, die nicht einmal besonders attraktiv war. Zwischen Piazzale Loreto und dem Parco Lambro mangelt es schließlich nicht an Orten, an denen man bestimmte Orgien feiern kann, und zwar praktisch ohne jegliches Risiko, erwischt zu werden. Lass mich dieses Monster in

Menschengestalt aufspüren! So ein Unmensch darf nicht frei herumlaufen, das ist einfach nicht recht!«

Carrua beobachtete, wie Duca, während er sprach, mit der flachen Hand auf den Tisch schlug, ein-, zwei-, drei-, viermal, um seine Worte zu unterstreichen. Im Grunde hatte Carrua nie wirklich verstanden, warum Duca, genau wie zuvor schon sein Vater, so viel Wert auf Gerechtigkeit legte; warum er das Leben, das doch wirklich schon schwer genug war, durch diesen Hang zu Recht und Gerechtigkeit noch komplizierter machen wollte. Eins aber war ihm klar: nämlich dass er Duca so akzeptieren musste, wie er war – ändern konnte er ihn nicht.

»Natürlich lasse ich dich nach dieser Frau fahnden«, sagte er müde und sarkastisch. »Nur denk bitte daran, dass du der Arm des Gesetzes bist.« Er kicherte leise. »Hauptsache, du stellst nichts an, was dich deine Stelle kosten könnte.«

»Danke«, erwiderte Duca. »Dann bräuchte ich ein Auto.«

»Da soll sich Mascaranti drum kümmern.«

»Danke«, wiederholte Duca. »Und du weißt ja, dass ich nicht gerne selbst fahre. Also brauche ich auch einen Chauffeur.«

»Mascaranti kann doch fahren, oder? Wie immer.«

»Diesmal ist Mascaranti nicht der Richtige. Da ich nach einer Frau suche, ist es besser, wenn eine Frau dabei ist. Ich hatte an Livia Ussaro gedacht.«

Carrua zog seine Hose, die von schmalen roten Hosenträgern gehalten wurde, ein wenig hoch. »Duca, du bist schuld daran, dass ihr Gesicht durch dutzende von Narben entstellt ist. Und nun willst du sie in die nächste Geschichte hineinziehen und neuen Gefahren aussetzen?«

»Nein. Aber die Arbeit gefällt ihr, ich habe schon mit ihr darüber gesprochen. Sie hat gesagt, sie würde das gerne übernehmen.«

»Lass dich chauffieren, von wem du willst. Aber offiziell gehst du dem Fall alleine nach, klar?«

»Danke«, erwiderte Duca. Er ging zur Tür, doch Carruas Stimme hielt ihn zurück. Sie klang jetzt vollkommen verändert. Es war kaum zu glauben, dass es dieselbe Stimme des stürmischen Polizeifunktionärs von eben war: »Wie geht es Lorenza?«

»Nicht gut«, antwortete Duca und drehte sich dabei halb um. Die Beerdigung der Kleinen war erst zwei Tage her, da konnte es ihr nicht gut gehen.

»Ich würde sie gern mal besuchen in den nächsten Tagen«, sagte Carrua.

»Komm, wann du willst, sie ist immer zu Hause«, entgegnete Duca.

»Danke«, sagte Carrua leise.

4

Duca verließ Carruas Büro und ging auf die Suche nach Mascaranti, der ihm in kürzester Zeit einen großen schwarzen Fiat 2300 beschaffte. Duca setzte sich ans Steuer und fuhr in den eisigen, sonnendurchfluteten Morgen hinaus. Wäre es nicht so kalt gewesen, hätte es ein schöner Frühlingstag sein können. Langsam und doch voll aufgestauter Wut fuhr er durch die verstopften Straßen bis zur Via dei Giardini, wo er das Auto Ecke Via Croce Rossa auf dem Gehsteig parkte. Auf der Windschutzscheibe stand in großen Lettern POLIZIA, das würde ihn vor dem Strafzettel eines übereifrigen Gesetzeshüters bewahren.

Er betrat den Laden mit dem Schild »Sportartikel Ravizza«,

zeigte seinen Dienstausweis und verlangte eine Berretta B 1, einen kleinen, sehr flachen Damenrevolver von einer eleganten, altbronzenen Farbe. Dazu bekam er zwei Schachteln Magazine. Dann stieg er wieder ins Auto und fuhr zur Piazza Leonardo da Vinci. Um die Bäume in der Mitte des Platzes war der Boden vereist. Mit den kurz geschorenen Haaren und ohne Hut und Mantel schauderte er vor Kälte.

»Du bist ja ganz blau gefroren«, sagte Livia. »Setz dir doch wenigstens einen Hut auf.«

Er schloss die Wohnungstür hinter sich. »Wo ist Lorenza?«

»In der Küche. Wir sind ziemlich beschäftigt.« Da der Eingang der winzigen Wohnung direkt vor der Küche lag, senkte Livia die Stimme, damit Lorenza sie nicht hörte. »Gestern haben wir die Kleidung der Kleinen gewaschen, heute Morgen war sie bereits trocken, und jetzt sind wir dabei, sie zu bügeln und zusammenzulegen. Ich habe schon mit dem Kinderheim telefoniert, die nehmen die Sachen gern, denn sie sind hübsch und gut in Schuss.«

Duca antwortete nicht, sondern ging in die Küche. Lorenza bügelte gerade ein rotes Kittelchen mit weißer Borte. Auf einem Stuhl stand ein großer Karton voller sorgfältig gefalteter Kleidungsstücke. Auf der anderen Seite des Tisches lag ein Haufen mit ungebügeltem Zeug, die gesamte Garderobe der kleinen Sara seit ihrer Geburt – zwei Jahre, zwei Monate und vierzehn Tage.

»Ciao, Duca«, sagte Lorenza.

Er legte ihr eine Hand auf die Schulter, zündete sich eine Zigarette an, setzte sich an den Tisch und atmete den Geruch des heißen Bügeleisens und all der winzigen, gebügelten, leicht nach Seife duftenden Anziehsachen ein.

»Sie bügelt und ich flicke«, erklärte Livia, nahm auch wieder Platz und griff nach einem Hemdchen, um es auf kleine

Löcher hin zu untersuchen und diese gegebenenfalls zu stopfen.

»Ich hätte gern eine Zigarette, Duca«, bat Lorenza und legte das gerade gebügelte Kittelchen in den Karton.

Er gab ihr eine Zigarette und Feuer und versuchte dabei krampfhaft, sie nicht anzusehen – nur zu genau kannte er die Zeichen tiefen Schmerzes, die der Tod der kleinen Sara in ihr Gesicht gegraben hatte.

»Ich auch«, sagte Livia.

Jetzt zog Lorenza aus dem ungebügelten Wäschehaufen einen kleinen, goldgelben, sommerlichen Strampelanzug mit einer großen, braunen Mickymaus auf der Brust. Duca beobachtete die beiden Frauen eine Weile und erklärte dann: »Livia und ich drehen jetzt eine kleine Runde. Sollen wir dir irgendetwas mitbringen?«

»Ja«, erwiderte Lorenza mit gesenktem Kopf und bügelte vorsichtig über die aufgestickte Mickymaus, mit der die kleine Sara so oft und gern gespielt hatte. »*Mostarda*.«*

»Du meinst die Früchte, nicht? Oder die Paste?«

»Nein, die Früchte. Kirschen und Feigen esse ich am liebsten«, sagte Lorenza.

»Ich weiß, wo es ganz exzellente *mostarda* gibt«, schaltete sich Livia ein, die Lorenza in all diesen Tage nicht von der Seite gewichen war und wusste, dass sie tagelang überhaupt nichts gegessen hatte. Offenbar regte sich jetzt ihr Überlebenswille. Er hatte ihren Appetit geweckt, Appetit auf etwas, das sie besonders gerne aß, damit sie aus ihrem abgrundtiefen Schmerz auftauchte und weiterlebte.

»Die besorgen wir gleich als Erstes«, versprach Duca. Er

---

* In Senfsirup eingelegte, kandierte Früchte, Spezialität aus Cremona. Außerdem anderes Wort für Senf.

stand auf, hielt seine Zigarettenkippe unter den Wasserhahn, um die Glut zu löschen, und warf sie dann in den Mülleimer. Wie abwesend zündete er sich gleich darauf eine neue Zigarette an.

Lorenza legte den gelben Strampelanzug in den Karton. »Es eilt nicht, erledigt ruhig erst eure eigenen Angelegenheiten.« Sie schaute kurz auf und lächelte ihn an, beugte sich aber gleich wieder über den Wäschehaufen, um das nächste Stück zum Bügeln herauszusuchen.

Duca und Livia gingen nach unten. Livia setzte sich hinter das Steuer des großen Fiat. »In der Via Vitruvio gibt es einen gut sortierten Feinkosthändler«, bemerkte sie.

Er nickte. Livia ging in den Laden, verlangte zweihundert Gramm *mostarda* und außerdem noch eine kleine Portion überbackene Maccheroni, die gerade dampfend aus dem Ofen kamen. »Meinst du, sie isst das?«, fragte Duca zweifelnd.

»Vielleicht nach den Senffrüchten«, meinte Livia.

Dann fuhren sie zur Piazza Leonardo da Vinci zurück. Duca blieb im Auto sitzen, während Livia mit den beiden Päckchen schnell nach oben lief. Sie flog fast, denn essen muss man, was immer das Leben auch mit einem macht. Im Handumdrehen war sie wieder zurück, setzte sich hinter das Steuer und fragte: »Also? Wohin soll es gehen?«

Duca schüttelte den Kopf. »Erst nimmst du den hier«, befahl er.

»Ich will keine Waffe«, wehrte sich Livia.

»Ja, das habe ich mir schon gedacht«, meinte Duca. »Dann steigst du eben gleich wieder aus, denn dann kann ich dich nicht mitnehmen.«

»Das ist Erpressung«, sagte Livia ruhig.

»Ja, das ist Erpressung. Entweder du nimmst diesen Revolver, oder du steigst aus.«

»Ich habe noch nie eine Waffe getragen. Warum sollte ich es jetzt tun?«

»Weil ich es will. Sonst steigst du aus«, erwiderte Duca streng.

Beleidigt sah Livia ihn an. In ihrem Gesicht spiegelten sich Empörung und tiefe Enttäuschung. »Und so einen Übergriff soll ich akzeptieren? Du kannst mich doch nicht zwingen, als sei ich deine Sklavin.«

»Die philosophische Diskussion sparen wir uns für später auf. Sieh dir diese Pistole lieber mal genau an. Keine Angst, sie ist nicht geladen.«

»Wie kommst du darauf, dass ich Angst habe?«, wollte Livia wissen. Die Sonne dieses eiskalten Morgens strahlte die unzähligen Narben auf ihrem Gesicht unbarmherzig an. Mit ihren spitzfindigen Fragen war sie manchmal schon ziemlich anstrengend.

»Entschuldige, du hast Recht, ich habe mich ungeschickt ausgedrückt. Ich wollte nicht sagen, dass du keine Angst zu haben brauchst, sondern dass du im Moment nicht besonders vorsichtig sein musst, da der Revolver nicht geladen ist. Und jetzt zeige ich dir, wie man ihn lädt.« Duca griff in die Tasche und nahm eine Schachtel mit Magazinen heraus. »Sieh mal her, es ist ganz einfach. Du musst an diesem kleinen Haken ziehen – an dem hier, ja.«

Sie zog ein schmales Metallstück mit einer Reihe von runden Löchern heraus: das Magazin.

»Das hier, also das leere Magazin, ziehst du heraus«, erklärte Duca, »und dann setzt du das volle ein. Siehst du.«

Livia verfolgte den Vorgang aufmerksam.

»So, jetzt bist du dran.«

»Gut«, erwiderte sie distanziert. Sie nahm das volle Magazin heraus, setzte das leere ein und drückte es durch, bis es einrastete. Dann zog sie erneut an dem Häkchen und ersetzte das leere Magazin wieder durch das volle. »Ist das richtig so?«, fragte sie.

»Ja, perfekt. Und das hier ist die Sicherung«, fuhr Duca fort. »Hier, schieb mal diesen kleinen, geriffelten Riegel ganz nach hinten durch, bis die roten Striche nicht mehr zu sehen sind. Wenn man die sieht, musst du aufpassen, denn Waffen wie diese hier schießen schon, wenn man den Abzug nur anschaut.«

Sie schob den Riegel über die rote Markierung. »So?«

»Ja, genau. Jetzt können wir fahren.«

»Und wohin?«

»Erst musst du die Beretta und die Magazine in deine Handtasche stecken«, beharrte Duca, »und mir eins versprechen: nämlich dass du diesen Revolver immer bei dir trägst und ihn ohne zu zögern benutzt, sobald du irgendwie das Gefühl hast, du seist in Gefahr.«

Sie blickte ihn an wie eine Lehrerin, die einen etwas sonderbaren Schüler mustert. »Weshalb redest du so mit mir?«

»Weil ich will, dass du dich verteidigen kannst, wenn du mir bei meiner Arbeit hilfst. Bist du hingegen eine überzeugte Pazifistin, dann will ich lieber ohne deine Unterstützung auskommen.« Hätte er ihr damals eine Waffe gegeben, hätte sie sich vielleicht wehren können, und ihr Gesicht wäre nicht durch dutzende von Schnitten entstellt worden. So etwas durfte einfach nicht noch mal passieren.

Livia steckte die Beretta B 1 und die Magazine in ihre Tasche und wiederholte dann: »Also, wohin?«

»In die Via General Fara und dann zum Hauptbahnhof. Wie es weitergeht, sage ich dir dann.«

Sanft ließ sie den Motor an. Sie fuhr sehr gut Auto. »Zu wem fahren wir eigentlich?«, erkundigte sie sich.

»Zu einem Vater«, antwortete Duca knapp.

5

Selbst Kriminelle haben Eltern, auch wenn ihm, Duca, dieser Gedanke nicht besonders behagte. Abstrakt gesehen tragen Eltern für den Lebenslauf ihrer Kinder immer eine gewisse Verantwortung. Im konkreten Leben wird diese Schuld jedoch relativiert, denn zum Verbrecher wird man auch unter dem Einfluss der Umgebung, nicht nur auf Grund genetischer Veranlagung. Eins aber steht fest: Nie sind der Vater, die Mutter oder beide völlig unschuldig an der Entwicklung ihres Kindes.

»Wie meinst du das, zu einem Vater?«, fragte Livia nach.

»Zum Vater eines der elf Jugendlichen, die ich vor ein paar Tagen verhört habe«, erklärte Duca. Er dachte daran, dass der Mann, den er nun aufsuchen wollte, also der Vater von Federico dell'Angeletto, in seinem Ordner ganz allgemein als »anständiger Mensch« beschrieben war. Doch Duca Lamberti traute solchen knappen Urteilen nicht. Er fragte sich, wie die Polizei wohl dazu gekommen war, Antonio dell'Angeletto und seine Frau mit dem Attribut »anständige Leute« zu versehen. Duca fand dieses Adjektiv ziemlich anspruchsvoll – bevor man jemandem eine solche Eigenschaft zuschrieb, musste man schon genauere Nachforschungen anstellen. »Jetzt biegst du in die Via Galvani ein. Die zweite Querstraße links ist dann die Via General Fara«, erklärte er Livia.

Große Hoffnung, dass bei der Befragung der Eltern dieser Jugendlichen viel herauskommen würde, hatte er nicht. Wahrscheinlich war seine Initiative ein eher sinnloses Unterfangen. Aber die kurzen Stichpunkte über Federico dell'Angeletto hatten ihm zu denken gegeben. Federico war als Gewohnheitstrinker bezeichnet worden. Mit achtzehn ist das schon etwas Außergewöhnliches. Natürlich gibt es junge Leute, die in diesem Alter bereits regelmäßig trinken, aber dann haben sie das meist von den Eltern übernommen. Die Eltern von Federico dell'Angeletto waren jedoch als »anständig« beschrieben worden. Natürlich können auch Alkoholiker anständige Leute sein, nur würde ein hoher Polizeibeamter wie Carrua sie nicht so nennen, außer er wäre falsch informiert. Er schriebe wahrscheinlich eher »Vater Alkoholiker«. Das jedenfalls dachte Duca.

»Da ist die Via General Fara. Park das Auto vor dem Obstgeschäft dort und komm mit mir nach oben.«

Sie traten in einen Hauseingang, in dem es nach Keller roch. Die Häuser dieser Gegend waren alt und baufällig und hatten wohl keine große Zukunft mehr. Bei dem aktuellen Bebauungsplan kam es niemandem in den Sinn, Geld in ihre Renovierung zu stecken. Schade, denn dieser ärmliche Teil der Stadt hatte viel von seinem ursprünglichen Charme erhalten. Es gab sogar zwei *Trani*, die charakteristischen Mailänder Schänken, die der allgemeinen Tendenz, sie in moderne Bars umzuwandeln, bisher tapfer widerstanden hatten. Die einzige Neuerung bestand darin, dass die typischen grünen Tischdecken durch gleichfarbige Plastikbeläge ersetzt worden waren, auf denen die Betrunkenen aber noch immer, den Kopf auf die verschränkten Arme gestützt, einschliefen, genau wie zu Portas Zeiten. Und auch die schon etwas älteren Prostituierten kamen weiterhin, um ein Gläschen zu kippen, nachdem sie ihrem Geschäft auf dem Strich der anliegenden Via Filzi oder Via Vittor Pisani nachgegangen waren. Selbst die freundliche, alte, leicht hinkende Blumenfrau fehlte nicht, sondern stand unter ihrem Sonnenschirm vor der Kirche San Gioachimo, verkaufte Sträuße und sah aus, als sei sie einem Bild von Praga, Rovano oder Boito entsprungen.

Nicht einmal die am Straßenrand geparkten Autos konnten

der Urwüchsigkeit dieser Gegend etwas anhaben, im Gegenteil: Sie wirkten fast wie Fremdkörper hier.

»Signor dell'Angeletto bitte«, sagte Duca zu der Portiersfrau, die in einem winzigen Verschlag mit einem bullernden Koksofen saß, dessen säuerlicher Geruch den ganzen Hauseingang erfüllte. Das Kabuff war mit verschiedenen Gegenständen einer »amerikanischen Küche« – einem Fernsehgerät mit einem Radio darauf und einem Kühlschrank – so voll gestopft, dass gerade noch Platz genug für die nicht gerade schlanke Frau und ihren Stuhl blieb.

»Rechte Treppe, vierter Stock.« Sie blickte Duca und Livia zwar nicht gerade hasserfüllt, aber auch ohne jede Spur von Freundlichkeit an, als seien sie potenzielle Feinde.

Im vierten Stock öffnete ihnen eine große, erschöpft wirkende Frau, die Duca auf genau die gleiche Weise ansah. Die Leute in diesem Stadtteil schienen ja nicht besonders kontaktfreudig zu sein! »Signor dell'Angeletto, bitte«, sagte Duca.

»Ist nicht da.« Die Stimme der Frau klang säuerlich und herrisch.

»Sind Sie seine Frau?«

»Ja, warum?« Sie musterte Livia abfällig und ohne den geringsten Versuch, ihre Abneigung zu kaschieren.

Duca hielt ihr seinen Dienstausweis hin. »Ich muss mit ihm reden.«

Der Ausweis schien Signora dell'Angeletto einzuschüchtern, denn ihre Stimme klang jetzt nicht mehr so forsch. »Er ist einen Moment nach unten gegangen, in die Osteria.«

»Die Osteria gleich nebenan?«

»Ja.«

»Auf Wiedersehen, Signora.«

Die Frau hielt ihn mit einer plötzlich weich gewordenen,

traurigen Stimme zurück. »Mein Sohn – was wird aus ihm werden?«

»Er bekommt einen Prozess«, antwortete Duca.

»Haben Sie ihn gesehen?«

»Ja.«

»Hat man ihn geschlagen?« Das Gesicht der Frau zuckte, dem Weinen nahe.

»Nein, niemand hat ihn geschlagen«, erwiderte Duca. »Wir haben ihm Zigaretten gegeben und ihn in die Badewanne gesteckt – und das war auch dringend nötig!«

Jetzt begann die Frau verhalten zu weinen. Sie stand auf der Türschwelle, in dem muffigen Halbdunkel des Treppenhauses, und schluchzte immer lauter. Doch dann riss sie sich plötzlich zusammen. »Ich weiß, dass er ein Krimineller ist, aber schlagen dürfen Sie ihn trotzdem nicht.«

»Beruhigen Sie sich, Signora, niemand wird ihm ein Haar krümmen.«

Die Osteria lag direkt im Nebenhaus. Als sie eintraten, schlug ihnen ein starker, jedoch nicht unangenehmer Geruch nach feuchten Sägespänen entgegen. An zwei Tischen saßen vier oder fünf Männer und eine Frau mit einem riesigen Busen. An einem anderen befand sich ein einzelner Mann mit einem Glas Rotwein in der Hand und starrte vor sich hin. Alle unterhielten sich leise. Für eine Schänke war es merkwürdig ruhig und leer.

»Ist Signor dell'Angeletto hier?«, erkundigte sich Duca.

»Wer?«, fragte eine junge, aber müde aussehende Frau hinter dem Tresen.

»Signor Antonio dell'Angeletto«, wiederholte Duca.

»Ach, Toni«, meinte das Mädchen. »Das ist der, der da hinten allein am Tisch sitzt.« Sie verzog ihr Gesicht mitleidig, als denke sie: »Und den nennt er Signore.«

»Polizei«, erklärte Duca, setzte sich an den Tisch des einsamen Trinkers und bedeutete auch Livia mit dem Blick, Platz zu nehmen.

Der Mann hörte auf, ins Leere zu starren, und sah erst Duca und dann Livia prüfend an. Es war gar nicht nötig, ihm den Ausweis zu zeigen. »Geht es um meinen Sohn?«

»Ja«, bestätigte Duca. »Ich muss Ihnen nur eine einzige Frage stellen, vielleicht können Sie mir ja helfen.«

»Mein Sohn interessiert mich nicht mehr«, sagte Signor dell'Angeletto. Seine Haltung wirkte gemessen und seine Sprache durchaus gewählt. Wahrscheinlich trank er viel, doch hatte ihm das nichts von seiner Würde genommen. Was sein Sohn in der Abendschule angestellt hatte, musste seinen Hang zum Trinken noch verstärkt haben.

»Uns interessiert er aber«, hielt Duca dagegen. »Ich würde gern wissen, ob er vielleicht eine Damenbekanntschaft hatte – allerdings nicht mit einer Gleichaltrigen, sondern mit einer älteren Frau.«

Der einsame Trinker nahm einen Schluck von seinem lilaroten Wein. »Ich weiß von nichts. Er hat mir nie was erzählt. Und ich habe nie die Zeit gehabt, ihn nach irgendetwas zu fragen. Außerdem sprechen Kinder grundsätzlich nicht mit ihren Eltern. Wenn sie etwas erzählen, dann ihren Freunden oder dem Erstbesten, den sie in der Kneipe treffen. Aber dem Vater oder der Mutter – nein.« Seine Augen wurden wieder starr und blickten so leblos, als wären sie aus Glas.

Da begriff Duca, warum Carrua geschrieben hatte »anständige Eltern«. Dies war tatsächlich ein anständiger Vater – ein ehrlicher, unglücklicher, verzweifelter Vater. Selbst Ströme von Wein würden dieser Ehrlichkeit nichts anhaben können. »Ja, da haben Sie Recht«, stimmte Duca ihm zu. »Aber vielleicht können Sie mir ja einen Freund von ihm nennen, jemanden hier aus dem Bezirk, der mir sagen kann, ob Federico eine ältere Freundin hatte.«

»Alle haben sie eine Alte. Heutzutage sind doch alle Frauen Huren.« Er bemerkte Livia und senkte den Kopf. »Entschuldigen Sie, ich wollte sagen, viele.«

»Ist schon gut«, beschwichtigte Livia ihn lächelnd. Da hob er den Kopf wieder und sah sie mit feuchten Augen an.

»Entschuldigen Sie, Signorina.«

»Nennen Sie mir den Namen eines Freundes Ihres Sohnes«, bat Duca. »Wenn wir herausbekommen, wer diese Frau ist, wird das auch Ihrem Sohn weiterhelfen.«

Der Alte schlug erneut den Blick nieder. »Uns hat er eigentlich nie was erzählt«, sagte er. »Auch nicht über seine Freunde. Er kam nach Hause, aß, klaute uns ein bisschen Geld oder etwas zum Verscheuern und ging wieder. Aber vielleicht versuchen Sie es mal in der Bar mit dem Tabakladen ein paar Häuser weiter. Da kennen sie ihn gut, auch der Besitzer. Die wissen bestimmt mehr als ich.«

Seine Ehrlichkeit war offensichtlich – und auch seine Verzweiflung. Sie gingen.

6

Der *tabaccaio* wirkte nicht besonders glücklich über ihren Besuch. Anfangs hatte er sie für ein Pärchen gehalten, das der schneidenden Kälte draußen entflohen und in das gut geheizte, freundlich erleuchtete Lokal gekommen war, um sich ein wenig aufzuwärmen. Doch als er Ducas Ausweis sah, legte sich ein Schatten über sein Gesicht.

Das Lokal wirkte leer, doch der Schein trog: Aus dem hinteren Saal, wo das Billard und die Spieltische standen, drangen jugendliche Stimmen, das Klacken der Billardkugeln und die Flüche der Kartenspieler. Ein Jugendlicher stand vor dem Flipper, und hin und wieder trat jemand ein, um einen Espresso zu trinken oder Zigaretten zu kaufen.

»Hier bei Ihnen hat sich oft ein junger Mann aufgehalten«, begann Duca, »ein gewisser Federico dell'Angeletto. Sie kennen ihn bestimmt, auch die Zeitungen haben über ihn berichtet.«

Der Mann hinter der Theke, neben dem eine junge Frau mit einem dicken Bauch stand – siebter oder vielleicht sogar achter Monat – antwortete nicht, sondern händigte einem Mädchen, das gerade eingetreten war, ein Paket Salz und einen Kaugummi aus.

»Er war oft hier«, fuhr Duca mit leicht drohender Stimme fort, denn mit Freundlichkeit erreicht man fast nie etwas. »Dies war sein Stammlokal, und die Kerle, die sich da in dem hinteren Raum aufhalten, seine Freunde. Stimmt's?«

Sein Ton schien den jungen Mann zu überzeugen. »Ja, er war öfter hier. Für mich sind alle Kunden gleich, solange sie zahlen, und er hat immer gezahlt. Aber was habe ich damit zu tun?«

»Wer sagt denn, dass Sie etwas damit zu tun haben?«, entgegnete Duca. »Regen Sie sich nicht auf«, fuhr er mit einem Seitenblick auf die schwangere Frau fort. »Ich wollte bloß wissen, ob Sie ihn kennen.«

»Natürlich kennen wir ihn«, fiel die Frau hastig, doch ohne die Stimme zu heben ein, »er war der Schlimmste von allen. Und du verteidigst ihn immer noch«, fuhr sie ihren Mann an.

»Ich will keine Schererein«, gab der mit verhaltener Wut zurück. »Sonst wird mir noch die Lizenz entzogen.«

»Die wird dir entzogen, wenn du ihnen nicht sagst, was sie wissen wollen«, sagte sie nervös. Gar nicht so dumm.

»Vier Briefmarken zu fünfzig«, verlangte ein alter Mann, der gerade eingetreten war. »Einen Espresso bitte«, sagte ein anderer, der gleich nach ihm den Laden betreten hatte. Die schwangere Frau schickte sich an, den Kaffee zu machen, während ihr Mann die Briefmarken heraussuchte. Duca nahm den Faden wieder auf. »Ich möchte nur mit ein paar Kumpels von Federico reden. Wenn er regelmäßig herkam, dann doch sicher, weil er hier Freunde hatte. Vielleicht kennen Sie sie ja, und vielleicht können Sie mir sogar sagen, mit wem er am engsten befreundet war.«

Der junge Mann nickte und verzog das Gesicht zu einer Grimasse. »Ja, natürlich.« Er grinste noch einmal. »Also, sein bester Freund war eine Freund*in*: Luisella.«

»Und wo finde ich diese Luisella?«, fragte Duca.

»Gleich hier drüber. Sie verdient sich ihr Geld mit Heimarbeit. Hat eine Strickmaschine.«

»Und was heißt das, ›gleich hier drüber‹?«

»Hier drüber«, wiederholte der *tabaccaio*. »Nächste Haustür rechts, erster Stock.«

Duca und Livia verließen den Laden, stiegen in den ersten Stock des Nachbarhauses hinauf und drückten auf einen altmodischen Klingelknopf. Ein älterer Mann, massig, rot und in Hemdsärmeln, als sei es Sommer, öffnete ihnen die Tür.

»Polizei.« Da der Mann sie nicht eintreten lassen wollte, obwohl er Ducas Dienstausweis sorgfältig studiert hatte, schob Duca ihn entschieden beiseite, trat in den Flur und lud Livia ein, ihm zu folgen. »Sind Sie der Vater von Luisella?«

Anscheinend war der Mann nicht daran gewöhnt, befragt zu werden. »Warum?«, fragte er zurück, statt zu antworten, und musterte Duca und Livia gereizt.

»Weil ich mit Luisella reden möchte«, antwortete Duca immer noch sehr höflich.

»Und warum?«, wollte der massige Mann mit kaltem Blick wissen.

Da verlor Duca seine mühsam aufrechterhaltene Geduld. »Hör auf mit dem Quatsch! Wo ist deine Tochter?«

Er war zwar nicht besonders laut geworden, aber sein Ton hatte eine gewisse Wirkung auf den füllingen Mann. »Na gut«, brummte er. »Sie arbeitet hier im Nebenzimmer.«

Tatsächlich war das Rattern der Strickmaschine deutlich zu hören. Duca bedeutete Livia, ihm zu folgen, und ging dem Geratter nach. In dem ziemlich dunklen Nebenraum war ein unauffälliges, sehr feingliedriges junges Mädchen mit aschblondem Haar auszumachen, das vor der eingeschalteten Maschine stand und die Eintretenden unruhig und gleichzeitig etwas ungehalten musterte.

»Polizei. Sie wollen mit dir reden«, sagte der Dicke.

»Ist die auch von der Polizei?«, wandte sich das Mädchen gereizt an Duca und zeigte dabei auf Livia.

»Ja, wenn du nichts dagegen hast«, antwortete Duca. »Und jetzt stell bitte mal deine Maschine ab und antworte auf meine Fragen. Kennst du Federico dell'Angeletto?«

»Wieso?«, fragte sie.

Es war offenbar eine schlechte Angewohnheit der ganzen Familie, auf Fragen mit Gegenfragen zu antworten. »Ich habe dich gefragt, ob du Federico dell'Angeletto kennst, und du antwortest mir darauf jetzt mit ›ja‹ oder ›nein‹, statt selber Fragen zu stellen«, entgegnete Duca.

Auch diesmal zeigte sein Ton Wirkung. Das Mädchen antwortete: »Ja, ich kenne ihn.«

»Ich habe dir gesagt, dass du die Maschine abstellen sollst«, befahl Duca. Das Rattern erstarb. »Ich möchte nur eins von dir wissen. Und es wäre gut, wenn du mir vernünftig auf meine Frage antwortest, denn für deinen Freund ist das wichtig. Wenn du mir die Wahrheit sagst, kommt er vielleicht mit einer halbwegs erträglichen Strafe davon. Wenn du hingegen versuchst, mich reinzulegen, umso schlimmer für ihn – und für dich.«

Sie musterte ihn missmutig.

»Ich möchte wissen, ob Federico außer dir noch andere hatte«, sagte Duca. »Zum Beispiel eine Frau, die um einige Jahre älter ist als er.«

»Nein«, antwortete sie prompt.

»Lass dir Zeit mit deiner Antwort. Überleg dir lieber genau, was du sagst. In eurem Alter haben Jungen schließlich oft zwei oder drei.«

»Von mir aus kann er auch zwanzig gehabt haben, aber davon weiß ich nichts«, sagte sie schnippisch.

»Jetzt hör mal gut zu«, fuhr Duca fort. »Wahrscheinlich hast du ja einige seiner Freunde kennen gelernt.«

»Ein paar schon.«

»Zum Beispiel?«

»Ettore. Der kam immer in die Bar, um mit Federico zu spielen.«

»Nachname?«

»Seinen Nachnamen weiß ich nicht. Ich weiß nur, dass er mit seinem Vater aus Jugoslawien geflohen ist.«

»Meinst du vielleicht Ettore Ellusic?« Das war einer der elf Jungen, die an dem Mord in der Abendschule beteiligt gewesen waren.

»Ja, könnte sein«, antwortete das Mädchen, das sich jetzt ein bisschen zu entspannen schien und nicht mehr ganz so misstrauisch war. »Jedenfalls hatte der eine ältere Freundin.«

»Woher weißt du das?«, fragte Duca. Sie standen zu viert in dem dunklen, kalten Raum – er, Livia, das Mädchen und sein Vater.

»Ettore hat ein paar Mal davon erzählt. Wenn sie ihm Geld

gab, kam er immer gleich in die Bar, um es mit Federico und den anderen zu verspielen. Er war eben ein Spieler – richtig abhängig.«

»Und was hat er von dieser Frau erzählt?«

»Er nannte sie ›Tante‹.«

»Versuch bitte, dich an alle Einzelheiten zu erinnern.«

»Er nannte sie immer ›meine Tante‹.«

»Ja, das hast du eben schon gesagt. Und was hat er sonst noch von ihr erzählt?«

»Er nannte sie ›meine Tante aus Sarajevo‹, denn sie war Jugoslawin wie er.«

»Und sonst? Hat er sonst nichts erzählt? Wie sie hieß? Was sie machte?«

»Nein, ihren Namen hat er nie genannt. Er bezeichnete sie einfach als ›meine Tante‹, ›meine Tante aus Sarajevo‹. Wir fanden das immer sehr komisch. Aber über ihre Arbeit hat er schon etwas gesagt. Er hat erzählt, dass sie aus dem Jugoslawischen ins Italienische übersetze. Aber was sie übersetzte, weiß ich nicht.«

»Sie war also eine gebildete Frau?«

»O ja. Ettore nannte sie auch ›die Professorin‹.«

»Kannst du sie mir beschreiben?«

»Ich selbst habe sie nie gesehen. Aber Ettore sagte immer, sie sei sehr groß.«

»Blond?«

»Ich habe keine Ahnung, ob sie blond war. Ich weiß nur, dass er immer sagte, sie sei sehr groß.«

»Kannst du dich sonst noch an irgendwas erinnern?«

Das Mädchen starrte auf den Boden und überlegte. Offenbar hatte sie sich entschlossen, mit der Polizei zusammenzuarbeiten, um ihrem Freund zu helfen. Dann hob sie den Blick und sah Duca an. »Ettore hat ein paarmal erzählt, auf welche

Weise sie miteinander geschlafen haben, aber das ist wohl nicht wichtig.«

»Auch das interessiert mich«, entgegnete Duca.

Ihr massiger Vater schaltete sich ein. »Meine Tochter ist nicht verpflichtet, Ihnen irgendwelche Schweinereien zu erzählen. Jetzt reicht es aber!«

»Nein, verpflichtet ist sie natürlich nicht«, warf Duca freundlich ein, »aber jede noch so unbedeutende Kleinigkeit kann uns helfen, die Wahrheit aufzudecken.«

»Viel zu berichten gibt es da eigentlich nicht«, meinte das Mädchen. »Es ist nur ziemlich merkwürdig. Ettore sagte immer, sie sei Jungfrau und wolle das auch nicht ändern. Und deshalb liebten sie sich immer so, dass das weiter so blieb. Warum, weiß ich nicht.«

Duca nickte. »Fällt dir sonst noch etwas ein?«

»Nein«, antwortete das Mädchen. »Sie muss aber ziemlich wohlhabend gewesen sein, denn einmal kam Ettore mit fast dreihunderttausend Lire in die Bar.«

»Wie alt, meinst du, könnte die Frau gewesen sein? Jünger als dreißig? Etwas älter? Oder vielleicht sogar vierzig?«

»Ettore hat nie von ihrem Alter gesprochen. Aber ich denke, sie muss um die vierzig gewesen sein.«

Duca schaute auf die Uhr. »Danke«, sagte er. »Vielleicht müssen wir noch einmal wiederkommen. Ich hoffe allerdings nicht.«

7

Auch wenn ihre Anhaltspunkte ja wirklich nur spärlich waren, beauftragte Duca Mascaranti, bei allen Mailänder Verlagen nach einer etwa vierzigjährigen jugoslawischen Übersetzerin zu fahnden. Schon zwei Tage später hatte Mascaranti sie gefunden: Sie hieß Listza Kadiéni und war achtunddreißig Jahre alt. Sie lebte in einer winzigen Zweizimmerwohnung und bereitete sich ihre Mahlzeiten auf einem Spirituskocher zu, der auf der Marmorplatte einer altmodischen Kommode stand. Neben dem Kocher befand sich eine alte Schreibmaschine für ihre Übersetzungen – offenbar schrieb sie im Stehen, wie die Schreiber der Antike. Sie war sehr groß, genau wie Ettore gesagt hatte. Und sie war in Sarajevo geboren. Es musste also die Tante aus Sarajevo sein, da gab es keinen Zweifel.

Sie ließ Duca auf einem Sessel neben dem Fenster Platz nehmen und holte für sich selbst einen Stuhl aus dem Nebenzimmer. Sie sprach perfekt italienisch, korrekter als die meisten Italiener. Nur ihre »O's« klangen ein wenig zu geschlossen. Sie war dünn und eigentlich nicht besonders hübsch, aber ihre riesigen Augen, die, wie überhaupt das ganze Gesicht, völlig ungeschminkt waren, verliehen ihr eine eigenartige, an ein altes Fresko erinnernde Schönheit. Ihre Haare waren blond und wirkten ein wenig ausgeblichen.

»Kennen Sie einen jungen Mann namens Ettore Ellusic?«, begann Duca.

»Ja«, antwortete sie, ohne zu zögern, und blieb steif auf ihrem Stuhl sitzen.

»Wissen Sie, dass er zu den elf Jungen gehört, die ihre Lehrerin in der Abendschule so übel zugerichtet und umgebracht haben?«

»Ja, ich weiß.«

»Seit wann kennen Sie ihn?«

»Seit fast zwei Jahren.«

»Und woher?«

»Ich kannte seine Eltern und habe dem Jungen geholfen, die italienische Staatsbürgerschaft zu erhalten. Nach Ende des Krieges ist er mit seinen Eltern nach Italien gekommen. Slowenisch kann er praktisch gar nicht mehr. Dafür spricht er Mailänder Dialekt.« Sie antwortete klar und präzise, doch ihre Augen verrieten Angst und vielleicht sogar Scham.

»Sie kennen ihn seit zwei Jahren. Was halten Sie von ihm?«

»Er ist ein Halunke«, antwortete sie trocken.

Duca wartete ein wenig, bevor er den nächsten Punkt ansprach. Dann fragte er: »Wie kommt es, dass Sie so abschätzig über ihn reden? Mir wurde gesagt, dass Sie eine sehr intime Beziehung zu ihm hatten.« Ihm war bewusst, dass er indiskret und sogar ein wenig grob war, aber wenn er etwas erreichen wollte, konnte er das nicht vermeiden.

Ihre Augen flackerten vor Scham. »Die Art unserer Beziehung hindert mich nicht daran, einen Halunken von einem anständigen Menschen zu unterscheiden.«

Eine klare Antwort. Duca überlegte eine Weile. »Hat der Junge Sie vielleicht erpresst?«

Sie schüttelte energisch den Kopf. »Nein!«, antwortete sie entschieden.

»Sie brauchen nicht zu fürchten, durch Ihre Aussage sein Strafmaß zu erhöhen. Die Anklage lautet auf Misshandlung, sexuellen Missbrauch und Mittäterschaft bei einem Mord, da schlägt ein Fall von Erpressung kaum noch zu Buche.«

Sie lächelte bescheiden. »Schön wär's, wenn ich mich damit entschuldigen könnte, dass er mich erpresste. Nein, ich selbst habe ihm Geld dafür gegeben, dass er zu mir kam. Sonst hätte er das nie gemacht.« Ihre Ehrlichkeit war offen und aggressiv – aggressiv gegen sich selbst.

Duca wurde klar, dass er einer falschen Fährte folgte. Er verschwendete nicht nur seine eigene Zeit, sondern auch die ihre und tat ihr dabei noch weh.

»Entschuldigen Sie«, sagte er und stand auf.

Auch sie erhob sich. »Es freut mich, wenn ich Ihnen irgendwie helfen kann. Ich stehe Ihnen jederzeit zur Verfügung.«

Auch diese Worte waren ehrlich gemeint. Duca ging ans Fenster, doch der Nebel war so dicht, dass nicht zu erkennen war, ob es auf den Hof oder die Straße hinausging.

»Ich suche eine Frau – eine nicht mehr ganz junge Frau«, sagte er, ohne sie anzublicken. »Es könnte aber auch ein Mann sein, wirklich sicher bin ich mir da nicht. Also, ich suche nach einem Erwachsenen, der mit einem dieser Jungen befreundet ist – nach einem Menschen, den keiner der Beteiligten während der Verhöre je erwähnt hat. Und doch spüre ich, dass es diesen Menschen gibt und dass wir ihn finden müssen, um diesen Fall aufzuklären. Vielleicht hat Ettore Ihnen ja mal irgendetwas erzählt, das uns helfen würde, diese Person zu finden. Selbst eine Kleinigkeit, die Ihnen völlig bedeutungslos erscheint, könnte uns zu diesem Menschen führen.«

Sie stand stocksteif da. Im Zimmer war es ziemlich kalt. »Ich verstehe«, meinte sie. »Nur hat er mit mir nicht viel geredet. Er brauchte mich, weil er ein Spieler ist, und sobald er sein Geld hatte, ging er. Doch manchmal hatte er getrunken, wenn er kam, und dann war er etwas gesprächiger. Ich erinnere mich, dass er mir einmal erzählte, einer seiner Freunde nehme irgendwelche Drogen in Tropfen, die er von einer befreundeten Ärztin bekam. Ettore sagte damals, er selbst habe diese Tropfen auch mal probiert, davon aber nur Bauchschmerzen bekommen, sonst nichts.«

»Hat Ettore Ihnen verraten, wie dieser Freund hieß?«

»Nein, er sprach nur ganz allgemein von einem Freund.«

»Glauben Sie, es könnte einer seiner Schulkameraden gewesen sein?«

»Woher soll ich das wissen?«

Es war nur eine sehr vage Spur, aber vielleicht war sie trotzdem wichtig. »Versuchen Sie bitte, sich so genau wie möglich an diese Episode zu erinnern. Ein einziges Wort, ein winziges Detail könnte ausschlaggebend sein. Um Ihrem Gedächtnis auf die Sprünge zu helfen, versuchen Sie doch mal, sich an den Tag zu erinnern, als er kam und Ihnen von diesem Freund berichtete. Denken Sie an den Moment, als er Ihre Wohnung betrat, und an alles, was dann geschah bis zu dem Augenblick, als er Ihnen die Geschichte von den Tropfen erzählte, von diesem Freund und der Ärztin.«

Sie gehorchte und dachte an den Tag zurück, an dem Ettore Ellusic angetrunken und vielleicht auch gedopt zu ihr gekommen war und über diese Geschichte geredet hatte. »Ich bin mir nicht ganz sicher, aber ich glaube mich zu erinnern, dass Ettore sagte, die Frau, die seinem Freund die Drogen beschaffte, sei keine typische Frau.« Sie blickte ihn durchdringend an. »Verstehen Sie, was ich meine?«, hakte sie nach.

Ja, natürlich verstand er. Das konnte eine wichtige Einzelheit sein, aber vielleicht war es auch völlig nebensächlich. »Erinnern Sie sich an noch etwas?«, fragte er.

Sie versuchte wieder, sich die Einzelheiten jenes Tages in Erinnerung zu rufen, doch ihr Gedächtnis versagte. »Nein, mir fällt nichts mehr ein«, erwiderte sie betrübt, als sei sie für die enttäuschende Leistung ihres Erinnerungsvermögens verantwortlich.

»Vielen Dank«, sagte Duca. »Sie haben mir sehr geholfen. Ich hoffe, ich werde Sie nicht noch einmal belästigen müssen.«

»Ach, machen Sie sich darüber keine Gedanken. Ich bin der Justiz gerne behilflich«, entgegnete sie etwas steif.

Als Duca auf die Straße hinaustrat, empfing ihn dichter Nebel und eine schneidende Kälte. Er ging zum Auto, wo Livia hinter dem Steuer auf ihn wartete, und setzte sich neben sie.

»Gibt's was Neues?«, erkundigte sich Livia, während sie den Motor anließ.

Duca schüttelte den Kopf. »Kaum«, antwortete er.

8

Kaum – oder gar nicht. Nach und nach stießen sie auf verschiedene Frauen, die mit den jugendlichen Mördern zu tun hatten: ein junges Mädchen, das sich in Heimarbeit mit einer Strickmaschine Geld verdiente, die Freundin von Federico dell'Angeletto; eine Jugoslawin, Intellektuelle und Übersetzerin, die große Stücke auf ihre Jungfräulichkeit hielt und ein Verhältnis mit Ettore Ellusic, einem weiteren der elf Jungen, hatte; und nun ging es darum, eine Ärztin aufzuspüren, die einem Dritten der elf Jugendlichen – doch wem, wussten sie nicht – Drogen beschafft hatte, um die vierzig war und Frauen bevorzugte. Es würde sicher nicht einfach sein, sie zu finden, auch wenn es eine interessante Frau sein musste. Jedenfalls war klar, dass um die elf Jungen mehrere Frauen kreisten. Und eine von ihnen musste die Wahrheit kennen.

»Also, was machen wir jetzt?«, sagte er ironisch, während Livia den Wagen vorsichtig durch den Nebel steuerte. »Wenn jeder der elf Jungen eine junge und eine ältere Freundin hat – und manche vielleicht sogar noch mehr –, dann haben wir es am Ende mit einem Haufen lärmender Weiber zu tun, die uns nur durcheinander bringen.«

»Was willst du damit sagen?«, fragte Livia kühl.

»Dass ich Lust hätte, das Handtuch zu werfen. Die Lehrerin der Abendschule ist von ihren Schülern umgebracht worden, daran gibt es keinen Zweifel. Die Minderjährigen werden sie ein paar Jahre in die Besserungsanstalt stecken, die Volljährigen bekommen einen Prozess. Also, was soll diese ganze Suche überhaupt? Im Grunde bringt sie ja doch nichts. Selbst wenn ich den Menschen auftreibe, der die Jungen zu diesem Mord angestiftet hat – was ändert das schon? Nichts!«

Livia hielt an einer roten Ampel und wartete. Noch kühler als vorher antwortete sie: »Doch, nämlich dass du dann den wahrhaft Schuldigen gefunden hast. Du hast doch selbst gesagt, dass diese Jungen zwar bis ins Mark verdorben sind, aber nie diese Wahnsinnstat begangen hätten, wenn sie nicht von jemandem angestiftet worden wären, der ganz genau wusste, was er tat.«

»Ja, das habe ich gesagt. Und davon bin ich auch noch immer überzeugt«, erwiderte Duca. »Und trotzdem ist es nur eine Annahme, die sich schließlich als falsch erweisen könnte. Es besteht durchaus das Risiko, dass ich wochenlang nachforsche, nur um am Ende herauszufinden, dass ich mich geirrt habe.« Was er ihr nicht sagen mochte, war, dass ihm die kleine, tote Sara heute einfach nicht aus dem Sinn ging und er sich sehr, sehr müde fühlte. Wo nur der kleine Wollschuh abgeblieben war? Ob er noch in seiner Manteltasche steckte? Oder ob Lorenza ihn gefunden und weggeräumt hatte?

»Wenn du feststellst, dass du dich geirrt hast, kannst du ja aufhören«, warf Livia trocken ein, »aber vorher nicht. Sonst hängst du deine Arbeit als Polizist besser gleich an den Nagel und suchst dir eine andere Stelle.«

Ein logischer Gedankengang, wie alle Gedankengänge von Signorina Livia Ussaro. So einfach war das: Da er Polizist war, musste er weitersuchen; hatte er dazu aber keine Lust, so sah er sich besser nach einer anderen Arbeit um. Er fuhr sich mit der Hand über die Augen, um das Bild der kleinen, toten Sara zu verscheuchen, riss sich zusammen und wurde brüsk wie immer. »Dann fahren wir jetzt zu einer der Sozialarbeiterinnen, die diese Jugendlichen betreuen. Bisher hat sie nämlich noch niemand verhört.«

Er nannte ihr die Adresse von Alberta Romani, achtundvierzig Jahre: Viale Monza, gleich am Anfang. Der Nebel dämpfte den Verkehrslärm, und doch ließen die unzähligen Autos, die sich durch die Straßen schoben, die Luft vibrieren, und zwar nicht nur, wenn man sich mitten im Verkehrschaos befand, sondern selbst oben in der kleinen Neubauwohnung der Sozialarbeiterin, die die beiden Besucher zwar nicht besonders herzlich, aber doch höflich empfing. Sie musterte sie wie unerwünschte Eindringlinge, während sich die hellen Wohnzimmervorhänge leise im Luftzug des halb geöffneten Fensters bewegten. Selbst in windstillen Momenten schienen sie leicht hin und her zu schwingen, vom Getöse der Autos angestoßen.

»Ja, das hatte ich schon erwartet, Polizei«, sagte die Sozialarbeiterin mit einem ironischen Unterton. »Überhaupt verstehe ich nicht, warum Sie sich nicht schon eher an mich gewandt haben. Das hat mir schon beinahe Sorgen gemacht!« Ihr Gesicht mit einem bräunlichen Teint, bei dem Duca an Leberleiden und Wechseljahre denken musste, wirkte alt. Als junges Mädchen war sie vielleicht sogar schön gewesen. »Aber am Ende sind Sie ja doch noch gekommen, und sogar mit einer Hilfskraft.«

Duca und Livia lächelten nicht – Lächeln ist ein Luxus, den offizielle Polizisten wie er oder inoffizielle wie sie sich nicht leisten konnten.«»Ich möchte Ihnen nur ganz kurz ein paar Fragen stellen«, sagte Duca.

»Bitte.« Die Sozialarbeiterin zündete sich eine Zigarette an, auch wenn der Arzt ihr bestimmt das Rauchen verboten hatte.

»Zunächst möchte ich gern wissen, welche der betroffenen Jugendlichen auf Ihre Initiative hin in die Abendschule Andrea e Maria Fustagni geschickt wurden.«

»Das ist nicht schwer zu beantworten: alle«, antwortete sie und zog gierig an ihrer Zigarette.

»Alle elf?«

»Wenn es nach mir gegangen wäre, wären es sogar achtzehn gewesen«, erwiderte sie bitter. »Aber sieben haben sie nicht genommen. Und natürlich hat man die elf Schlimmsten ausgewählt.«

Duca nickte. Ja, die Schlimmsten. »Aber es gibt doch noch zwei andere Sozialarbeiterinnen in diesem Viertel, oder?«

Alberta Romani zuckte mit den Schultern. »Die Chefin bin ich. Die beiden anderen Damen sind meine Untergebenen. Sie haben keine Entscheidungsbefugnis, sondern unterstützen mich nur bei meiner Arbeit.«

Alberta Romanis Worte erlaubten kein Wenn und Aber; nichts Unklares oder Unausgesprochenes schwang in ihnen mit, dachte Duca. »Dann kennen Sie diese Jungen also genau.«

»Nein, sehr gut kenne ich sie nicht«, erwiderte sie, »aber immer noch besser als ihre Eltern.«

Auch diesmal lächelten Duca und Livia nicht. »Dann beginne ich mal mit einer etwas vagen und vielleicht unnützen Frage: Welcher von diesen elf Jungen ist Ihrer Meinung nach der Schlimmste?«

»Eine äußerst schwierige Frage«, antwortete die Frau. »Wie sollte ich denn entscheiden, wer der Schlimmste ist? Sie sind einer schlimmer als der andere – aber alle sind sie besserungsfähig!«

»Es gibt immer jemanden, der schlimmer ist als die anderen«, widersprach Duca.

Die Sozialarbeiterin Alberta Romani schüttelte den Kopf. Ihr faltiges, kränklich gelbes Gesicht leuchtete auf, und auch ihre Stimme verlor die schneidende Schärfe und wurde fast weich. »Nein, das stimmt nicht. Es gibt keinen Schlimmsten. Sie kennen diese Jungen nicht. Sie wissen nicht, was in ihnen schlummert. Sie sind ein Polizist und sehen nur, was sie tun: dass sie trinken, dass sie spielen, dass sie an Geschlechtskrankheiten leiden, dass sie sich von älteren Frauen und manchmal auch von jüngeren aushalten lassen und sich an ältere Männer mit besonderen Vorlieben ranmachen. Sie sehen nur diese äußeren Dinge, aber das, was tief in diesen Jungen verborgen liegt, ihre Wünsche und Träume, die sehen Sie nicht. Denn dafür interessiert sich die Polizei nicht. Wollen Sie wissen, wovon sie träumen? Einer dieser Jungen, ja, vielleicht sogar der, der nach Ihrer Definition der Schlimmste ist – wissen Sie, was der zu mir gesagt hat?«

Duca unterbrach sie brüsk. »Ich will seinen Namen wissen, bevor Sie mir das erzählen.«

Doch die Sozialarbeiterin widersprach noch schroffer als er: »Nein, den Namen werde ich Ihnen nicht nennen, denn unter meinen Jungen gibt es keinen Schlimmsten. Sie hätten sich allesamt in dieser Gesellschaft nützlich machen können, und zwar wesentlich mehr als so mancher Spross aus reicher Familie, der zur Universität geht und mit seinem Studium hinterher doch nichts Brauchbares zu Stande bringt. Sie kennen diese Jungen nicht, Sie können sie gar nicht kennen, denn Sie haben ja nie mit ihnen geredet. Sie haben sie verhört, aber Sie haben bestimmt kein freundschaftliches Verhältnis zu ihnen aufgebaut, denn ein Polizist kann kein Freund sein, sonst ist er kein guter Polizist. Ich hingegen habe öfter mit ihnen geredet. Einer von ihnen hat mir mal gesagt: ›Signora, ich würde gern lernen, die Wörter der Lieder zu schreiben, denn manchmal kommt mir so vieles in den Sinn, was ich sagen möchte. Ich würde selbst gern Lieder schreiben. Damit kann man auch ganz gut Geld verdienen, oder?‹ Und damit er seine Lieder ohne Rechtschreibfehler schreiben kann, habe ich ihn für die Abendschule empfohlen. Ist dieser Junge, der Gedichte schreiben möchte, auch wenn er sie ›Wörter der Lieder‹ nennt, vielleicht ein Mörder?«

Duca hätte gern dagegengehalten, dass auch die schlimmsten Verbrecher zarte Seiten haben können. Manch einer ist Vegetarier und würde sich selbst unter Folter weigern, gebratene Singvögel zu essen, ist aber durchaus fähig, seine Mutter oder Frau zu ermorden. Andere sind Blumennarren, verbringen ihre Tage damit, hingebungsvoll die verschiedensten Arten zu ziehen und zu kreuzen, und gewinnen vielleicht sogar den ersten Preis bei einem Floristenwettbewerb, doch nachts missbrauchen sie kleine Kinder. Duca schwieg jedoch, um den Wortschwall der Sozialarbeiterin Alberta Romani nicht zu unterbrechen, denn er spürte, dass er ihren weitschweifigen Ausführungen nicht umsonst zuhören würde.

»Und ist vielleicht jemand ein Mörder«, fuhr sie mit lauter und doch vor Bewegung schneidender Stimme fort, »der mir sein Geld gebracht hat – vielleicht war es ja gestohlen, aber trotzdem – und sagte: ›Signora, ich würde gerne die Zeitschrift *Le vie del mondo* vom Touring Club abonnieren, denn da steht immer so viel über fremde Länder drin, in die ich eines Tages gern reisen würde. Aber leider war ich in der Besserungsanstalt und weiß nicht, ob so jemand ein Abo bekommt. Und deswegen wollte ich Sie fragen, Signora, ob Sie die Zeitschrift für mich abonnieren und an mich weitergeben könnten.‹ Kann so jemand ein Mörder sein? Ein Junge, dem ich erklären musste, dass er *Le vie del mondo* ruhig bestellen konnte, auch wenn er in der Besserungsanstalt gewesen war? Ist das vielleicht einer der Schlimmsten? Und dann – kann ein anderer ein Mörder sein, ein Tuberkulosekranker, der Angst hat zu sterben, wenn er Blut spuckt, aber nicht ins Krankenhaus geht, sondern zu mir kommt, weil er sagt, in meiner Nähe habe er keine Angst vor dem Tod? Ist so einer der Mörder?«

Duca hob die Hand, um sie zum Schweigen zu bringen. »Die Lehrerin ist von ihren elf Schülern umgebracht worden, daran besteht nicht der geringste Zweifel, auch wenn alle elf es abstreiten. Und wer einen anderen Menschen umbringt, ist ein Mörder. Aber vielleicht gibt es einen mildernden Umstand: nämlich dass jemand anders, ein Erwachsener, sie ganz bewusst dazu angestiftet hat zu töten, weil er selbst ihren Tod wollte. Das ist meine Vermutung, und ich bin eigentlich weniger deshalb gekommen, um Sie zu vernehmen, als um zu hören, was Sie von dieser Idee halten.«

Die Sozialarbeiterin drückte die Zigarette auf der Untertasse aus. Ihr Blick war mit einem Mal starr geworden. »Vielleicht erklären Sie mir etwas genauer, was Sie damit meinen«, sagte sie.

»Gern«, erwiderte Duca. Er fand es angenehm, mit einem Menschen zu sprechen, der sofort begriff. »Ich glaube zwar, dass Ihre elf Jungen ganz üble Halunken, ja richtige Kriminelle sind, aber ich glaube nicht, dass sie ohne Hilfe von außen zu einem so gut inszenierten Horrortrip fähig gewesen wären. Meiner Meinung nach ist es undenkbar, dass die Jungen dieses Gemetzel angerichtet und allein ihre überaus schlau ausgeklügelte Verteidigungsstrategie ausgeheckt haben, die Richter und Schöffen dazu bringen wird, ihnen mit Hinweis auf ihre

Minderjährigkeit und ihr soziales Umfeld mildernde Umstände – wie Armut, Alkoholismus und schlechten Gesundheitszustand – zuzubilligen und lächerlich kurze Strafen aufzubrummen. In wenigen Jahren sind sie alle wieder frei, das kann ich Ihnen versichern. Ihr kollektives Alibi kann aber unmöglich auf dem Mist dieser Analphabeten gewachsen sein, die Sie mit so viel Hingabe verteidigen. Es muss vielmehr jemanden geben…«, und hier stand Duca auf und durchquerte das Zimmer, bis er neben dem Fenster stand, »…es muss jemanden geben, der mit einem der Jungen oder auch mit mehreren befreundet ist und sie zu dieser Untat angestachelt hat; jemanden, der diese jugendlichen Verbrecher bis ins Detail angewiesen hat, wie sie ihre Tat begehen und sich dann aus der Affäre ziehen sollten.« Duca kam wieder auf die Sozialarbeiterin zu, setzte sich jedoch nicht, sondern beugte sich zu ihr hinüber, sodass er beim Sprechen fast ihr Ohr berührte. »Vor dieser Person müssen die Jungen furchtbare Angst haben, denn obwohl ich sie ziemlich rüde befragt habe, hat kein Einziger von ihnen die Existenz dieses Menschen auch nur erwähnt, geschweige denn den Mut aufgebracht, seinen Namen zu nennen. Da Sie diese Jungen jedoch so gut kennen, können Sie mir vielleicht helfen, die Wahrheit herauszufinden und diese Person aufzuspüren. Ihre Jungen wollten mir nichts sagen – aber vielleicht ist Ihnen das möglich.«

Alberta Romani zuckte noch einmal mit den Schultern und sagte müde: »Vielleicht können ›meine Jungen‹, wie Sie sie nennen, Ihnen keinen Namen sagen, weil es diese Person gar nicht gibt.«

9

Duca nahm erneut gegenüber der Sozialarbeiterin Platz. Er kramte in seiner Tasche nach Zigaretten, fand aber keine. Aufmerksam wie immer reichte Livia ihm die Schachtel und das Feuerzeug. »Ich habe den Eindruck, dass Sie sich widersprechen, Signora«, sagte er ruhig, nachdem er sich eine Zigarette angezündet hatte. »Erst beschreiben Sie mir diese Jungen wie Engel mit einem unseligen Schicksal; in ihrem tiefsten Innern gut, aber durch ihr soziales Umfeld einem starken negativen Einfluss ausgesetzt. Gleich darauf streiten Sie ab, dass ein Erwachsener sie zu der Schandtat an ihrer Lehrerin angestiftet haben könnte. Dann hätten die Jugendlichen aber alles selbst organisiert, und die Verantwortung läge allein bei ihnen: Es gäbe keinen Auftraggeber, sondern sie hätten ihre Lehrerin einfach deshalb misshandelt und getötet, weil es ihnen Spaß machte. Finden Sie nicht, dass das ein Widerspruch ist?«

Alberta Romani schüttelte den Kopf. »Nein. Es ist durchaus möglich, diese Jungen wiederzugewinnen. Wenn ihnen allerdings niemand beibringt, sich sinnvoll in diese Gesellschaft einzugliedern, kann es meiner Meinung nach schon zu so einer Barbarei kommen.«

»Sie glauben also, dass die Jungen von niemandem angestiftet wurden? Sie wissen nicht zufällig von jemandem, der das getan haben könnte?«

Müde und plötzlich ganz ohne Enthusiasmus antwortete sie: »Natürlich kann ich diese Möglichkeit nicht mit absoluter Sicherheit ausschließen, denn ein vollständiges Bild ihres Privatlebens und ihrer Freundschaften habe ich ja nicht. Es scheint mir jedoch sehr unwahrscheinlich, dass es in dieser Geschichte einen Organisator und Drahtzieher gegeben hat. Warum sollte jemand ein Interesse daran haben, eine arme Lehrerin auf eine so brutale, grässliche Weise umbringen zu lassen? Vielleicht machen Sie sich einfach nicht klar, dass diese Jugendlichen eine Menge körperlicher und seelischer Probleme haben und ein bisschen Schnaps wie dieser Anis genügt, um sie in eine Horde wilder Bestien zu verwandeln.«

»Es tut mir Leid, aber da bin ich anderer Meinung«, widersprach Duca ungeduldig. »Ich habe lange über diese Flasche Schnaps nachgedacht. Überlegen Sie doch mal. Die Flasche enthielt einen Dreiviertelliter Anis, und die Jungen waren zu elft. Auch wenn milchweißer Anis ein ungewöhnlich starkes Zeug ist, reicht eine Flasche nie und nimmer aus, um elf Jungen um den Verstand zu bringen, vor allem wenn es sich um eine Horde Flegel handelt, die längst regelmäßig trinken. Mir ist deshalb der Gedanke gekommen, dass dem Schnaps vielleicht irgendetwas beigemengt wurde, ein Rausch- oder Aufputschmittel, also irgendeine Droge. Leider können wir das nicht beweisen, denn die Flasche war leer und für die Spurensicherung damit so gut wie wertlos. Auch habe ich nicht sofort daran gedacht, die elf einem Urintest zu unterziehen, und jetzt ist es zu spät. Meinen Sie nicht, dass diese Hypothese eine gewisse Logik hat?«

»Nein«, erwiderte die Sozialarbeiterin bestimmt. »Vielleicht ist Ihnen nicht bewusst, dass sich Jugendliche in diesem Alter auch ohne Schnaps wie Bestien verhalten können. Haben Sie mal einer Horde Jungen zugeschaut, die Krieg spielen? Ich schon, und ich muss sagen, dass ich richtig Angst gekriegt habe. Und die hatten weder milchweißen Anis noch irgendwelche Drogen zu sich genommen.«

Livia sah, wie Ducas Miene vor Wut starr wurde, und drückte ihr Knie sacht gegen seines, um ihn zu beruhigen, doch es half nichts. Mit schneidender Stimme sagte Duca: »Sie lügen.« Alberta Romani zuckte wieder einmal die Schultern. »Polizeibeamte glauben immer, dass ihr Gegenüber nicht die Wahrheit sagt.«

»Und bei Ihnen ist genau das der Fall: Sie lügen!« Duca senkte die Stimme und fuhr sanft fort: »Signora, ich kann mich des Gefühls nicht erwehren, dass Sie mir etwas verschweigen. Ich habe Sie zwar gerade erst kennen gelernt, vor nicht einmal einer halben Stunde, aber ich spüre, dass Sie ein ehrlicher Mensch sind und darunter leiden, mir etwas Wichtiges vorzuenthalten. Ich bitte Sie, sagen Sie mir, was Sie wissen! Jede Einzelheit ist wichtig. Zum Beispiel habe ich erfahren, dass einer der Jungen mit einer etwa vierzigjährigen Ärztin befreundet ist, die ihm Drogen beschafft. Sie kennen diese Jugendlichen so gut, dass Ihnen klar sein muss, welche von ihnen Drogenprobleme haben, und vielleicht sogar, von wem sie den Stoff beziehen. Es ist unmöglich, dass Sie das nicht wissen, Signora! Sie selbst haben mir doch gesagt, sie kannten diese Jungen besser als deren Eltern!«

Schweigen. Alberta Romani sah Duca mit einem merkwürdigen Lächeln an, und ihre Augen, die leicht trüb waren wie bei allen Leberleidenden, füllten sich mit Tränen. Trotzdem lächelte sie weiter, und auch ihre Stimme blieb fest. »Ich wusste gar nicht, dass es Polizisten gibt wie Sie. Vielleicht sind Sie ja gar kein richtiger Polizist, so wie Sie sich bemühen, sich in Ihr Gegenüber hineinzuversetzen. Sie sind kein richtiger Polizist, oder?« Duca antwortete nicht. Sie wartete eine Weile, strich sich mit zwei Fingern über die Augen, um die Tränen wegzuwischen, und wiederholte: »Oder?«

Widerstrebend erwiderte Duca: »Bis vor einigen Jahren war ich Arzt.«

»Aha, Arzt«, stellte sie mit einem schmerzlich bitteren Gesichtsausdruck fest. »Ja, Ärzte versuchen, einen Blick in die Seelen ihrer Patienten zu werfen. Sie müssen ein guter Arzt gewesen sein.«

Livia wandte das Gesicht ab, um ihre Bewegung zu verbergen. Ja, hätte sie sagen wollen, ja, er war ein guter Arzt!

»Ich will Sie nicht fragen, warum Sie nicht mehr Arzt sind«, fuhr die Sozialarbeiterin ruhig fort und wirkte auf einmal sehr müde und erschöpft. »Sie werden schon Ihre Gründe haben. Und da Sie der Polizist hier sind, kann ich Sie ja auch schlecht ausfragen«, fügte sie lächelnd hinzu. »Ich kenne mich aus mit Ärzten. Meine Schwester ist Gynäkologin, und auch ich selbst hätte gern Medizin studiert, aber mein Vater war dagegen. Italienische Frauen brauchen kein Studium, sagte er immer, denn sie heiraten früh und bleiben dann sowieso zu Hause, um die Kinder aufzuziehen. Wissen Sie, mein Vater war ein sehr einfacher Mensch, ein Schuster, der später zum stolzen Besitzer eines Schuhgeschäfts aufstieg. Er hatte eine glückliche Hand und genug Geld, um meine Schwester Ernesta studieren zu lassen. Zu mir aber hat er gesagt: ›Ein Jahr Studium bezahle ich dir, und wenn du alle Prüfungen bestehst, auch das nächste. Aber sobald du durchfällst, ist es vorbei. Dann kommst du wieder nach Hause und lernst etwas, was sich für eine Frau gehört.‹ Natürlich strengte ich mich ungeheuer an, aber schließlich fiel ich durch zwei Prüfungen. Da ich das Abitur auf einer Fachschule für Pädagogik gemacht hatte, konnte ich als Lehrerin arbeiten, was ich auch viele Jahre lang tat.«

Sie schwieg einen Augenblick. »Dann bewarb ich mich für eine Fortbildung zur Sozialarbeiterin. Im Rahmen eines Praktikums fuhr ich für zwei Wochen in ein Westberliner Wohnheim für Kinder von Verbrechern. Es war eine unglaubliche Erfahrung. Die Eltern dieser Kinder gehörten zu den schlimmsten Individuen der Nachkriegszeit. Eine Mutter hatte sich ihres Freundes, der sie zur Prostitution zwang, entledigt, indem sie ihn in seinem Bett mit Benzin übergoss und anzündete. Die Kinder selbst hatten weder gestohlen noch sonst etwas verbrochen, aber die psychische Belastung, solche Eltern zu haben – Banditen, Erpresser, Mörder, Sexualtäter –, hätte sie innerlich zerbrechen lassen. Sie können sich gar nicht vorstellen, was ich dort alles miterlebt habe. Das Heim selbst war angelegt wie ein schönes Hotel mit einem großen Garten. In jedem Zimmer wohnten drei Kinder, und für jedes Stockwerk gab es einen Kapo. Man wählte dazu unter den Kindern mit den schlimmsten Eltern immer diejenigen aus, die am stärksten gefährdet schienen, selbst abzurutschen...«

Duca und Livia hörten geduldig, ja hingebungsvoll zu. Wie Jäger müssen auch Polizisten Geduld und Hingabe besitzen. Und wenn jemand redet, muss man ihn reden lassen, denn im Strom seiner Worte kann plötzlich das Goldkorn der Wahrheit aufblitzen. Und so warteten sie geduldig auf dieses goldene Blitzen.

»Natürlich hatte man die Kinder in Jungen und Mädchen aufgeteilt, aber eigentlich nur abends beim Schlafengehen. Tagsüber jedoch aßen, lernten und spielten immer alle zusammen. Es war alles bestens durchorganisiert. Die Jüngsten waren acht, die Ältesten achtzehn, doch gab es nur sehr wenige Situationen, in denen man sie nach dem Alter trennte. Normalerweise mussten sich die Älteren um die Jüngeren kümmern, sie überwachen und anleiten. Neben dem Schulunterricht im engeren Sinn und der psychotherapeutischen Arbeit waren die zwei wichtigsten Punkte das Erlernen eines Handwerks oder ähnlicher Fertigkeiten und das Spielen. Für Sozialarbeiter wie mich war es wirklich ein Paradies! Einmal habe ich einem zwölfjährigen Mädchen, das in diesem Alter schon eine perfekte kleine Krankenschwester war, zugesehen, wie es einer sechzehnjährigen Freundin unter Aufsicht des Arztes eine Spritze gab. Ihr Vater war ein Sadist, der seine Frau schrecklich misshandelt und außerdem mehrmals versucht hatte, seine kleine Tochter zu missbrauchen... Und dann die Spiele! Anfangs konnte ich kaum glauben, was sie sich da ausgedacht hatten. Die Leiterin erklärte mir einmal: ›Gewalt ist ein menschlicher Trieb wie Liebe, Schlaf oder Hunger. Alle Menschen sind von Natur aus aggressiv. Wirklich sanfte Menschen gibt es nicht, sondern nur solche, bei denen die Aggressionen in die Tiefen des Es verdrängt werden, dann aber zu seelischen und charakterlichen Deformationen führen. Man kann die Aggressionen allerdings in sozial sinnvolle Bahnen lenken. Deshalb organisieren wir hier gewalttätige und zugleich nützliche Spiele.‹ Und dann nahm sie mich mit in einen großen Hof, in den jeden Donnerstagnachmittag drei oder vier alte Autos oder Möbelstücke zum Demolieren gebracht wurden. Nun teilten sich die Jungen und Mädchen in Altersgruppen auf. Jedes Kind war mit einer großen Axt und einer Eisenkeule ausgerüstet, damit mussten sie die Autos, Stühle, Schränke und so weiter systematisch zerstören. Sie konnten jedoch nicht einfach blindwütig draufhauen, denn die verschiedenen Materialien – Gummi und Holz, Eisen und Messing, Stoff und Glas – mussten voneinander getrennt werden. Ach, hätten Sie das nur sehen können, Herr Doktor!« Sie lächelte ein wenig melancholisch. »Zwanzig Kinder, die mit riesigen Äxten bewaffnet auf ein Zeichen hin alle gleichzeitig anfingen, auf die Dinge vor ihnen einzudreschen und dadurch ihrer Aggressivität in sinnvoller Form Ausdruck verleihen konnten! Die Gruppe, die als Erste ihr Auto demoliert und dabei die verschiedenen Materialien getrennt hatte, bekam einen Preis. Vielleicht klingt das ein wenig merkwürdig, aber auf diese Weise konnten sich die Kinder wirklich nützlich machen. Die Schrotthändler wandten sich regelmäßig an das Heim, weil man ihnen dort einen Service bot, der jeder noch so ausgeklügelten Maschine überlegen war, und die Kinder wurden sogar noch dafür bezahlt. So lernten sie, ihre Aggressionen sozial sinnvoll auszuleben und auch noch Geld damit zu verdienen. Es gab mehrere Spiele dieser Art, aber natürlich auch normalen Schulunterricht. Und dann die Psychotherapie. Jedes Kind wusste genau über das Verbrechen Bescheid, das sein Vater oder seine Mutter begangen hatte. Die Psychologin erklärte ihnen die tiefen Ursachen für deren Verhalten, und die Kinder begriffen, dass sie nicht die Fehler ihrer Eltern wiederholen, sie aber gleichzeitig auch nicht hassen oder verachten durften. Es war eine vorbildliche Einrichtung, Herr Doktor, so richtig deutsch, und ich bin überzeugt, dass keins dieser Kinder den Weg seiner Eltern einschlagen wird: Sie lernen, sich wieder in die Gesellschaft zu integrieren und wie völlig normale Menschen zu leben. Meine Schwester hatte mich begleitet. Wir waren beide gleichermaßen fasziniert von dem Projekt. Es ist einfach schön mitzuerleben, wie sich eine Pflanze, die dabei ist, schief zu wachsen, durch eine geeignete Stütze wieder aufrichtet. Meine Schwester Ernesta war so begeistert von diesem Experiment, dass sie, obwohl sie ja eigentlich Gynäkologin ist, die Leiterin des Instituts bat, sie einzustellen.«

Das goldene Körnchen Wahrheit ließ auf sich warten, dachte Duca. Bisher gab es in diesem Schwall von Worten noch nichts, was irgendwie nützlich schien. Sie mussten wohl noch etwas Geduld haben.

»Die Heimleiterin war sehr erfreut über das unverhoffte Angebot auf Unterstützung«, fuhr Alberta Romani fort. »Man ließ meine Schwester mehrere Formulare ausfüllen – Sie wissen ja, wie die Deutschen sind –, und außerdem wurde sie verschiedentlich auf ihre Tauglichkeit für diese Arbeit geprüft. Und jedes Mal war das Ergebnis positiv. Zu guter Letzt gab es dann noch einen psychosexuellen Test, und plötzlich war die Antwort ›Nein‹.«

»Und warum?«, fragte Duca erstaunt. Vielleicht wurde seine Geduld jetzt doch noch belohnt.

Alberta Romani fuhr sich mit der Hand übers Gesicht, und genau in dem Moment, als es verdeckt war, sagte sie leise: »Weil meine Schwester Lesbe ist.« Sie blickte auf, ohne zu lächeln, und plötzlich wurde ihr gelbliches Gesicht rot, und sie schlug die Augen nieder. »Natürlich kann man einer Frau, die nicht absolut ›normal‹ ist, solche besonders schwierigen Kinder nicht guten Gewissens anvertrauen.« Sie hob erneut den Blick. »Sie werden es nicht glauben, aber bis zu diesem Zeitpunkt wusste ich nichts von dieser Veranlagung meiner Schwester.

Das war vor drei Jahren«, fuhr die Sozialarbeiterin nach einer kurzen Pause fort. »Erst vor drei Jahren habe ich also begriffen, warum meine Schwester nicht geheiratet hat. Ich selbst bin zwar auch nicht verheiratet, aber Sie brauchen mich nur anzusehen, um zu verstehen, warum. Meine Schwester hingegen ist richtig hübsch, und es war mir immer schleierhaft gewesen, warum sie den Männern so beharrlich aus dem Weg ging. Doch auf einmal begriff ich es – das heißt, die Leute aus dem Heim erklärten es mir. Freundlich, aber klar sprachen sie von sexueller Gleichberechtigung, die sogar verfassungsmäßig verankert sei, und bekräftigten, es sei ja auch nichts Schlimmes, überhaupt nicht, nur dass so jemand eben nicht als Pädagogin für schwierige Kinder und Jugendliche geeignet sei.«

Duca nickte. Er verstand.

»Seitdem bin ich immer ein wenig beunruhigt, wenn ich an meine Schwester denke. Wir leben nicht zusammen, aber einmal die Woche oder zumindest alle vierzehn Tage sehen wir uns. Entweder ich gehe sie besuchen, oder sie ruft mich an und wir treffen uns in einem kleinen Restaurant. Vor ein paar

Monaten kam sie mich eines Abends in meiner Wohnung besuchen. Sie war ganz außer sich, und nur unter größter Mühe gelang es mir schließlich, sie zum Reden zu bringen. Es ist eine traurige Geschichte, Herr Doktor, und ich hoffe, Sie haben Nachsicht mit mir, wenn ich ein wenig durcheinander bin und es mir nicht recht gelingt, alles ordentlich der Reihe nach zu erzählen, wie man das der Polizei gegenüber ja wohl tun sollte.«

Vielleicht kommt sie der Wahrheit jetzt allmählich näher, dachte Duca. »Machen Sie sich deswegen keine Gedanken«, beschwichtigte er sie. »Erzählen Sie die Dinge einfach, wie sie Ihnen in den Sinn kommen.«

»Meine Schwester berichtete mir damals von einem zwanzigjährigen Mädchen, das in ihre Praxis gekommen sei, die übrigens in der Nähe der Abendschule liegt«, erklärte Alberta Romani, richtete sich in ihrem Sessel auf und blickte ihre beiden Besucher direkt an, vielleicht um ihre Verlegenheit zu überwinden. »Dieses Mädchen war schwanger und sagte zu meiner Schwester, entweder sie helfe ihr, sich des Babys zu entledigen, oder sie werde sich umbringen. Meine Schwester ging darauf natürlich nicht ein und schickte sie weg. Doch das Mädchen kam immer wieder und zeigte ihr schließlich sogar unter Tränen ein Röhrchen Schlaftabletten, das sie in der Handtasche mit sich herumtrug. Sie war wirklich verzweifelt, und meiner Schwester wurde klar, dass sie sich tatsächlich umbringen würde. Und deshalb – ja, und auch weil sie dem Mädchen gegenüber zarte Gefühle hegte – half sie ihr dann schließlich doch. Und damit begann ihre Freundschaft.« Sie schlug die Augen nieder. »Und die Tragödie meiner Schwester.«

»Was für eine Tragödie?«, fragte Duca.

»Das Mädchen hat einen Bruder, und der fing auf einmal an, meine Schwester zu erpressen. Er wollte Geld und drohte ihr, sie wegen der Abtreibung anzuzeigen. Meine Schwester hatte ein bisschen Geld auf die Seite gelegt, das sie diesem kleinen Gauner nach und nach gab. Doch damit nicht genug. Nach einem Magengeschwür hatte der Junge Opiate bekommen, und so musste meine Schwester ihm immer wieder eine hoch konzentrierte Laudanumlösung beschaffen, an die er gewöhnt war. Deshalb habe ich versucht, Sie anzulügen, als Sie sagten, Sie wüssten von einer Ärztin, die einen der Jungen von der Abendschule mit Drogen versorgte. Diese Ärztin um die vierzig ist meine Schwester. Aber da Sie die Wahrheit früher oder später ja doch herausfinden würden, habe ich Ihnen die Geschichte jetzt lieber selbst erzählt.«

Endlich war das Körnchen Wahrheit ans Licht gekommen. Es war gar nicht mal so klein und funkelte hell.

»Dieser Junge, dem Ihre Schwester die Opiate verschaffte, war also einer von der Abendschule?«, fragte Duca nach.

»Ja«, antwortete die Sozialarbeiterin.

»Und wie heißt er?«

Man merkte ihr an, wie schwer es ihr fiel, diesen Namen preiszugeben, denn trotz allem war es schließlich einer *ihrer* Jungen. »Paolino«, antwortete sie. »Paolino Bovato. Ja, vielleicht ist er wirklich der Schlimmste von allen. Denken Sie doch mal, wie er meine Schwester erpresst hat! Aber jetzt im Gefängnis leidet er Höllenqualen, weil er seine Opiate nicht mehr bekommt. Sie sind doch Arzt und kennen diese Art von Abhängigkeit. Man müsste den Leuten dort erklären, dass sie ihm den Stoff nicht von heute auf morgen entziehen dürfen, sondern dass er noch immer seine Tropfen braucht…«

Sie sorgte sich tatsächlich um das Wohlergehen dieses Kerls, der ihre Schwester erpresst hatte! »Wie heißt seine Schwester denn? Und wo kann ich sie erreichen?«, erkundigte sich Duca.

»Sie heißt Beatrice«, antwortete Alberta Romani prompt.

Und nach einer langen Pause fügte sie hinzu: »Sie wohnt bei meiner Schwester. Viale Brianza 2.« Nach einer weiteren Pause präzisierte sie: »Beatrice Bovato. Sie arbeitet als Sprechstundenhilfe für meine Schwester, und außerdem hält sie ihr die Wohnung in Ordnung.« Abrupt stand sie auf. »Aber was auch immer Sie suchen – meine Schwester ist bestimmt unschuldig. Sie ist selbst ein Opfer.«

Viale Brianza 2. Sie verabschiedeten sich, gingen zum Auto zurück, und Livia setzte sich wieder hinter das Steuer. »Viale Brianza 2«, wiederholte Duca. Doch dann legte er ihr die Hand auf den Arm und sagte: »Oder nein, es ist schon spät. Lass uns irgendwo etwas essen gehen.« Wenn er der Wahrheit so nahe war wie jetzt, hielt er lieber einen Moment inne, denn er hatte Angst, etwas falsch zu machen. Und das konnte jetzt sehr leicht geschehen.

VIERTER TEIL

Sie war eine alte, mit allen Wassern gewaschene Prostituierte, die einen Polizisten selbst aus dem fünften Stock erkannte, und er war ein magerer, vierzehnjähriger Junge, zu dumm, um zu leben.

1

Sie entschieden sich für eine Pizzeria im Zentrum. Livia Ussaro mochte für ihr Leben gern Pizza, und hier gab es besonders gute. Hinten in dem Lokal, das mittags wie abends und werk- und feiertags stets überfüllt war, flackerte das Holzfeuer in einem großen Steinofen.

Livia Ussaro aß sehr, sehr langsam, und das hatte seinen Grund, denn die Narben, die ihr Gesicht wie ein dichtes Netz überzogen, traten beim Kauen überdeutlich hervor.

Nach der Pizza gönnten sie sich beide noch einen Teller Rehragout. Es schmeckte so köstlich, dass sie die kräftige, dunkle Soße zum Schluss sorgfältig mit viel Brot auftippten. Dazu hatten sie eine große Karaffe Weißwein getrunken. Doch trotz des guten Mahls merkten sie plötzlich beide, dass sie eigentlich nicht recht bei der Sache gewesen waren. Sie hatten zwar mit Appetit gegessen, doch mit ihren Gedanken waren sie ganz woanders.

»Na, was hältst du von der Schwester der Sozialarbeiterin?«, begann Livia schließlich, während sie auf die Rechnung warteten.

»Ich weiß nicht recht«, antwortete Duca nachdenklich. »Ich suche nach einem Verantwortlichen für dieses grausame Verbrechen, und früher oder später werde ich ihn finden. Das hoffe ich zumindest.« Er lächelte sie an.

»Ich glaube kaum, dass jemand wie Alberta Romanis Schwester so etwas organisieren würde«, bemerkte Livia skeptisch.

»Wir haben sie doch noch gar nicht kennen gelernt! Wir

wissen fast gar nichts von ihr und können uns deshalb auch noch kein Urteil erlauben«, widersprach Duca.

»Trotzdem. Ich kann mir einfach nicht vorstellen, dass eine Frau wie sie dieses Verbrechen angestiftet haben könnte.«

»Vor Gericht brauchen wir einen Schuldigen und Beweise. Was wir glauben oder uns vorstellen können, hat da nicht die geringste Bedeutung.«

»Gut, dann fahren wir jetzt hin«, schlug Livia eifrig vor.

»Nein, nicht jetzt«, bremste Duca sie. »Für heute reicht es. Lass uns lieber nach Hause fahren und nach Lorenza schauen.« Ihm war nicht wohl bei dem Gedanken, dass Lorenza allein in der leeren Wohnung saß. »Wir besorgen jetzt einen ordentlichen Korb Gemüse, und ihr kocht einen großen Topf Minestrone zum Abendessen, den isst Lorenza bestimmt mit. Ich helfe euch auch, das Gemüse zu putzen. Und bis morgen wird nicht mehr über diesen Fall gesprochen, verstanden? Und wehe, wenn du doch wieder davon anfängst!« Er hielt ihr schmunzelnd die Faust unter die Nase. »Dann bekommst du es nämlich mit mir zu tun.«

Den Nachmittag und Abend verbrachten sie fast so, wie Duca es sich gewünscht hatte. Als sie ihre Einkäufe die Treppen hinaufgeschleppt hatten und Lorenza ihnen die Wohnungstür öffnete, strahlte sie. »Wie schön, dass ihr kommt! Dr. Carrua ist auch da. Er hat Grippe und sagt, er sei gekommen, um mich anzustecken.«

»Ciao«, ließ sich Carrua vernehmen, der gerade im Flur aufgetaucht war.

»Ciao«, erwiderte Duca und trug den Korb mit dem Gemüse in die Küche.

»Das wäre doch *die* Idee!«, meinte Carrua. »Wir könnten Obst und Gemüse verkaufen, statt unser Leben mühsam bei der Polizei zu fristen.« Er folgte Duca in die Küche und flüsterte, damit Lorenza und Livia ihn nicht hörten: »Ich habe drei Wochen Urlaub beantragt. Ich will nach Sardinien fahren, in mein Heimatdorf. Gibst du mir Lorenza mit?«

»Warum?«, fragte Duca, auch wenn ihm längst klar war, worauf Carrua hinauswollte – allzu schwer zu begreifen war das ja nicht.

»Eine Luftveränderung würde sie ein wenig ablenken. Dauernd sitzt sie allein zu Hause, denn du bist ja ständig unterwegs. Es würde ihr sicher gut tun.«

Das stimmte. »Danke«, erwiderte Duca knapp.

»Ich habe schon mit ihr darüber gesprochen«, fuhr Carrua fort. »Sie hat gesagt, sie wolle dich erst noch fragen.«

Natürlich war Duca einverstanden. Er rief Lorenza zu sich in sein altes Sprechzimmer, ließ sie auf dem kleinen Sofa Platz nehmen und zog sie scherzhaft ein wenig an den Haaren, wie damals, als sie Kinder waren.

»Carrua hat mir gesagt, dass er für drei Wochen nach Sardinien fährt und dich gern mitnehmen möchte. Fahr ruhig, Lorenza, das wird dir sicher gut tun.«

Doch seine Schwester schüttelte den Kopf. »Ich glaube, ich möchte doch lieber nicht, Duca«, antwortete sie. »Ich bleibe besser hier.«

»Warum, Lorenza? Es wäre gut, wenn du ein wenig Ablenkung hättest. Fahr ruhig eine Weile weg!«

»Nein, Duca«, entgegnete sie bestimmt und wirkte auf einmal sehr steif.

Duca merkte, dass es keinen Sinn hatte, auf diesem Vorschlag zu beharren. »Na gut. Mach, was du willst.«

Carrua war schwer beleidigt, dass Lorenza seine Einladung ausgeschlagen hatte. »Ihr Lambertis seid wirklich ein eigenartiger Menschenschlag – du, deine Schwester und selbst dein verstorbener Vater. Eigentlich mag ich euch überhaupt nicht, und es ist mir schleierhaft, warum ich mich immer wieder mit euch abgebe. Was soll das Fräulein Prinzessin denn hier den ganzen Tag allein? Es wäre doch wirklich besser, sie käme mit mir in die Sonne von Sardinien!« Aber als zum Abendessen ein dampfender Teller Gemüsesuppe mit Schweinebauch vor ihm stand, vertrug er sich wieder mit den Lambertis, und es wurde ein richtig gemütlicher Abend. Zufrieden saßen sie um den Küchentisch und aßen Minestrone, während das Fernsehen über Frieden, die Notwendigkeit sozialer Reformen, Streiks und selbst über die aktuellen Lotto- und Totoergebnisse berichtete. Alles verlief genau, wie Duca es sich gewünscht hatte. Er wurde fast ein bisschen sentimental und hielt lange zärtlich Livias Hand, allerdings unter dem Tisch, wie er es erst einmal in seinem Leben getan hatte, als Student bei einer Karnevalsfeier.

Ja, der Abend war genauso, wie er es sich gewünscht hatte – jedenfalls bis das Telefon gegen neun Uhr klingelte, als sie gerade beschlossen hatten, sich einen Western anzusehen. Lorenza verließ den Raum. Gleich darauf kam sie zurück und verkündete, dass der Anruf für Carrua war.

Carrua erhob sich und ging ans Telefon. Als er wiederkam, ließ er sich schwer auf seinen Küchenstuhl fallen und blieb eine Weile stumm vor seiner Tasse Espresso sitzen, zuckte dann mit den Schultern, verzog das Gesicht zu einer Grimasse, schnupperte an dem Kaffee, trank einen Schluck und sagte schließlich: »Eigentlich ist das eine Sache für dich, Duca, da du dich ja so ungemein für die Jungen von der Abendschule interessierst. Schade um den schönen Abend.«

»Was ist passiert?«, fragte Duca scharf.

»Einer von ihnen hat sich umgebracht«, antwortete Carrua. »Im Beccaria. Er hat es geschafft, sich abzusetzen und aufs Dach zu klettern, und dann ist er runtergesprungen. Mascaranti hat mir das eben mitgeteilt.«

»Welcher war es denn?«, hakte Duca nach.

»Fiorello Grassi. Er war augenblicklich tot.«

Fiorello Grassi, der Schwule – der, der vielleicht etwas erzählt hätte, wenn er nicht Angst gehabt hätte, als Verräter dazustehen. »Ist es sicher, dass es sich um Selbstmord handelt?«, fragte Duca.

Carrua zuckte erneut mit den Schultern. »Mehr weiß ich auch nicht.«

Duca stand auf. »Ich fahre sofort hin.«

Carrua trank seinen Espresso aus und erhob sich ebenfalls. »Jugendliche Neugier! Ich komme mit.«

»Du bleibst bei Lorenza, ja?«, sagte Duca zu Livia.

»In Ordnung«, antwortete sie und gab ihm den Autoschlüssel.

Duca fuhr zur Piazza Filangieri, wo er vor der Besserungsanstalt Cesare Beccaria stoppte. Es war bereits alles vorüber. Fiorello Grassie hatte sich vom Dach der Anstalt gestürzt, war fast genau vor dem Eingangstor aufgeschlagen und hatte dabei nur knapp einen Fiat 600 verfehlt, der dort parkte. Eine ältere Dame, die hinter dem Steuer saß, war in einen Schreikrampf ausgebrochen und dann in Ohnmacht gefallen. Die Polizei war gekommen und hatte den Ort vermessen; die Spurensicherung hatte die üblichen Fotos gemacht, und schließlich war der Staatsanwalt erschienen, um den Abtransport der Leiche anzuordnen. Ein Fahrzeug der Feuerwehr hatte den Gehsteig bereits gesäubert, doch immer noch standen kleine Gruppen von Schaulustigen herum, die aufgeregt darüber diskutierten, ob der Junge nun vom Dach gesprungen oder gefallen sei oder ob ihn nicht doch jemand gestoßen hatte. Auch über sein Alter gingen die Meinungen auseinander: Sechzehn behaupteten die einen, dreizehn die anderen, und wieder andere bestanden auf achtzehn. Ab und zu ging jemand weg, doch kamen auch wieder neue hinzu, sodass immer ein Pulk von Leuten herumstand, denen die feuchte Kälte und das triste Licht auf dem Platz nicht das Geringste auszumachen schienen.

Gereizt stieg Duca aus dem Auto und musterte ungeduldig die eifrig plappernden Menschen. Schlecht gelaunt betrat er dann mit Carrua das Gebäude.

Der Leiter der Anstalt war sehr freundlich. Sein Blick verriet eine scharfe Intelligenz, aber auch einen starken Willen. Er berichtete Carrua und Duca, dass die Jungen gerade auf dem Weg zum Speisesaal gewesen waren, um das Abendessen einzunehmen, als ein Beamter vom Aufsichtspersonal bemerkte, dass Fiorello Grassi sich aus der Schlange gelöst hatte und am Ende des Flures verschwunden war. Er hatte ihn zurückgerufen, doch da der Junge nicht reagierte, sondern weiterlief und auf der Hintertreppe verschwand, war er ihm gefolgt. Irrtümlicherweise hatte er jedoch die Treppe zum Erdgeschoss genommen, während Fiorello nach oben rannte. Als der Mann seinen Fehler bemerkte, war Fiorello bereits auf der Dachterrasse angekommen und über das Absperrgitter geklettert. Der Wächter hatte sich ihm genähert, doch Fiorello hatte geschrien: »Bleib stehen, sonst spring ich runter!«

»Und was hat der Wächter da gemacht?«, erkundigte sich Duca.

»Er ist stehen geblieben und hat den Jungen zu überreden versucht, von der Dachkante zurückzutreten«, erklärte der Direktor. »Viel Zeit hat er allerdings nicht gehabt, und vielleicht hat der Junge ihm auch gar nicht richtig zugehört, denn plötzlich ist er hinabgesprungen.«

Dann war es allerdings unmöglich, überlegte Duca, dass Fiorello ermordet worden war beziehungsweise dass einer seiner Klassenkameraden von der Abendschule ihn vom Dach gestoßen hatte. Er hatte also Selbstmord begangen. Aber warum?

Duca versuchte, sich in den Jungen hineinzuversetzen, doch eine zufrieden stellende Antwort würde es vielleicht nie geben.

»Könnte ich mit seinen Kumpels sprechen?«, fragte Duca.

»Wenn es unbedingt sein muss, ja, auch wenn ich es lieber vermeiden würde. Natürlich wissen die Jungen, was passiert ist, und sind ziemlich durcheinander. Sie liegen schon im Bett, und es wäre besser, sie nicht wieder aufzuwecken, um sie zu verhören. Das würde sie nur noch mehr aufregen.«

Carrua wollte gerade etwas erwidern, doch Duca kam ihm zuvor und sagte entschieden: »Ich verstehe. Trotzdem scheint es mir unerlässlich, sie jetzt gleich zu sehen.«

Müde, aber freundlich kam der Direktor Ducas Bitte nach, und keine zehn Minuten später standen acht Jungen dem Alter nach aufgereiht an der Wand des länglichen Raums gleich neben dem Büro.

»Bitte, versuch, ruhig zu bleiben«, flüsterte Carrua Duca zu.

Wie ein Leutnant der Fremdenlegion, der seine Truppe mustert, ging Duca langsam die Reihe der jugendlichen Kriminellen entlang und blickte jeden Einzelnen in dem traurigtrüben Licht durchdringend an. Am Ende der Reihe angekommen, drehte er sich um und kam wieder zurück. Er kannte sie alle. Er wusste ihre Namen, ihr Alter und auch, was für Typen sie waren. Er war nicht schwer, sie zu durchschauen. Ein paar von ihnen schienen bereits als Verbrecher zur Welt gekommen zu sein, andere waren es im Lauf ihres Lebens geworden, und einige waren vielleicht sogar besserungsfähig.

»Wie heißt du?«, fragte er den Ersten, den Jüngsten, obwohl er die Antwort auf seine Frage genau kannte.

»Carletto Attoso.«

Er stand vor dem frechen, tuberkulosekranken Dreizehnjährigen, dem Einzigen, in dessen Blick nicht der leiseste Anflug von Furcht oder Befangenheit lag. Direkt und herausfordernd, ja fast ein wenig spöttisch sah er den Erwachsenen in die Augen – nicht nur den drei Männern vom Wachpersonal, die die Jungen geweckt und hergebracht hatten, nicht nur dem Direktor der Anstalt, dessen Gesichtsausdruck jetzt übrigens alles andere als wohlwollend war, sondern auch ihm, Duca. In dem fahlen Neonlicht, das sich in der langen, blank polierten Tischplatte in der Mitte des Raums spiegelte, wirkte er noch blasser und kränker als sonst.

»Wie alt bist du?«

»Vierzehn«, antwortete Carletto.

»Dreizehn«, korrigierte ihn Duca. Ihm war klar, dass der Junge ihn mit seinen ungenauen Antworten provozieren wollte.

»Ach ja, dreizehn!«, berichtigte sich der Juniorverbrecher feixend.

»Weißt du, was mit Fiorello Grassi geschehen ist?«, fragte Duca ruhig, denn er wollte dem Jungen nicht den Gefallen tun, sich aufzuregen.

»Ja.«

»Und zwar?«

»Er ist von der Dachterrasse gesprungen.«

»Weißt du auch, warum?«, fragte Duca weiter und behielt dabei aufmerksam die anderen Jungen im Auge, die ziemlich bedrückt aussahen, alle – außer dem kleinen Verbrecher hier vor ihm, den er gerade verhörte.

»Ich? Nein.«

Duca ging ein paar Schritte weiter und blieb unvermittelt vor einem kräftig gebauten Jungen stehen, dessen Augen trüb wirkten, als sei er betrunken, und gleichzeitig Schmerz und Angst ausdrückten. »Wie heißt du?«, fragte er wieder.

»Paolo Bovato.«

»Wie alt bist du?«

»Fast achtzehn.«

»Weißt du vielleicht, warum dein Schulkamerad Fiorello Grassi sich umgebracht hat?« Ducas Stimme hallte tief und kalt in dem riesigen Raum wider, der trotz der Anwesenheit der acht Jungen, des müde und gereizt wirkenden Wachpersonals, des Direktors und der Polizeibeamten irgendwie leer wirkte. Metallisch und unpersönlich klang seine Stimme, als käme sie von einem Band, und das verunsicherte den Jungen offenbar.

»Nein.«

Es war klar, dass er log. Es war klar, dass er es wusste, wie alle seine Freunde auch. Aber es war ebenfalls klar, dass irgendetwas diesen Jungen Angst machte und sie zwang zu lügen. Ja, ihr hartnäckiges Schweigen war nur mit schrecklicher Angst zu erklären.

Duca wandte sich an seinen Nachbarn. Der Junge, vor dem er nun stand, fuhr sich nervös mit der Hand über die stoppeligen Wangen und schlug den Blick nieder. »Wie heißt du?« Wieder war es eine rein formelle Frage.

»Ettore Ellusic.«

»War Fiorello dein Freund?«

»Er war in meiner Klasse.«

»Habt ihr euch manchmal auch außerhalb der Schule getroffen?«

»Ehm, nein...« Sein Blick war noch immer gesenkt, sein Nacken gebeugt, und seine Hand fuhr noch einmal mit einer kindlichen Bewegung über die Stoppeln auf seinen Wangen, als wolle er sich streicheln.

»Nein oder ja?«

Die wunderschönen Augen dieses Jungen verrieten seine slawische Herkunft.

»Ab und zu«, antwortete er, »aber nur zufällig.«

»Und wo habt ihr euch getroffen?« Der Junge schwieg in der Hoffnung, Ducas Fragen zu entkommen, doch dieser half etwas nach. »Möglicherweise in einer Bar in der Via General Fara, zusammen mit Federico dell'Angeletto, dessen Freundin Luisella genau über der Bar und dem Tabakladen wohnt und sich an ihrer Strickmaschine mit Heimarbeit den Lebensunterhalt verdient? Stimmt's?« Duca legte dem Jungen eine Hand auf die Schulter und drückte langsam immer fester zu, bis sein Opfer eine Grimasse zog, damit er seinen Griff lockerte.

»Ja, stimmt.«

»Dann stimmt es sicher auch, dass du da hingegangen bist, um zu spielen, und dass Fiorello mitkam?«

»Ab und zu.« Dieses »ab und zu« schien er ja wirklich gern zu benutzen. Er brachte es in einem Ton heraus, als wolle er sagen: na ja, eigentlich fast nie.

»Und was habt ihr da gemacht, du und Fiorello?«

»Na ja.«

»Was soll das heißen, ›na ja‹?«

»Nix besonderes. Geflippert.«

»Ihr habt geflippert?«

»Hm, ja.«

»Nur geflippert? Oder vielleicht auch Karten gespielt?« Duca spürte die stille, bedrückende Anwesenheit Carruas und des Direktors hinter sich, und auch die der drei Wachmänner. Überdeutlich nahm er wahr, dass keiner von ihnen an der langweiligen Vernehmung dieser jungen Kriminellen Geschmack fand, die ihn schamlos anlogen oder die Wahrheit zumindest zu ihrem Nutzen zurechtbogen.

»Auch Karten gespielt«, antwortete der Junge schließlich. Dann fügte er sicherheitshalber hinzu: »Ab und zu.«

»Habt ihr um Geld gespielt?«

»Na ja. Wer verlor, musste eine Runde ausgeben.«

»Und dabei blieb es? Oder habt ihr nicht doch um Geld gespielt?«

»In öffentlichen Lokalen darf man nicht um Geld spielen.«
»Ach, hör doch auf. Habt ihr um Geld gespielt oder nicht?«
»Ab und zu.«
»Fiorello auch?«
»Nein, er nicht. Er spielte nicht gern Karten.«
»Und wieso kam er dann mit in die Bar?«

Noch bevor der Junge mit den wunderschönen, slawischen Augen etwas erwidern konnte, war im Raum plötzlich ein trockenes, fast hysterisches Lachen zu hören.

»Was gibt's denn da zu lachen?«, fragte Duca und ging die Reihe entlang, bis er vor einem ungewöhnlich mageren, hoch aufgeschossenen Jugendlichen mit großen, runden, ein wenig hervorquellenden Augen und ein paar langen Haaren auf den Wangen stand. Seine hellen Augen huschten unruhig hin und her, und schließlich heftete sich sein Blick auf den Boden.

»Wie heißt du?«, fragte Duca, da er auf seine erste Frage keine Antwort erhalten hatte.

»Carolino Marassi«, antwortete der Junge umgehend.

»Wie alt bis du?«

»Vierzehn.«

»Und warum hast du eben gelacht?« Er wartete eine Weile auf die Antwort. »Na, warum?«

»Ich weiß nicht.«

In einem freundlichen, aber doch bestimmten Ton erwiderte Duca: »Doch, du weißt es ganz genau.«

Von dieser unerwarteten Freundlichkeit offenbar ermutigt, lachte der Junge noch einmal und schaute ihn mit fast kindlicher Naivität an – schließlich war er erst vierzehn und vielleicht noch relativ unverdorben. »Weil Fiorello sich in Fric verguckt hatte. Deshalb ging er in die Bar, auch wenn er nicht gern spielte.«

2

In demselben warmen Ton fuhr Duca fort: »Wer ist denn Fric?«

»Federico.« Der Junge lachte wieder und schaute ihn verschmitzt an. Das Thema schien ihm zu gefallen. Er wirkte wie jemand, der gern schmutzige Witze erzählt. Wirklich verdorben schien er aber nicht zu sein.

»Federico wer? Weißt du seinen Nachnamen?«

Der Junge lachte erneut. »Federico dell'Angeletto.«

»Fiorello ging in die Bar in der Via General Fara, um Federico zu sehen?« Duca legte dem Jungen eine Hand auf die Schulter, doch diesmal war seine Geste nicht drohend, sondern fast väterlich. »Waren sie gut befreundet? Und was für eine Art von Freundschaft war das?«

Hinter seinem Rücken hörte Duca Carrua husten. Offenbar wollte er ihm bedeuten, an dieser Stelle des Verhörs nicht allzu sehr in die Tiefe zu gehen.

Diesmal lachte der Junge mit dem ungewöhnlichen Namen Carolino nicht. Er drehte den Kopf verlegen zur Seite, um sein Gegenüber nicht ansehen zu müssen. Dann sagte er mit verblüffender Ernsthaftigkeit: »Sie waren Geliebte.«

Während er als Einziger tiefernst blieb, begannen die anderen sieben Jungen in dem großen, düsteren Saal trotz der Anwesenheit der drei Wachmänner, des Anstaltsleiters und der Polizisten zu lachen; und auch wenn ihr Gelächter nicht sehr laut war, hallte es in dem riesigen Raum doch unheimlich wider, von Fenster zu Fenster, von Wand zu Wand. Es lachten der dreiste Carletto Attoso und der massige Benito Rossi, der der jungen Lehrerin Matilde Crescenzaghi, Tochter des verstorbenen Michele Crescenzaghi und seiner Frau Ada, wahrscheinlich die Rippen gebrochen hatte; es lachten Silvano Marcelli, ein Sechzehnjähriger, der schon mit Syphilis zur Welt gekommen war, und Ettore Domenici, siebzehn Jahre, dessen Mutter sich ihren Lebensunterhalt in der Gegend vom Viale Tunisia auf dem Strich verdiente; es lachte der siebzehnjährige Michele Castello, der nicht gern arbeitete, sondern sich lieber durch die Liebesgaben freigebiger älterer Männer über Wasser hielt; und es lachten Ettore Ellusic, der Junge mit den wunderschönen, slawischen Augen, und Paolino Bovato, der mit dem trüben Blick eines Drogenabhängigen. Alle sieben lachten sie. Nur Carolino Marassi, der mit seinem Satz »Sie waren Geliebte« all diese Heiterkeit ausgelöst hatte, schwieg. Ja, das waren die Jungen der Abendschule Andrea e Maria Fustagni. Nur Federico dell'Angeletto und Vero Verini fehlten, denn da sie volljährig waren, saßen sie im nahe gelegenen Gefängnis San Vittore. Und natürlich fehlte auch Fiorello Grassi, der sich vom Dach der Besserungsanstalt Cesare Beccaria gestürzt hatte. Sie lachten – aber nur drei Sekunden lang, denn unter Ducas hartem Blick verstummten sie schlagartig.

»Na gut«, begann Duca, sobald das Echo ihres Gelächters verhallt war, zu Carolino Marassi, dem Einzigen, der ernst geblieben war. »Da du offenbar einiges über deinen Schulkameraden Fiorello weißt, kannst du mir vielleicht auch sagen, warum er sich vom Dach dieser Anstalt gestürzt hat.«

Der Junge antwortete nicht, und Duca verzichtete darauf, seine Frage zu wiederholen. Er spürte, wie sich die Stille im Raum verdichtete, bis sie jeden Winkel füllte und mehr aussagte als jede Antwort. Dann wandte er sich von den Jungen ab und ging zum Anstaltsleiter.

»Es reicht. Sie können die Jungen wieder ins Bett schicken«, sagte er. Als die Wachmänner mit den Jugendlichen hinausgegangen waren, wirkte der Saal noch größer als zuvor. Duca sah Carrua vielsagend an. »Aus denen bekommen wir nichts heraus. Es zu versuchen ist reine Zeitverschwendung.« Er sprach sehr leise. »Jeder Einzelne dieser Jungen kennt die Wahrheit, aber keiner von ihnen wird reden. Irgendjemand hat sie äußerst geschickt dazu gebracht, ihre Lehrerin zu schänden und umzubringen, und ihnen gleichzeitig eingebläut, wie sie sich hinterher aus der Affäre ziehen können. Mit Verhören wie diesem kommen wir da nicht weiter. Sie werden nie etwas verraten, wenn wir sie nach den üblichen Regeln vernehmen.«

»Wie würden Sie sie denn gern vernehmen?«, erkundigte sich der Direktor. Seine Frage klang jedoch keineswegs ironisch, sondern einfach nur müde.

»Vielleicht mit der Peitsche?«, schlug Carrua spöttisch vor.

Duca schüttelte den Kopf und brachte sogar ein Lächeln zu Stande. »Ich glaube, es gibt nur einen einzigen Weg, um das Ungeheuer auszumachen, das hinter dem Mord der jungen Lehrerin steht.«

»Und der wäre?«, fragte Carrua noch spöttischer als zuvor.

»Mir einen dieser Jungen anzuvertrauen«, entgegnete Duca ruhig. »Zum Beispiel Carolino Marassi. Der ist vielleicht noch am wenigsten verdorben von allen.«

»Was soll das heißen, dir einen Jungen anzuvertrauen?« Carruas Spott lag nicht nur in seiner Stimme, sondern auch in seinem Blick.

»Ihr könnt ihn ein paar Tage in meine Obhut geben«, erklärte Duca geduldig. »Ich würde mich Tag und Nacht um ihn kümmern. Ich würde mt ihm reden. Und am Ende könnte ich ihn vielleicht dazu bringen, mir die Wahrheit anzuvertrauen. Die Jungen schweigen auch deshalb, weil sie vor irgendjemand Angst haben. Wenn ich einen von ihnen überzeugen könnte, dass er sich nicht zu fürchten braucht, sondern mir helfen muss, diesen Jemand zu verhaften, dann hätten wir es geschafft. Aber dazu müsste ich ihn ein paar Tage zu mir nehmen. Ich könnte versuchen, sein Vertrauen zu gewinnen und ihn zu überzeugen, dass es besser ist, auf mich zu hören, als auf diesen Jemand, der offenbar große Macht über ihn und seine Kameraden hat.«

Schweigen. Der Direktor der Besserungsanstalt fuhr sich mit der Hand übers Gesicht, und Carrua blickte stumm zu Boden. Schließlich sagte er bewegt und jetzt ganz ohne Spott in der Stimme: »Weißt du eigentlich, dass es Bestimmungen gibt? Der Jugendrichter hat die Jungen in dieses Institut eingewiesen. Ein Polizist wie du oder ich kann sich nicht einfach einen von ihnen herauspicken und mit nach Hause nehmen, um ihn dort zu verhören – womöglich noch mithilfe eines hübschen Holzknüppels!«

Der Anstaltsleiter lachte nervös. Duca hingegen blieb todernst. »Ich werde ihn nicht anrühren.«

»Und wenn er abhaut? Wenn er sich umbringt, wie Fiorello? Was machen wir dann?«, erkundigte sich Carrua.

»Ich werde nicht zulassen, dass er wegläuft oder sich umbringt«, entgegnete Duca.

»Ah, natürlich«, sagte Carrua bitter. »Schließlich bist du ein großer Demiurg und hast die Zukunft in Händen. Und wenn du etwas nicht willst, dann geschieht es auch nicht!«

Der Anstaltsleiter stand auf und lächelte Duca an. »Wenn es nach mir ginge, würde ich Ihnen sofort einen dieser Jungen überlassen. Auch ich bin der Meinung, dass dies der einzige Weg ist, die Wahrheit herauszufinden. Es ist bloß sehr unwahrscheinlich, dass sich die Richter auf so eine unorthodoxe Maßnahme einlassen.«

»Es wäre einen Versuch wert.« Duca stützte die Hände auf den langen Tisch und blickte die beiden Männer durchdringend an. »Wir könnten es probieren. Überlassen Sie mir einen dieser Jungen für ein paar Tage, nicht einmal eine Woche, und ich werde den wahren Verantwortlichen für diesen Mord finden.«

Auch Carrua erhob sich. »Vielleicht würdest du das tatsächlich schaffen. Bloß bekommst du deinen Jungen nicht. Die Justiz wird da nicht mitspielen.«

Aufgebracht schlug Duca die Hand auf den Tisch. »Versuch es doch wenigstens!«, brüllte er.

»Natürlich werde ich es versuchen«, antwortete Carrua verärgert und wurde wieder spöttisch. »Und morgen sage ich dir dann, mit welchem netten Spruch man mir erklärt hat, dass es nicht geht.«

3

Livia stoppte das Auto im Viale Brianza genau vor der Hausnummer zwei. Am Vortag war sie beim Frisör gewesen und hatte sich die Haare sehr kurz schneiden lassen, fast wie ein Mann. Nun trug sie eine Perücke, deren lange, wallende Haare ihr Gesicht einrahmten und einen Teil ihrer Narben verdeckten. Es war kein typischer Mailänder Tag. Trotz der Kälte schien die Sonne, und so konnte sie sich außerdem eine große Sonnenbrille aufsetzen und damit einen weiteren Teil ihrer Narben verdecken. »Willst du nicht aussteigen?«, fragte sie Duca.

Warum sollte ich aussteigen, dachte er und musterte ihr Gesicht durch den dichten Haarschleier. Es war ja doch alles umsonst. Im Grunde interessierte es keinen Menschen, ob die Wahrheit herauskam oder nicht. Eine unschuldige Lehrerin war von ihren elf Schülern grausam misshandelt, vergewaltigt und schließlich ermordet worden, doch die stritten das hartnäckig ab und würden auf Grund ihres Alters mit einer lächerlichen Strafe davonkommen. Dass es einen Drahtzieher geben musste, jemanden, der letztlich die Verantwortung für dieses grauenvolle Verbrechen trug, war offenbar egal. Und auch, dass es eine Ärztin gab, die einem der Jugendlichen regelmäßig Opiate beschafft hatte und mit seiner Schwester zusammenlebte. Polizei und Staatsanwaltschaft waren mit Bergen von Akten beschäftigt und hatten wahrscheinlich keine Zeit für solch nebensächliche Details. Wozu also sollten er und Livia hier im Viale Brianza Nummer zwei eine Frauenärztin und ihre Sprechstundenhilfe und Geliebte vernehmen? Das hatte doch alles keinen Sinn – es interessierte sowieso niemanden.

»Steigst du nicht aus?«, wiederholte Livia.

Sie sah hübsch und gleichzeitig auch komisch aus mit den langen Haaren, die ihr wie Vorhänge ins Gesicht fielen, und der großen Sonnenbrille. Eine Welle zärtlicher Zuneigung überflutete ihn. »Dann kommst du aber mit«, antwortet er. »Ich hoffe, du hast deinen Revolver dabei?«

Gehorsam öffnete sie ihre Handtasche und zog die kleine Berretta heraus. »Siehst du?«

Das war gut. Man glaubt ja gar nicht, wie leicht man in eine Situation gerät, in der es unerlässlich ist, sich mit einer Schusswaffe zu verteidigen, auch als Frau. Gemeinsam stiegen sie aus dem Auto, das direkt unter dem Halteverbotsschild stand, gingen auf das Haus zu und erfuhren von der Portiersfrau, dass sich Doktor Romanis Praxis im dritten Stock befand und der Aufzug kaputt war. Also stiegen sie die drei Treppen hinauf und klingelten an der Tür mit dem ovalen Messingschild, auf dem schlicht und einfach *Ernesta Romani* stand, nichts weiter, nicht *Dr.*, nicht *Ärztin*, nichts. Nur *Ernesta Romani*. Eine junge Frau öffnete die Tür.

Es war nicht nötig zu fragen, wer sie sei: Sie war die Schwester von Paolino Bovato, da gab es nicht den geringsten Zweifel. Eigentlich sah sie genauso aus wie ihr Bruder, der mit den trüben Augen. Nur dass sie einen Hauch von Weiblichkeit verströmte – vielleicht waren es die roten Lippen, vielleicht auch die schönen, langen Beine unter ihrer weißen Schürze.

Um gleich klare Verhältnisse zu schaffen, trat Duca mit Livia in den engen Flur und hielt ihr seinen Dienstausweis unter die Nase. »Polizei«, sagte er und steckte den Ausweis wieder in die Tasche. »Ich muss mit Frau Doktor Romani sprechen.«

Paolo Bovatos Schwester brachte sie in einen dieser winzigen Räume, die üblicherweise als Wartezimmer dienten. Auf einem nichts sagenden Tischchen lag ein Haufen alter Zeitungen, die sicher schon hundertmal durchgeblättert worden waren, und an der Wand hing ein Bild mit einem Bergwald im Herbst.

Schon kurz darauf betrat Doktor Romani, die Schwester der gealterten Sozialarbeiterin, den Raum. In ihrer ganzen Erscheinung unterschied sie sich auffallend von Alberta Romani. Sie war größer und wirkte sensibler, aber auch nervöser als ihre Schwester. Sie trug eine große Brille mit einem schmalen, runden Goldgestell und wirkte dadurch, obwohl ihr Gesicht nicht mehr ganz jung war, wie eine amerikanische Studentin aus einem Hollywoodfilm.

»Bitte sehr«, sagte sie und bat sie in ihr Sprechzimmer. »Bitte«, wiederholte sie dort und bedeutete ihnen, in den Metallsesseln vor ihrem Schreibtisch Platz zu nehmen. Dabei wirkte sie wie eine Lehrerin, die gerade eine Frage gestellt hat und nun auf die Antwort ihrer Schüler wartet.

Duca schwieg. Er musterte die Brille der Frauenärztin, dieses wunderschöne, schmale Gestell mit den vollkommen runden Gläsern, das ihr etwas Vornehmes verlieh. Auch Livia sagte nichts, sondern schaute nur nach unten, auf ihre Knie. Vielleicht war ihr Rock doch ein wenig zu knapp – ja, für eine Frau, die einen Polizeibeamten durch die Stadt kutschierte, war er entschieden zu kurz.

Die Stille schien die Ärztin zu verunsichern. »Polizei?«, fragte sie mit vor Angst bebender und doch würdevoller Stimme.

Duca nickte. Langsam und ruhig begann er schließlich zu sprechen, während er vergeblich versuchte, es sich auf dem modernen Sessel ein wenig bequem zu machen: »Ich komme wegen des Mordes an der Abendschullehrerin. Ihre Schwester habe ich in diesem Zusammenhang auch schon befragt. Sie hat einen gesunden Menschenverstand und war mir gegenüber sehr offen. So habe ich erfahren, dass Sie bei der jungen Dame, die hier bei Ihnen als Sprechstundenhilfe arbeitet, einen illegalen Eingriff vorgenommen haben. Außerdem hat Ihre Schwester mir mitgeteilt, dass Sie dem Bruder des Mädchens, das uns soeben die Tür geöffnet hat, Opium beschaffen beziehungsweise dies bis vor zehn Tagen getan haben. Und dass er Sie erpresste.«

Die Ärztin wirkte ruhig und gefasst und nickte manchmal sogar mit dem Kopf, als wolle sie Ducas Worte bestätigen. »Abtreibung und Verabreichung von Drogen sind Delikte, die eigentlich eine sofortige Verhaftung erfordern«, fuhr Duca fort. »Aber deswegen bin ich nicht hier, jedenfalls nicht in erster Linie. Ich möchte Ihnen nur ein paar Fragen über die Jungen der Abendschule stellen. Zum Beispiel über Paolino Bovato. Vielleicht kann uns auch Ihre Sprechstundenhilfe ein wenig weiterhelfen, schließlich ist sie seine Schwester.«

»Soll ich sie rufen?«, fragte Ernesta Romani.

»Das wäre nicht schlecht.«

Die Ärztin erhob sich, öffnete die Tür und rief: »Beatrice.« Sie wartete, bis das Mädchen auf der Schwelle erschien. »Komm rein. Die Polizei möchte dir ein paar Fragen stellen.«

Die beiden Frauen in Weiß – das Mädchen mit einer langen Schürze, die Ärztin mit einem Männerkittel bekleidet – nahmen hinter dem Schreibtisch Platz und warteten. Es sah nicht so aus, als hätten sie Angst, aber das hieß nichts.

»Wie Sie wissen, ist vor zwei Wochen eine junge Lehrerin in der Abendschule Andrea e Maria Fustagni von ihren Schülern auf grausamste Weise umgebracht worden. Im engeren Sinn sind diese Jungen natürlich die Mörder, aber wir haben gute Gründe anzunehmen, dass ein Außenstehender sie angestiftet und sorgfältig auf das Verbrechen vorbereitet hat. Vor diesem Menschen müssen die Jungen schreckliche Angst haben, denn keiner hat auch nur ein einziges Wort über die Existenz dieses Individuums fallen lassen, und selbst nach langen Verhören bekräftigen sie nur immer wieder, dass sie von nichts wissen.« Ducas Stimme klang ungeduldig wie die eines Lehrers, der schon hundertmal denselben Sachverhalt erklärt hat. »Sie, Signora Romani, kennen einen dieser Jungen, Paolino Bovato, ziemlich gut. Und auch Sie, Beatrice, denn er ist Ihr Bruder. Vielleicht können Sie mir deshalb auf folgende Frage antworten: Wissen Sie vielleicht, ob Paolino oder einer seiner Schulkameraden eine besondere Beziehung zu einer älteren Person hatte? Ich meine, normalerweise haben Jungen in diesem Alter hauptsächlich mit Altersgenossen zu tun und pflegen mit Erwachsenen nur einen oberflächlichen Umgang. Was mich interessiert, ist hingegen eine engere Beziehung. Einer dieser Jungen, vielleicht sogar Paolino selbst, muss einen Erwachsenen kennen, dem er auf irgendeine Weise eng verbunden ist, vor dem er aber gleichzeitig Angst hat. Dieser Mensch muss ihn und seine Freunde angestachelt haben, ihre Lehrerin zu ermorden, und ist damit der Drahtzieher, also der wahre Verantwortliche für das Verbrechen. Sie kennen Paolinos Freunde sicher und können mir bei meiner Suche vielleicht ein wenig weiterhelfen.«

Beatrice, Paolinos Schwester, schüttelte den Kopf und sagte leise, aber mit vor Wut bebender Stimme. »Mein Bruder ist ein Schwein und Verbrecher und erzählt nie, was er tut, mit wem und warum. Er ist noch schlimmer als sein Vater. Als ich zehn war, hat er versucht, mich zu vergewaltigen. Mama hatte uns allein zu Hause gelassen. Damals stieß ich ihn so kräftig zurück, dass er gegen den Kohleofen fiel und sich das Hinterteil verbrannte, und so ließ er mich in Ruhe. Ich habe keine Ahnung, was für Freunde er hat, denn mit dreizehn bin ich von zu Hause weggelaufen, habe mir eine Stelle als Dienstmädchen gesucht und wollte um keinen Preis wieder zurück, denn sonst hätte meine Mutter mich auf die Straße anschaffen geschickt. Ich kann eigentlich gar nichts über Paolino sagen. Ich kenne seine Freunde nicht und habe keine Ahnung, was er macht. Ich weiß nur, dass er vor einem Jahr plötzlich aufgetaucht ist, um mich und Ernesta zu erpressen. Er ist ein dreckiger Verbrecher, und ich könnte mir gut vorstellen, dass er es war, der sich die ganze abscheuliche Geschichte mit der armen Lehrerin ausgedacht hat. Fähig dazu wäre er jedenfalls, auch ohne Hilfe oder Anleitung.«

In ihren Worten lag nicht der leiseste Anflug von Geschwisterliebe, sondern nur schonungslose Wahrheit. Die Ärztin legte eine Hand auf ihre Schulter. Es war eine schöne, fast männliche Hand mit kurz geschnittenen Fingernägeln.

»Und Sie wissen wahrscheinlich auch nicht viel mehr über Paolinos Freunde«, wandte sich Duca an sie.

Ernesta Romani zog ihre Hand zurück. »Ich glaube, ich weiß, worauf Sie hinauswollen. Vielleicht kann ich Ihnen helfen.«

Duca ballte bei diesen Worten unwillkürlich die Fäuste, während Livia erneut ihre Knie betrachtete. Unten auf der Straße fuhr dröhnend ein Lastwagen vorbei. Ernesta Romani wartete einen Moment, bis es wieder ruhiger wurde, und fuhr dann fort: »Einmal, als Paolino hierher kam, um sich seine Dosis abzuholen, fühlte er sich so schlecht, dass er ein halbes Glas

Laudanum auf einen Zug leerte. Das hat ihn regelrecht umgehauen, und er musste sich eine Weile hinlegen, bis es ihm wieder besser ging.« Ihre Art zu erzählen war einfach und klar, ihre Stimme angenehm tief. »In einem solchen Zustand chemisch verursachter Entspannung verringert sich die Selbstkontrolle, und man wird unerwartet gesprächig. Damals erzählte Paolino mir, dass er mit einem Freund in der Schweiz gewesen sei und dass ihm das sehr gut gefallen habe. Er sagte, sie seien nur einen einzigen Tag geblieben, von morgens bis abends, und hätten dort zwei Italienerinnen kennen gelernt, die als Zimmermädchen in einem großen Hotel arbeiteten und außergewöhnlich hübsch gewesen seien. Er sagte, er wolle so bald wie möglich wieder in die Schweiz, nur sei das ohne Pass oder Ausweis ziemlich schwierig, und dazu noch als Minderjähriger. Trotzdem wollten er und sein Freund die beiden Mädchen unbedingt wiedersehen. Sie würden alles tun, um unbemerkt über die Grenze zu kommen, bekräftigte er und meinte, vielleicht könnten sie ja noch einmal mit dem freundlichen Herrn mitfahren, der sie schon letztes Mal mitgenommen hatte. Immer wieder schwärmte er, wie hübsch die beiden Mädchen gewesen seien, die eine blond, die andere dunkel. Ihm gefiel die Dunkle. Ich hörte ihm zu und fand es einfach nur abstoßend, dass er mit seinen siebzehn Jahren schon so kaputt war, und zwar sowohl körperlich als auch moralisch. Und über das, was er von den beiden Mädchen sagte, konnte man auch nur lachen.«

Duca wartete, dass die Ärztin weiterredete, doch anscheinend war sie fertig. »Wann war das?«, fragte er nach.

»Letzten Sommer. Ende Juli, glaube ich, oder Anfang August.«

»Hat er Ihnen etwas Genaueres über diesen freundlichen Herrn erzählt, der sie zur Grenze gebracht hatte?«

»Nein.«

»Hat Paolino Ihnen gesagt, wo sie die Grenze passiert haben? Bei Cannobbio vielleicht? Oder bei Luino oder Ponte Tresa?« Er versuchte, ihrem Gedächtnis nachzuhelfen, doch sie schüttelte den Kopf.

»Nein, das hat er nicht erzählt. Trotz seines Rausches war er sehr vorsichtig.«

Duca stand auf. »Vielen Dank.«

»Ich habe keine Ahnung, ob Ihnen das irgendwie weiterhilft«, sagte Ernesta Romani, »aber ich hoffe es.«

»Vielleicht«, entgegnete Duca vage. Dann gingen sie. Als sie ins Auto stiegen, bat er Livia: »Bring mich bitte ins Kommissariat.«

Die Fahrt dauerte lange. Der Verkehr war dicht, und sie kamen nur mühsam voran. Die Leute in den anderen Autos wirkten verbissen und gereizt. Die Ampeln standen alle auf Rot, und so hatte er jede Menge Zeit, um nachzudenken. Paolino Bovato. Sein Freund. Gemeinsam waren sie in die Schweiz gefahren, aber wie? Sie hatten ja keine Papiere. Und dann dieser Herr, der sie mitgenommen hatte, vermutlich im Auto. Ohne Papiere konnten die beiden Jungen die Grenze aber nicht passiert haben. Ob Paolino unter der Wirkung des Opiums vielleicht nur phantasiert hatte? Und was hatte diese Geschichte überhaupt mit seiner Arbeit zu tun? Mit geschlossenen Augen saß er da und überlegte, bis Livia sagte: »Wir sind da.«

Sie standen im Innenhof des Kommissariats. »Ich bin gleich wieder zurück«, sagte er zu Livia, rannte die Treppe hinauf und eilte durch die Gänge. In seinen Gedanken blitzte etwas immer wieder kurz auf, ohne dass er es wirklich zu fassen bekam. Das passierte manchmal, wenn er über ein Problem nachdachte und der Lösung nahe war.

Er öffnete die Tür seines Büros. Es roch sauber, nach Bohnerwachs. Die alte Putzfrau musste diesem Raum große Bedeutung beimessen, denn sie wischte und polierte die kümmerliche Einrichtung stets mit außerordentlichem Eifer. Na ja, jeder Mensch hat seine Ideale.

Mit einem kleinen Schlüssel öffnete er die unterste Schreibtischschublade und zog eine dicke Akte hervor. Der Deckel war unbeschriftet – er brauchte keine Etiketten, um zu wissen, was seine Ordner enthielten. Ganz obenauf befand sich das Foto. Er legte es beiseite, denn er wollte es jetzt nicht sehen. Dann kamen die elf Hefter, für jeden Schüler einer. Sie waren alphabetisch geordnet: Attoso, Carletto, Bovato, Paolo, Castello, Michele und so weiter. Nach und nach blätterte er jeden einzelnen Hefter durch. Er suchte etwas, wusste jedoch nicht, was. Schuldbewusst dachte er daran, dass er Livia gesagt hatte, er werde gleich wiederkommen, aber nach mehr als einer halben Stunde war er bei Hefter neun und hatte noch immer nicht gefunden, was er suchte. Und auch im zehnten und elften hatte er keinen Erfolg. Wenn man nicht weiß, wonach man sucht, ist es eben nicht einfach, fündig zu werden.

Schließlich lag nur noch ein einziges Blatt in dem Ordner. Er erinnerte sich nicht einmal mehr, was das war. Er nahm den Bogen zur Hand. Ach ja: die Karte! Die Beschreibung all der Gegenstände, die nach dem unfassbaren Verbrechen im Klassenraum A der Abendschule Andrea e Maria Fustagni gefunden worden waren. Nummer eins: die Lehrerin, natürlich. Nummer zwei: Slip. Nummer drei: linker Schuh. Und so weiter. Nummer elf: Büstenhalter; Nummer sechzehn: Teil eines Ohrs; Nummer achtzehn: ein Fünfzigrappenstück.

Noch einmal las er: Nummer achtzehn – Fünfzigrappenstück. Einer der Jungen hatte bei der schrecklichen Orgie ein Fünfzigrappenstück verloren! Natürlich kann man eine Schweizer Münze auch von irgendjemand geschenkt bekommen. Wahrscheinlicher aber ist, dass man sie als Restgeld erhält, wenn man in Chiasso oder Lugano Zigaretten, Schokolade oder Wollunterhemden kauft. Es lag also nahe, dass einer der Jungen in der Schweiz gewesen war. Und dieser eine musste Paolino Bovato sein.

Während Duca den Ordner wieder im Schreibtisch verschloss, drängten sich ihm zwei Fragen auf. Die erste: Wer war wohl dieser Freund, der mit Paolino in die Schweiz gefahren war? Und die zweite: Warum waren sie dorthin gefahren? Als er zur Tür ging, fiel ihm noch eine dritte Frage ein: Warum bloß hatte dieser Herr sie zur Grenze gebracht?

Er stand bereits im Flur und wollte gerade die Tür schließen, als das Telefon klingelte. Also ging er zum Schreibtisch zurück und nahm den Hörer ab. Es war Carrua.

»Seit heute Morgen suche ich nach dir!«

»Da bin ich.«

»Komm runter, ich hab eine gute Nachricht für dich.«

Ruhig ging Duca zu Carruas Büro. Die chinesischen Philosophen behaupten ja, dass man nie wissen kann, ob eine Nachricht gut oder schlecht ist. Die Mitteilung etwa, man habe in der Lotterie gewonnen, ist scheinbar eine gute Nachricht. Wenn man sich den Gewinn dann aber abholen will und auf dem Weg unter einen Autobus gerät, sieht die Sache plötzlich ganz anders aus.

»Du musst wirklich einen außergewöhnlichen Charme besitzen«, sagte Carrua, als er eintrat. »Du wickelst sie alle um den Finger – Frauen, Männer, alte Polizeibeamte wie mich und sogar über alle Zweifel erhabene Leiter von Besserungsanstalten wie den Direktor des Beccaria.«

Duca nahm vor dem Schreibtisch Platz. Er ahnte, worauf Carrua hinauswollte.

»Bist du nicht neugierig zu erfahren, was passiert ist?«, fuhr Carrua fort.

»Doch, das bin ich.« Er musste das jetzt wohl sagen, auch wenn er gar nicht neugierig war, sondern sich eigentlich nur sehr müde fühlte.

»An jenem Abend, als wir wegen Fiorello Grassis Selbstmord im Beccaria waren, hast du darum gebeten, einen dieser Jungen mit nach Hause nehmen zu dürfen. Du wolltest ihn dazu bringen, dir die Wahrheit zu sagen. Erinnerst du dich noch vage daran?«

»Natürlich.« Er schauderte, doch gleichzeitig war ihm heiß. Vielleicht bekomme ich Grippe, dachte er. Es rührte ihn, wenn Carrua versuchte, ihn aufzuziehen. Und er lächelte, um ihm eine Freude zu machen.

»Gut. Ich habe den Untersuchungsrichter gefragt, ob er uns erlaubt, einen der Jungen für ein paar Tage aus dem Beccaria zu holen, um ihn besser vernehmen zu können. Als er erfuhr, dass ich ihn dir anvertrauen würde, war er sofort einverstanden. Er kennt dich und hat mir gesagt, er sei mit deiner Verurteilung wegen Sterbehilfe nie einverstanden gewesen, sondern hätte dich freigesprochen. Und dann hat er die entsprechende Anweisung gleich unterschrieben. Hier ist sie. Aber vorher muss ich dir noch etwas erklären.«

Duca nickte. Sollte er doch erklären, was er wollte.

»Wenn der Junge dir entwischt, fliegst du hier raus, dafür werde ich mich höchstpersönlich einsetzen, verstanden?« Carrua klang erregt und sehr ernst. Er scherzte nicht. »Wenn ihm irgendetwas zustößt – wenn er sich vielleicht ein Bein bricht, verletzt wird oder ihn dir irgendjemand wegholt –, dann fliegst du hier in hohem Bogen raus und kommst außerdem noch ins Kittchen.«

Duca nickte. Das war nur logisch.

»Wenn dem Jungen was passiert, werde aber auch ich hier rausfliegen«, fuhr Carrua immer lauter werdend fort, »denn ich habe diesen glorreichen Vorschlag gemacht. Und deshalb wirst du nicht nur deine Stelle los und wanderst in den Knast, sondern vorher schlage ich dir auch noch dein nettes Gesicht zu Brei, und zwar mit diesen Fäusten hier, klar?«

Recht hat er, dachte Duca, und nickte noch einmal.

»Ich hoffe, du hast kapiert, was ich sagen will«, fügte Carrua hinzu.

»Natürlich.«

»Gut. Dann kannst du jetzt mit diesem Schein ins Beccaria fahren. Der Anstaltsleiter, der deinem Charme ebenfalls erlegen ist, wird dir einen Jungen deiner Wahl mitgeben. Wenn ich mich recht erinnere, wolltest du einen mit einem etwas ausgefallenen Namen.«

»Ja, Carolino. Carolino Marassi.«

4

Ungläubig durchschritt Carolino Marassi an Ducas Seite das Tor der Besserungsanstalt Beccaria. Weit öffnete sich der Platz vor dem Jungen in dem Mantel mit den viel zu kurzen Ärmeln, aus denen seine blau gefrorenen, schmutzigen Handgelenke ragten. Es war nebelig, und Carolino hätte ohne Probleme fliehen können, denn Duca hielt ihn nicht fest. Doch er war misstrauisch. Vielleicht war ja alles nur eine Falle? Vielleicht hatten sich in den Straßen, die von dem Platz abgingen, jede Menge Polizisten versteckt, und er würde ihnen wie ein Esel in die Arme laufen. Nein, bevor er floh, wollte er sicher sein, was hier vor sich ging, denn bisher war ihm das ziemlich schleierhaft.

»Steig ein«, forderte Duca ihn auf und hielt die Tür zum

Fond auf. Dann nahm er vorn neben Livia Platz, die hinter dem Steuer auf sie gewartet hatte. »Jetzt fahren wir zu mir nach Hause.«

Mit seinen hellen, runden, etwas hervorquellenden Augen starrte Carolino nach draußen: Via Torino, Piazza Duomo, Corso Vittorio, San Babila. Er überlegte fieberhaft, doch seine Gedanken ließen sich einfach nicht ordnen, sondern galoppierten wild durcheinander wie aufgeschreckte Pferde. Warum war dieser Polizist gekommen, um ihn zu holen? Warum nahm er ihn mit zu sich nach Hause? Warum bewachte er ihn nicht besser? Auch hier im Auto wandte er ihm den Rücken zu und schenkte ihm keinerlei Bedeutung, sodass Carolino versucht war, blitzschnell den Schlag zu öffnen und sich hinausfallen zu lassen – schließlich fuhren sie wegen des dichten Verkehrs sehr langsam.

»Das ist Carolino«, sagte Duca zu Livia. Und dann, ohne sich umzudrehen: »Und das hier ist Livia, mein Chauffeur.« Carolino zog eine Schulter hoch, rieb sich die Hände, die in dem warmen Auto allmählich warm wurden, und fragte sich gereizt, was das nun wieder für ein dummer Witz war. Eine Frau als Chauffeur! Ihm war kein bisschen nach Scherzen zu Mute.

»Würdest du auf dem Weg bitte kurz bei einem Fleischer halten?«, bat Duca. Schon kurz darauf stoppte Livia den Wagen, denn sie hatte ein entsprechendes Geschäft entdeckt. »So, alle aussteigen«, forderte Duca die beiden anderen auf und ging voran in die Fleischerei, ohne sich im Mindesten darum zu kümmern, ob der Junge ihm folgte oder nicht.

Doch Carolino folgte ihm brav und trat mit Livia in den Laden. Er war fast so groß wie sie, aber furchtbar mager. Seine Haare waren kurz und drahtig und von einem schmutzigen Braun. Sie hatten dringend eine Wäsche nötig.

»Vier Steaks, bitte. Und nicht zu dünn«, verlangte Duca.

Der Fleischer lächelte ihn freundlich an, doch dann fiel sein Blick auf Carolinos verwahrloste Erscheinung, und das Lächeln auf seinem Gesicht erstarb.

»Der gehört zu uns«, erklärte Duca.

Betreten blickte Carolino zu Boden. Er wusste, dass er unmöglich aussah, und er schämte sich deswegen.

»Und anderthalb Kilo Suppenfleisch«, fügte Duca hinzu.

»Ich habe hier ein sehr schönes Rippenstück, Sie werden staunen«, meinte der Fleischer.

Duca hielt Carolino eine Schachtel Zigaretten hin. »Hier.« Er gab ihm Feuer. »Und jetzt müssen wir noch in ein Lebensmittelgeschäft«, sagte er zu Livia, als sie wieder ins Auto stiegen. Auch dieser Laden war bald gefunden.

»Wenn du nicht mitkommen willst«, sagte Duca zu Carolino, »kannst du ruhig im Auto bleiben, während wir einkaufen.«

Der Junge schämte sich wegen seiner schäbigen Kleidung. Er überlegte einen Augenblick und erwiderte dann: »Ja, ich bleibe hier.« Mit dem Blick folgte er Duca und Livia, die gerade den Laden betraten, und stellte fest, dass er ziemlich voll war. Sie würden sicher eine ganze Weile warten müssen. Sein Blick fiel auf den Autoschlüssel. Livia hatte ihn stecken lassen. Allmählich klärten sich seine Gedanken, und er begann zu begreifen: Natürlich, sie wollten ihn auf die Probe stellen! Sie wollten sehen, ob er floh! Selbstverständlich konnte er Auto fahren, dazu brauchte man schließlich nicht achtzehn zu sein und einen Führerschein zu besitzen. Aber wie weit würde er kommen? Noch bevor er die Reifen beim nächsten Schrotthändler verhökern konnte, hätten sie ihn schon wieder gefasst. Und dann würde sein Fluchtversuch ihn teuer zu stehen kommen. Nein, er würde sich nicht wie ein Dummkopf benehmen und ohne eine Lira in der Tasche fliehen. Lieber wartete er eine bessere Gelegenheit ab.

»So, jetzt fahren wir nach Hause«, sagte Duca zu Livia, als sie aus dem Laden kamen. Sie stiegen ins Auto, und Duca drehte sich zu Carolino um. »Hast du Hunger?«

»Ein bisschen«, antwortete der Junge, ohne lange zu überlegen. Seit Jahren nistete der Hunger in seinem Magen, eigentlich seit er geboren war. Er konnte sich nicht erinnern, jemals richtig satt gewesen zu sein.

»Wir sind fast da«, erklärte Duca.

Langsam glitt das Auto durch den Nebel, der jetzt am Abend wieder dichter geworden war. Sie kamen durch die Via Pascoli und hielten auf der Piazza Leonardo da Vinci.

»Komm, Carolino«, forderte Duca ihn auf. Lorenza öffnete ihnen die Wohnungstür. »Wir haben einen Freund mitgebracht. Er bleibt zum Abendessen«, teilte Duca ihr mit. »Das ist meine Schwester. Komm rein, Carolino.« Er ging direkt mit ihm ins Bad, schloss die Tür und drehte den Wasserhahn an der Badewanne auf. »Zieh dich aus und leg deine Klamotten dort in die Ecke«, wies er ihn an. Der Junge gehorchte und begann sich zu entkleiden. Duca zündete eine Zigarette an und gab sie ihm. »Läuse?«

Carolino schüttelte den Kopf. »Nein, Läuse nicht, aber Wanzen.«

»Wieso, die sind doch nur in den Matratzen?«

»Stimmt. Aber wenn es wirklich viele sind, bleiben einige auch am Körper. Allzu viele hab ich aber bestimmt nicht.«

»Umso besser.« Duca drehte den Wasserhahn zu. Das Badezimmer war voller Dampf. Er ließ ein wenig kaltes Wasser zulaufen und zündete sich jetzt selbst eine Zigarette an. Nach dem dritten Zug stand der Junge nackt und schon ganz verschwitzt vor der Badewanne. »Badest du lieber heiß oder nicht so heiß?«

Carolino schüttelte den Kopf. »Ich hab noch nie in meinem

Leben gebadet. Nur geduscht, im Beccaria. Das Wasser war immer ziemlich kalt. Scheußlich!«

»Probier mal mit dem Fuß, ob dir die Temperatur angenehm ist.« Der Junge streckte die Zehen ins Wasser und sagte, so sei es gut. »Jetzt steig langsam hinein.« Er betrachtete den mageren, mit Wanzenbissen übersäten Jungenkörper. »Jetzt streck dich aus. Ist es gut so?«

»Ja.«

»Bleib einfach liegen, ich komm gleich wieder.« Duca raffte Carolinos schmutzige Kleider zusammen, hob die Schuhe auf, ging auf den Balkon, wo der Mülleimer stand, und warf alles hinein.

»Was machst du denn da?«, erkundigte sich seine Schwester erstaunt.

»Entwanzung«, antwortete Duca lakonisch.

Dann kehrte er ins Bad zurück. Der Junge war schon ganz rot und das Wasser bereits dunkel. »Sieh mal, das hier ist ein Waschlappen. Hast du so was schon mal benutzt?«

Carolino schüttelte den Kopf.

»Du ziehst ihn dir über die Hand wie einen Handschuh, und dann seifst du ihn mit der anderen Hand tüchtig ein. Schließlich fährst du dir damit über den Körper, bis es ordentlich schäumt.«

Carolino hatte sofort begriffen, was er tun musste, und wusch sich gründlich. Sie mussten das Wasser noch einmal wechseln, doch schließlich stieg der Junge sauber und mit viel helleren, ja fast blonden Haaren aus der Wanne.

Von draußen rief Lorenza: »Duca, kann ich jetzt die Nudeln ins Wasser werfen?«

»In zehn Minuten sind wir fertig«, antwortete ihr Bruder. Er gab dem Jungen einen seiner Schlafanzüge. In der Länge passte er ganz gut, nur die Ärmel mussten sie ein wenig umkrempeln. Allerdings war er ihm viel zu weit und wirkte fast wie ein Judoanzug.

Zwölf Minuten später saßen sie zu viert um den Küchentisch. Es gab *Fettuccine al ragù*. »Gib ihm ruhig noch etwas mehr«, forderte Duca Lorenza auf, als sie mit der Verteilung der Portionen fertig war, und so schüttete sie ihm auch noch die restlichen Nudeln auf den Teller.

Carolino blickte auf den dampfenden Pastaberg vor sich, der sich unter der Fleischsoße, die Lorenza darüber goss, allmählich rot färbte. Zum Schluss kam noch eine große Hand voll Parmesankäse darauf. Carolino fühlte sich ein wenig unbehaglich, obwohl Lorenza und Livia ihm beide freundlich zulächelten und ihn ansonsten nicht weiter beachteten. Duca, der neben ihm saß, gab ihm die Gabel in die Hand: »Iss jetzt einfach.«

Carolino wurde noch verlegener, begann jedoch zu essen. Starr blickte er auf seinen Teller, denn die Anwesenheit der beiden Frauen machte ihn unsicher und noch misstrauischer als zuvor. Doch da er großen Hunger hatte, achtete er schon bald nicht mehr darauf, wie er die Gabel halten musste. Und wenn ihm die Nudelenden von der Gabel rutschten, zog er sie mit gierigem Schlürfen in den Mund. Da keiner sprach, schaltete Duca das Radio an. Das blecherne Geplapper schien Carolino zu gefallen, denn nun aß er im Rhythmus des Sprechers, der die Nachrichten verlas. Trotz der Riesenportion Fettuccine war er im Handumdrehen fertig. Duca wunderte das gar nicht. Er konnte sich gut vorstellen, dass der Hunger in Anstalten wie dem Beccaria im Lauf der Zeit immer nagender wird.

»Schlag ihm noch ein Ei drauf«, wies Duca Lorenza an, die jetzt am Herd stand und das Fleisch briet.

Nicht viel später stand ein großes Steak mit einem Spiegelei vor Carolino. Er blickte Duca ungläubig an.

»Vielleicht magst du ja einen Schluck Wein dazu«, schlug

Duca vor und füllte ihm sein Glas. Ei und Fleisch! In seinem ganzen Leben hatte der Junge noch nie so viel auf einmal gegessen. Er war zwar spindeldürr, aber nicht tuberkulosekrank. Wenn er sein Leben weiterhin in Besserungsanstalten oder Jugendheimen verbrachte, hatte er allerdings beste Chancen, es zu werden.

Zunächst wusste Carolino nicht, wo er anfangen sollte, doch dann begann er instinktiv sich über das Fleisch herzumachen. Als dem Steak mit Messer und Gabel nicht mehr beizukommen war, nahm er den Knochen in die Hand und nagte ihn ab. Dann griff er nach einem Stück Brot und tunkte damit das Eigelb auf.

»Trink«, sagte Duca und goss ihm noch einmal nach. Der Junge leerte sein Glas in einem einzigen Zug. Duca schenkte ihm ein drittes Mal ein. »Dieses trinkst du jetzt schön langsam.«

Carolino errötete. Merkwürdig, dass einer dieser elf Jungen überhaupt rot werden konnte! Das Radio sendete jetzt Schlagermusik, und Duca klopfte den Rhythmus auf der Tischplatte mit. Lorenza und Livia unterhielten sich leise. Die kleine Küche war warm und duftete nach Essen. Carolino stand der Schweiß auf der Stirn. Hin und wieder nahm er einen Schluck Wein, hielt den Blick jedoch verlegen gesenkt.

»Zigarette?«, fragte Livia und reichte ihm die Schachtel quer über den Tisch.

Carolino blickte auf und bemerkte plötzlich all die kleinen Zeichen im Gesicht der jungen Frau. Was das wohl sein mochte? Trotzdem war sie schön. Unvermittelt flammte ein Streichholz vor ihm auf. Langsam zog der Junge an seiner Zigarette, und als er fertig war und Duca ihm noch eine anbot, rauchte er auch diese. Er hielt den Blick jetzt nicht mehr gesenkt, sondern schaute sich ein wenig um, vermied es jedoch, die anderen direkt anzusehen. Hin und wieder verzogen sich seine Lippen zu einem leichten Lächeln. Die drei Gläser Wein hatten ihn wohl ein wenig zutraulicher gemacht. Schließlich begannen ihm die Augen zuzufallen.

»Bist du müde?«, erkundigte sich Duca.

Carolino drückte die Zigarette im Aschenbecher aus. Merkwürdig, auf einmal nahm er den Polizisten nur noch durch einen dichten Nebel wahr. Er hörte eine Frauenstimme – es musste die der Frau mit den vielen kleinen Zeichen im Gesicht sein: »Natürlich ist er müde.« Und eine andere Frauenstimme direkt neben seinem Ohr: »Ist dir nicht gut?« Dann spürte er die Hand des Polizisten auf der Schulter. »Komm, Carolino. Ich glaube, du musst jetzt schlafen.« Sachte, ja väterlich griff ihm der Polizist unter die Arme. Carolino stand auf und ließ sich von ihm durch den Nebel der Müdigkeit führen. Er wusste nicht, wohin er ging und warum er sich so müde fühlte. Ob er betrunken war? Noch einmal hörte er die Stimme des Polizisten: »Komm, leg dich ins Bett.« Er nickte, konnte das Bett jedoch nicht sehen. Der Polizist forderte ihn auf, sich erst zu setzen und dann auszustrecken. Dann deckte er ihn zu. Einen Augenblick lang spürte er seine Hand. »Du bist müde. Schlaf jetzt!« Das Kissen war weich, die Matratze auch, die Laken wunderbar glatt, nicht so kratzig wie in der Anstalt. Nie würde er wissen, ob der Polizist das Licht gelöscht hatte oder ob er einfach eingeschlafen war.

5

Er wachte erst wieder auf, als er richtig ausgeschlafen war – ein ungewohntes Gefühl, denn normalerweise wurde er immer von lauten Geräuschen geweckt. Schlaftrunken betrachtete er die trüben Lichtstreifen, die durch die Fensterläden fielen, und schloss daraus, dass es ziemlich neblig sein musste. Plötzlich fiel ihm auf, dass er nicht im Beccaria war, und nach und nach erinnerte er sich an alles, was geschehen war, seit der seltsame Polizist ihn gestern aus der Besserungsanstalt geholt hatte und er auf einmal so furchtbar müde geworden war. Mit einem Ruck setzte er sich auf und schaute sich um. Er befand sich in einem kleinen, einfachen Raum. Außer dem Bett gab es nichts als einen Schrank, eine Kommode, zwei Stühle aus hellem Holz und einen Nachttisch. Carolino aber schien das Zimmer geradezu luxuriös eingerichtet zu sein. Auf dem Nachttisch standen eine gelbe Lampe und ein kleiner Wecker, der elf Uhr vierzig anzeigte. Trotzdem war er vollkommen klar im Kopf. Ein Gedanke, der sich bereits in der Nacht in ihm zu regen begonnen hatte, nahm allmählich Gestalt an: Der nette Polizist wollte ihn reinlegen! Er behandelte ihn nur deshalb so gut, weil er ihn einlullen wollte. Doch eins war sicher: Im Leben bekommt man nichts umsonst, und Carolino war sonnenklar, was der Polizist als Gegenleistung für seine Aufmerksamkeit erwartete: Er wollte die Wahrheit wissen.

Schöne Bescherung.

Er stand auf, ging barfuß zum Fenster, öffnete es einen Moment, um die Fensterläden aufzustoßen, schloss es aber gleich wieder, denn es war eiskalt draußen, und er sah – nichts. Das Fenster ging auf den Innenhof hinaus, doch es war so neblig, dass er lediglich die Balkone und Fenster der Seitenflügel erkennen konnte. Die Hauswand gegenüber war nicht einmal zu ahnen.

»Guten Morgen, Carolino.«

Der Junge zuckte zusammen, wandte sich um und erblickte den Polizisten, der ein großes Paket und eine Schachtel unter dem Arm hielt und nun beides aufs Bett warf. »Guten Morgen, Signore.«

»Du brauchst mich nicht ›Signore‹ zu nennen«, sagte Duca, »schließlich sind wir nicht in der Besserungsanstalt.«

»Si, Signore.« Er musste selber lächeln, weil ihm die förmliche Anrede gleich noch einmal herausgerutscht war. Dann folgte er dem Polizisten ins Bad. »Jetzt wasch dich gründlich – und keine Angst, du könntest die Seife aufbrauchen!« Duca ließ ihn im Bad zurück und ging in die Küche zu Lorenza und Livia. Als er den Jungen aus dem Bad kommen hörte, ging er in das kleine Zimmer, in dem Carolino geschlafen hatte, und öffnete das große Paket. Es enthielt alles, was der Junge zum Anziehen brauchte, von den Strümpfen über die Unterhose und das Hemd bis hin zur Krawatte. Und einen hellgrauen Anzug. In dem Karton lag ein Paar neuer Schuhe.

Carolino betrachtete die Kleidung und sah den Polizisten unsicher an, der ihm sogleich vorschlug: »Probier mal, ob dir das Zeug passt. Wir haben es aufs Geratewohl gekauft.« Er hatte Livia ins Kaufhaus Rinascente geschickt, damit der Junge wieder etwas zum Anziehen bekam – vielleicht würde man ihm seine Spesen eines Tages erstatten, vielleicht auch nicht –, und Livia hatte nicht nur einen guten Blick für Maße, sondern außerdem Geschmack.

Duca half Carolino mit ein paar Handgriffen, denn diese Art von Kleidung hatte er vermutlich noch nie getragen. Er zeigte ihm, wie eng man einen Gürtel schnallte, und band ihm die Krawatte. Unter seinen Händen verwandelte sich der Junge allmählich, als sei er aus Knetmasse. Im Nu war aus ihm ein fescher junger Mann geworden. Das Einzige, was nicht recht ins Bild passte, waren die langen Haare, die nach allen Seiten abstanden. Die Sachen passten erstaunlich gut. Nur die Ärmel von Hemd und Anzug waren ein wenig zu kurz, denn Carolinos Arme waren außergewöhnlich lang im Verhältnis zu seinen schmalen Schultern. »Du siehst ganz passabel aus«, stellte

Duca fest. »Jetzt fehlt nur noch ein Haarschnitt, eine anständige Rasur und ein ordentlicher Mantel.«

Als Carolino am Nachmittag nach dem Besuch beim Barbier sein Spiegelbild in einem Schaufenster am Corso Vittorio sah, konnte er kaum fassen, dass er dieser junge Mann in dem nagelneuen, warmen Mantel war. Selbst seine Hände waren nach der sorgfältigen Maniküre einer reizenden jungen Dame nicht mehr dieselben. Vorsichtig musterte er den Polizisten und die junge Frau neben ihm, die mit den vielen kleinen Zeichen im Gesicht, und schlug dann die Augen nieder.

An diesem Abend nahmen sie ihn mit ins Kino. Am nächsten Tag aßen sie gemeinsam in einem Gasthof an einem kleinen See, der jedoch wegen des Nebels kaum zu erkennen war. Immer hatte der Polizist die junge Frau an seiner Seite – vielleicht war es ja seine Freundin, oder eine Hilfskraft, so richtig klar war ihm das nicht. Beide waren sehr freundlich zu ihm, belästigten ihn aber nie mit unangenehmen Fragen. Sie gaben ihm, was er brauchte, vom Essen bis zu den Zigaretten, und schienen ihn überhaupt nicht zu überwachen, auch wenn es natürlich gut sein konnte, dass sie jede seiner Bewegungen registrierten. Die Versuchung zu fliehen juckte ihn schlimmer als die Flöhe und Wanzen im Beccaria. Schließlich war er nicht so dumm zu glauben, dass dieser nette Polizist ihn ohne Grund aus der Anstalt geholt hatte, sozusagen gratis; dass er großzügig für sein leibliches Wohl sorgte und alles Mögliche mit ihm unternahm, ohne eine Gegenleistung zu erwarten. Doch der Polizist hatte auch etwas an sich, das ihn anzog, und das allein war schon merkwürdig genug, denn noch nie hatte ein Polizist derartige Gefühle in ihm geweckt. Besonders gefiel ihm, dass er ihn wie einen ganz normalen Menschen behandelte und nicht wie ein Stück Dreck. Selbst am ersten Abend, als er ihn im Kommissariat verhört hatte, war er zwar ruppig gewesen, aber geschlagen hatte er ihn nicht. In seiner Gesellschaft fühlte Carolino sich wie ein ganz normaler Mensch, der noch nie etwas mit der Polizei zu tun gehabt hat. Gelegenheiten zur Flucht hatte er immer wieder, von morgens bis abends, ja sogar nachts. Er hätte einfach nur das Fenster zu öffnen und hinunterzuspringen brauchen, da die Wohnung im ersten Stock lag. Und er war schon aus ganz anderen Fenstern gesprungen.

Nach fünf Tagen – die junge Frau war gerade aus dem Auto gestiegen und in einem Laden verschwunden, um etwas einzukaufen – begann der Polizist zum ersten Mal, ihm Fragen zu stellen. Es war warm im Auto. Durch die Scheiben konnten sie die blau gefrorenen Gesichter der Passanten im Nebel auftauchen und wieder verschwinden sehen.

»Warst du schon mal in der Schweiz?«

»Nein.«

»Weißt du, ob einer deiner Klassenkameraden da schon mal war?«

»Nein.«

»Wusstest du, dass einer von euch, als ihr die Lehrerin umgebracht habt, eine Schweizer Münze, und zwar einen halben Franken, verloren hat?«

»Nein.«

Duca hatte vollkommen unvermittelt mit seinem Verhör begonnen, da er dachte, so könne er den Jungen vielleicht überrumpeln. Vielleicht. Nur dass Burschen von Carolinos Schlag nicht leicht zu überrumpeln waren, wie seine Antworten bewiesen. Trotzdem verlor Duca nicht die Geduld.

»Gut«, sagte er. »Du weißt also von nichts. Mal sehen, ob ich dir helfen kann, dich zu erinnern. Seit fünf Tagen bist du jetzt bei mir. Du bist frei, gut gekleidet und wohlgenährt. Du hast also praktisch alles, was du brauchst. Noch einmal fünf Tage, und du musst wieder zurück ins Beccaria. Wenn ich ehrlich sein soll, täte mir das wirklich Leid, denn wenn du mir ein wenig weiterhelfen würdest, könnte ich dafür sorgen, dass du nicht ins Heim zurückmusst. Ich kenne Leute, die für dich bürgen und sich um dich kümmern würden, bis du eine Arbeit findest. Du hast noch genau fünf Tage, um es dir zu überlegen. Eigentlich bin ich nicht der Typ, der Ratschläge erteilt, schon gar nicht Jungen wie dir, die noch grün hinter den Ohren sind. Trotzdem möchte ich dir einen geben: Hilf uns, den Dreckskerl zu finden, der für dieses schreckliche Verbrechen in der Schule verantwortlich ist, und du bekommst die Möglichkeit, wieder ein anständiger Mensch zu werden, statt dein Leben in Besserungsanstalten und Gefängnissen zu fristen. Sag jetzt nichts – überleg es dir erst in Ruhe.«

Carolino sah das vernarbte Gesicht der Freundin des Polizisten aus dem Nebel auftauchen. Die Autotür ging auf, ein kalter Windstoß fuhr herein, dann ihr Lächeln, und schon saß sie wieder hinter dem Steuer. »Meine Güte, was für ein Aufwand, nur um zwei Bücher zu kaufen!« Sie legte ein kleines Paket auf den Rücksitz neben Carolino. »Du siehst aber finster aus, Duca«, stellte sie heiter fest und ließ den Motor an.

»Ich habe mich mit unserem Freund hier gestritten«, erwiderte Duca und deutete mit dem Kopf auf Carolino. »Er will uns nicht weiterhelfen. Er ist völlig verstockt und sagt kein einziges Wort. Und ich dachte, er sei ein bisschen intelligenter. Schade.«

Carolino war so einen freundschaftlich-ironischen Ton nicht gewohnt, schon gar nicht bei einem Polizisten, und so verkroch er sich noch weiter in sich selbst und verschanzte sich in seinem Misstrauen. Sie wollten ihn ja doch nur ausquetschen wie eine Zitrone! Sie wollten, dass er alles ausplauderte, und dann würden sie ihn wieder ins Erziehungsheim stecken. Nein, nicht mit ihm!

»Aber er ist doch ein intelligenter Junge!«, widersprach Livia, die wegen der schlechten Sichtverhältnisse sehr vorsichtig fuhr. Doch allmählich begann der Wind den Nebel ein wenig aufzulösen, und hin und wieder drang ein schwacher Sonnenstrahl hindurch. »Sehr sogar!«

Nein, sie konnten ihn nicht täuschen. Es war sinnlos, es überhaupt zu versuchen! Er würde nicht auf ihre Manöver hereinfallen!

Am Tag darauf, dem sechsten, nahm der Polizist das Thema nicht wieder auf, und am übernächsten Tag auch nicht. Wie Touristen fuhren sie mit ihm durch ganz Mailand. Warum bloß? Sie mussten doch einen Grund dafür haben, ihn sogar mit auf das Dach des Doms zu schleppen, wo er natürlich noch nie gewesen war. Sie mussten doch einen Grund dafür haben, fast jeden Nachmittag mit ihm ins Kino zu gehen und am Abend in die Bar an der Ecke, um noch etwas zu trinken und fernzusehen. Polizisten schenken dir nichts! Carolino kam kaum noch zur Ruhe, selbst nachts konnte er fast nicht schlafen. Die Tage verrannen im Handumdrehen, der sechste, der siebte, der achte. Noch zwei Tage, dann musste er wieder ins Beccaria. Und selbst wenn er redete, würden sie ihn dorthin zurückbringen, das stand fest.

Am achten Tag, gegen ein Uhr mittags, saßen sie alle vier um den Küchentisch: Duca, Livia, Lorenza und Carolino. Der Junge beugte sich über seine Bohnensuppe, als Duca plötzlich sagte: »Meine Zigaretten sind alle.«

»Umso besser«, entgegnete Livia. »Beim Essen raucht man auch nicht.«

»Stimmt«, gab Duca zu. »Aber vielleicht wäre es gut, welche zu holen. Für hinterher.« Er nahm einen Zehntausendlireschein aus der Brieftasche und hielt ihn dem Jungen hin. »Carolino, wärst du so nett, mir eine Schachtel Zigaretten zu holen, wenn du mit der Suppe fertig bist?«

»Ich bin schon fertig«, erwiderte Carolino und stand auf. Er nahm den Schein und steckte ihn umständlich in seine Brusttasche.

»Beeil dich, sonst wird das Fleisch kalt«, ermahnte ihn Lorenza.

»In Ordnung«, erwiderte Carolino.

6

Und so verließ er die Wohnung. Die Sonne schien, und auch wenn es nicht besonders klar war, sahen die kahlen Bäume des Viale Pascoli in dem milden Licht so aus, als seien sie vergoldet. Carolino, dessen Vater, Großvater und Urgroßvater Bauern gewesen waren, spürte den Frühling in der Luft liegen, trotz der Kälte und des feinen Nebels. Gern wäre er jetzt auf dem Land gewesen und hätte mit den anderen Jungen des Hofs nach Vogelnestern gesucht oder einen Staudamm über den eiskalten Bach gebaut, so wie damals, als sein Vater noch lebte. Doch sein Vater war tot, und es war besser, nicht allzu viel an jene Zeit zurückzudenken.

»Zwei Schachteln Esportazione«, sagte er zu der alten Frau hinter dem Tresen. »Und eine Limo«, fügte er hinzu.

Langsam schlürfte er sein Getränk und kehrte in Gedanken wieder zu dem einen Thema zurück, das ihn einfach nicht losließ.

Er wollte fliehen. Er spürte, dass er der Versuchung nicht mehr länger widerstehen konnte. Und das, obwohl er ahnte, dass es ein Fehler war, denn vermutlich würden sie ihn nach kürzester Zeit schnappen, und alles würde nur noch schlimmer werden. Außerdem musste er überlegen, wohin. Viele Möglichkeiten gab es nicht, eigentlich nur zwei. Er konnte in sein Heimatdorf zurückkehren und bei seinen Freunden unterkriechen. Aber lange würde das wohl nicht gut gehen. Bestimmt würde die Polizei ihn dort suchen, und selbst wenn sie ihn nicht fände, konnte er sich ja nicht jahrelang auf den Feldern und in den Heuschobern verstecken.

Oder er entschied sich für jenen anderen Ort... Diese Möglichkeit war sicherer, gefiel ihm aber gar nicht. Er nippte noch einmal an seiner Limo und überlegte weiter. Er konnte natürlich auch ganz auf die Flucht verzichten und bei dem Polizisten bleiben. Irgendwie spürte er, dass dies die beste Lösung war. Aber zu dem Polizisten zurückkehren hieß, in zwei Tagen wieder ins Beccaria zu müssen. Wie lange wohl? Mindestens bis zu seinem achtzehnten Lebensjahr, wenn man bedachte, was in der Schule geschehen war. Und dann die Arbeitskolonie, halb Gefängnis, halb Fabrik. Tolle Aussichten! Mindestens bis zu seinem einundzwanzigsten Lebensjahr würde er im Knast sitzen. Sieben Jahre! Eine Ewigkeit!

»Wie viel macht das?« Er gab der alten Frau den Zehntausendlireschein. Seine Hand zitterte ein wenig, denn auf einmal hatte er seine Entscheidung getroffen. Urplötzlich waren alle Zweifel wie weggeblasen. Er nahm das Restgeld und trat hinaus ins Freie.

Doch noch einmal stieg eine gewisse Unsicherheit in ihm auf. Die Wohnung des Polizisten lag nicht mehr als hundert Meter entfernt. Er brauchte nur um die Ecke zu biegen und ein paar Meter zu gehen, dann würde seine Hand nicht mehr zittern und sein Herz aufhören zu rasen. Doch mit einem Mal sah er wieder das Beccaria vor sich – die Fassade, die großen Säle, die langen Flure. Selbst der stechende Geruch nach Desinfektionsmittel stieg ihm in die Nase. Und so schlug er die andere Richtung ein, auf das Zentrum zu. Er floh.

Auf der gegenüberliegenden Straßenseite parkte ein kleines, schwarzes Auto, ein bescheidener Fiat 1100. Der Junge hatte gerade zwanzig Meter zurückgelegt, als Mascaranti ausstieg und zu dem Polizisten hinter dem Steuer sagte: »Ich gehe ihm zu Fuß nach, und du folgst uns mit dieser Staatskarosse.«

»Stets zu Diensten«, antwortete der junge Beamte gut gelaunt.

Carolino ging schnell und ohne sich umzudrehen. Nicht ein einziges Mal hatte er die Möglichkeit in Betracht gezogen, dass er vielleicht beschattet wurde. Nie hätte er geglaubt, dass Mascaranti ihnen seit acht Tagen auf Schritt und Tritt folgte, während Duca und Livia mit ihm durch Mailand zogen. Jeden Abend hatte der kleine schwarze Fiat vor Ducas Wohnung geparkt, wo ein Kollege die Nachtschicht übernahm, bis Mascaranti ihn morgens ablöste. Carolino hatte gedacht, jederzeit fliehen zu können, doch da hatte er sich geirrt. Denn er war zwar nicht auf den Kopf gefallen, aber immerhin noch ein Kind.

Nicht ein einziges Mal drehte er sich um. Er ging weder schnell noch langsam. Den Viale Pascoli legte er auf der Sonnenseite der Straße zurück, denn es war ziemlich kalt. Er war gut gekleidet und gekämmt, sodass ihn niemand beachtete – niemand außer Mascaranti und dem Beamten am Steuer des Fiat 1100. Als er auf die Piazza Isaia Ascoli kam, verlangsamte er seinen Schritt und blieb schließlich vor einer Bar-Tabacchi stehen.

Carolino zündete sich eine Zigarette an und stellte fest, dass seine Hände noch immer zitterten. Er hatte bereits die Hälfte des Wegs zurückgelegt, zögerte jedoch noch einmal. Ihm war noch eine weitere Lösung eingefallen: Er konnte zu dem Polizisten zurückkehren und ihm alles erzählen. Was würde in diesem Fall geschehen? Er überlegte. Der Polizist würde ihm zuhören, doch dann, wenn er ihn ausgequetscht hatte und nicht mehr brauchte, würde er ihn bestimmt ins Beccaria zurückschicken. Oder vielleicht doch nicht? Eigentlich hatte er ihm ja versprochen, das nicht zu tun, sondern ihn bei jemandem unterzubringen, der für ihn bürgte. Und ihm eine Arbeit zu beschaffen, sodass er endlich anfangen konnte, wie ein anständiger Mensch zu leben und nicht wie ein Straßenjunge, der am Ende doch immer wieder in der Besserungsanstalt oder im Knast landete. Außerdem gefiel ihm dieser Polizist, denn er wirkte ehrlich, genau wie seine Schwester und seine Freundin, die junge Frau mit all den Narben im Gesicht. Nachdem er sie acht Tage lang immer wieder verstohlen betrachtet hatte, war ihm schließlich aufgegangen, was das für Narben waren: Sie musste eine dieser Kinderkrankheiten gehabt haben. Der Name wollte ihm nicht einfallen, aber einmal hatte er einen Jungen gekannt, der die gleiche Krankheit durchgemacht hatte und genauso aussah. Alle drei schienen ehrlich bemüht, ihm zu helfen. Vielleicht war es doch besser zurückzukehren.

Doch dann gewann die Angst vor der Besserungsanstalt die Oberhand. Polizisten sollte man nie über den Weg trauen! Er setzte sich wieder in Bewegung, lief die Via Nino Bixio entlang, überquerte die Ringstraße, kam zu den Bastionen und schließlich zur kleinen, ruhigen Piazza Eleonora Duse. Dort ging er auf einen Hauseingang zu, trat jedoch nicht sofort ein, sondern tat, was ihm sorgfältig eingeschärft worden war: Um nicht von der Portiersfrau gesehen zu werden, die sich fast ständig in ihrer Wohnung aufhielt und nur in den Glasverschlag kam, wenn die Glocke am Haustor klingelte, hielt er die Feder der Glocke einfach mit der Hand fest. Und tatsächlich blieb die Glocke still und die Portiersloge leer.

Er musste in den obersten Stock. Da er bessere Chancen hatte, ungesehen nach oben zu gelangen, wenn er den Aufzug vermied, nahm er die Treppe und stieg hinauf zur Mansarde.

Auf dem letzten Absatz befand sich nur eine einzige Tür mit dem Namensschild *Domenici*. Er klingelte.

Die Zeit verstrich. War vielleicht niemand da? Er klingelte noch mal. Dann hörte er eine tiefe, warme, etwas raue Frauenstimme hinter der Tür: »Wer ist da?«

»Ich bin's, Carolino.«

Noch einmal musste er warten, fast eine Minute lang. Er wiederholte: »Ich bin's, Carolino.« Erst jetzt öffnete sich die Tür.

7

Die Frau, die ihm aufgemacht hatte, mochte um die vierzig sein, wirkte aber wesentlich älter. Trotz einer dicken Schicht Schminke sah man die tiefen Falten, die ihr Gesicht durchfurchten. Sie trug eine große, dunkle Sonnenbrille, die die Schlaffheit ihrer mit Creme und Puder bedeckten Gesichtshaut noch unterstrich. Die schönen Beine, die unter dem kurzen Rock hervorkamen, wirkten hingegen jugendlich fest in den silber gestreiften Strümpfen, die die deutliche Rundung der Waden hervorhoben.

»Komm rein.«

Carolino trat ein. Der durchdringende Geruch von all ihren Cremes, Lippenstiften, Sprays und Parfüms lag schwer in der von einem Kerosinofen beheizten Wohnung. Carolino folgte der Frau durch den kleinen, dunklen Flur in das Wohnzimmer mit der schrägen Decke, wo es nach abgestandenem Zigarettenrauch roch. Marisella rauchte ununterbrochen und leerte die riesigen, über den ganzen Raum und sogar auf dem Boden verteilten Aschenbecher nur dann aus, wenn sie bereits überquollen.

Marisella betrachtete den Jungen und fragte: »Warst du nicht im Beccaria?« Sie zündete sich eine Zigarette an und musterte Carolino eingehend. Er war kaum wiederzuerkennen in dem neuen Anzug, mit den frisch geschnittenen Haaren, dem weißen Hemd und den neuen, blank polierten Schuhen. Es war ihr unverständlich, wie diese Veränderung zu Stande gekommen war, und sie gefiel ihr gar nicht. Ein Zögling des Beccaria sollte im Beccaria schmoren und nicht auf der Straße herumlaufen!

»Sie haben mich rausgelassen«, antwortete Carolino. Jetzt, wo er bei ihr war, zitterten seine Hände nicht mehr. Ob es nun eine gute Idee gewesen war oder nicht – nun befand er sich hier, und Marisella würde sich bestimmt etwas einfallen lassen, damit er nicht ins Beccaria zurückmusste.

»Erzähl mir genau, was passiert ist«, forderte Marisella ihn auf. Eine Wand des Wohnzimmers war verglast und ging auf eine kleine Dachterrasse voller Blumentöpfe hinaus, in denen sich allerdings keine Grünpflanzen, sondern nur trockene, mit Kippen übersäte Erde befand. Ein kleines Stück blauer Himmel und das Spiel der Sonnenstrahlen, die sich ab und zu durch die Nebelfetzen kämpften, verliehen dieser trostlosen Terrasse etwas Dekadentes und doch Lebendiges.

»… Dann hat er mich mit nach Hause genommen und mir einen Anzug und ein neues Hemd gekauft«, erzählte Carolino, der es sich auf der Armlehne eines Sessels bequem gemacht hatte. Marisella stand stockstill vor ihm, mit dem Rücken zum Fenster, damit er ihr Gesicht im Gegenlicht nicht erkennen konnte. Je länger Carolino erzählte, desto steifer wurde sie. Sie rauchte nicht einmal mehr, sondern hielt die Zigarette nur noch bewegungslos zwischen den Fingern, bis sie von allein ausging.

»Der Polizist wollte bestimmt irgendwelche Informationen von mir«, fuhr Carolino fort. »Sonst hätte er mich nie aus dem

Beccaria geholt. Aber ich habe ihm nicht ein einziges Wort verraten!« Zufrieden blickte er sie an und wartete auf ihr Lob, denn schließlich hatte er den Versuchungen des Polizisten ja widerstanden. Und wirklich stieß sie ein kurzes »Bravo« hervor, doch ohne die geringste Andeutung eines Lächelns und mit einer so ausdruckslosen Stimme, dass Carolino fast ein wenig Angst bekam.

»Er wollte mich noch zwei Tage dabehalten, aber übermorgen hätte er mich wieder ins Beccaria geschickt. Ich will da aber nicht mehr hin, auf keinen Fall...«, stammelte Carolino.

Hasserfüllt starrte sie ihn an, doch glücklicherweise konnte der Junge ihr im Schatten liegendes Gesicht nicht sehen. Und da war ihm natürlich nichts Besseres eingefallen, als ausgerechnet zu ihr zu kommen, dachte sie verärgert.

»Ist dir denn gar nicht in den Sinn gekommen, dass sie dich vielleicht beschatten?«, fragte sie den Jungen tonlos, ohne Vorwurf in der Stimme.

»Warum denn?«, fragte Carolino erstaunt. Er hatte schließlich bei einem Polizisten gewohnt, da brauchten sie doch nicht noch mehr Beamte einzusetzen.

»Hör mal, es ist doch klar, dass sie dich nicht einfach laufen lassen«, erklärte Marisella geduldig. Sie hatte sich jetzt wieder vollkommen im Griff und wusste, dass sie all ihre Verstellungskünste aufbieten musste, denn die Situation war extrem gefährlich. »Die sind doch nicht blöd! Die wissen doch ganz genau, was sie tun. Du bist abgehauen, und sie sind dir gefolgt, um zu sehen, wohin du gehst.« Und er hatte sie direkt zu ihr geführt!

Carolino sperrte sich noch immer gegen diesen Gedanken, der ihm vollkommen absurd erschien. »Aber ich hätte doch jederzeit abhauen können!«

»Genau. Und sie waren jederzeit bereit, dir zu folgen. Und

genau das haben sie heute getan«, erklärte sie sanft, denn je gefährlicher eine Situation ist, desto wichtiger ist es, die Nerven zu behalten und ruhig zu bleiben.

Carolino verstummte. Er brauchte eine Weile, um diesen Gedanken zu verdauen. Das war ja wirklich ein harter Brocken! »Bist du sicher?«, fragte er naiv.

»Ganz sicher«, erwiderte sie. »Wir können ja mal nach draußen gehen und nachsehen.« Sie öffnete die Fenstertür, trat, von Carolino gefolgt, ans Geländer der Terrasse und schaute, hinter einem Schornstein versteckt, auf die ruhige, kleine Piazza Eleonora Duse hinab.

Eine alte, mit allen Wassern gewaschene Prostituierte erkennt einen Polizisten selbst aus dem fünften Stock. Sie ließ ihren Blick kurz über den kleinen Platz schweifen, auf dem kaum Autos parkten, und sagte trocken: »Siehst du die beiden da neben dem Fiat 1100?«

Carolino sah hinab. Mit seinen vierzehn Jahren war er zwar noch etwas grün hinter den Ohren, aber da er seit Jahren in bestimmten Kreisen verkehrte und außerdem über eine gute Beobachtungsgabe verfügte, konnte er einen Normalsterblichen schon von einem Polizisten unterscheiden. Als er die beiden Männer neben dem Fiat 1100 sah, bekam er Angst. Er prallte zurück, als fürchte er, die Männer könnten ihn entdecken. Tatsächlich, sie waren ihm gefolgt, da gab es keinen Zweifel. Und jetzt?, schien er sagen zu wollen und schaute Marisella hilflos an. Und jetzt?, ging es ihm immer wieder durch den Kopf. Und endlich sprach er es aus: »Und jetzt?«

Marisella Domenici antwortete nicht, sondern kehrte schweigend ins Wohnzimmer zurück und blickte auf ihre Armbanduhr: Es war fast zwei Uhr. »Ich mach das schon«, meinte sie schließlich. »Wenn du etwas essen oder trinken möchtest, geh in die Küche und hol dir was.«

»Nein, danke«, antwortete Carolino. Mit vor Angst geweiteten Augen sah er abwechselnd auf die Frau und auf die Terrasse, als würden die beiden Polizisten, die er soeben entdeckt hatte, im nächsten Moment über die Brüstung steigen. Vollkommen verunsichert zündete er sich eine Zigarette an.

»Ich geh mal kurz nach nebenan«, ließ Marisella ihn wissen. Sie öffnete eine Tür und trat in ihr Schlafzimmer. Sie fühlte sich müde wie immer, wenn sie gerade aufgestanden war, und heute hatte sie erst gegen Mittag das Bett verlassen. Der unerwartete Besuch hatte sie zusätzlich angestrengt und nervös gemacht. Sie setzte sich aufs Bett und öffnete die Nachttischschublade, die voll gestopft war mit Schachteln, Röhrchen und Fläschchen: Beruhigungs- und Aufputschmittel, je nach Bedarf. Sie wählte eine kleine, bauchige Flasche, schüttete sich eine Tablette auf die Hand, griff nach einem Glas mit abgestandenem Wasser und schluckte die Medizin mit verzogenem Gesicht hinunter. Dann streckte sie sich auf dem Bett aus, noch immer mit der Sonnenbrille auf der Nase, und wartete, dass das Medikament seine belebende Wirkung entfaltete.

Sie dachte an Carolino. So ein Idiot! Er hatte die Polizei bis vor ihre Haustür geführt! Und dabei hätten sie sie niemals von allein gefunden. So ein gottverdammter Idiot! Nein, nun gab es kein Entkommen mehr. Nicht lange, und die Polizisten würden wissen, dass sie, Marisella Domenici, in dieser Wohnung lebte. Schwer herauszukriegen war das nicht, dachte sie bitter, denn an der Tür befand sich ja ein hübsches Messingschild mit ihrem Namen. Nein, sie würde nicht in der Lage sein, ihren Verhören standzuhalten, dazu war sie nervlich viel zu labil. Binnen kürzester Zeit würden sie sie dazu bringen, alles zu erzählen.

Die Tablette begann zu wirken. Leichte, wohlige Wellen neuer Energie stiegen in Marisella auf und strömten allmählich bis ins Gehirn. Ihr Herz schlug kräftiger, der Blutdruck erhöhte sich, ihr Gesicht wurde warm. Wer weiß, vielleicht gab es ja doch noch einen Ausweg? Sicher war sie sich dessen nicht, doch nun erhob sie sich mit einem Ruck, ging schnell zur Kommode, zog eine Schublade auf und griff nach einer Schachtel, die sie mit fliegenden Fingern öffnete. Ja, da war es, ihr Klappmesser.

Früher einmal bewahrte sie hier auch die Pistole auf, die sie ihrem geliebten Francone geschenkt hatte. Doch Francone war im Knast verreckt, und seine Pistole hatten sie einbehalten. Ganz allein war sie zurückgeblieben – allein mit ihren Erinnerungen, die wie Feuer brannten. Und allein mit diesem Messer, das auch an ihn erinnerte. Wie geschickt er immer damit umgegangen war: Wenn er auf den Knopf drückte und die Klinge herausschnellte, hatte er bereits zugestochen...

Auch sie probierte das jetzt aus. Beim ersten Mal fuhr sie heftig zurück, denn ohne es zu merken, hatte sie das Messer verkehrt herum gehalten, sodass die Klinge leicht ihren Arm streifte. Erschrocken, ja fast hysterisch lachte sie auf. Doch dann wiederholte sie den Vorgang noch einmal, und diesmal versuchte sie, im selben Moment zuzustoßen, in dem die Klinge aus der Scheide fuhr. »Auf diese Weise«, hatte Francone ihr zugleich ruhig und leidenschaftlich erklärt, »kommt die Wucht deines Hiebs mit der Stoßkraft der Klinge zusammen und dringt tief in jeden Körper ein – selbst in den eines Stiers.«

Bei der Erinnerung an Francones Anweisungen musste sie lächeln. Wieder und wieder stieß sie das Messer in die Luft. Die Tablette entfaltete allmählich ihre volle Wirkung, und ein tiefes Glücksgefühl breitete sich in ihr aus. Natürlich wusste sie, dass dieses künstlich erzeugte Glück nicht ewig währen würde, aber jetzt machte es sie erst einmal wach und willensstark und steigerte ihre Reaktionsfähigkeit. Sie steckte das Messer in die

Handtasche, die auf einem Stuhl stand, nahm den dunkelroten Kunstpelzmantel aus dem Schrank und zog ihn sich über. Er war genauso kurz wie ihr Minirock und machte ihre Erscheinung, die durch die dunkle Brille und die stark geschminkten Lippen sowieso schon viele Blicke auf sich ziehen musste, noch auffälliger.

»Mach dir keine Sorgen, ich helf dir schon raus aus dem Schlamassel«, sagte sie zu Carolino, als sie wieder ins Wohnzimmer trat. Dann ging sie in die Küche und schenkte sich ein halbes Glas Cognac ein. »Möchtest du?«, fragte sie den Jungen, der ihr gefolgt war. Carolino schüttelte den Kopf. Sie hustete und nahm noch einen Schluck. »Pass mal auf: Du haust jetzt sofort ab, und zwar über die Dächer. Weißt du noch? Das hast du doch schon mal gemacht.«

Carolino nickte. Es war ein Kinderspiel, von der Terrasse ihrer Mansardenwohnung aus auf eine andere, etwas unterhalb gelegene Terrasse zu springen und von dort auf die nächste und die übernächste. Durch eine kleine Tür, die schief in den Angeln hing, gelangte man auf ein Treppchen, das in den Hinterhof eines Hauses in der Via Borghetto führte, und kam schließlich auf der anderen Seite des Karrees heraus.

»Letztes Mal war es aber dunkel, und jetzt ist es Tag, da kann man mich doch von allen Fenstern aus sehen«, warf Carolino ein.

»Möglich«, erwiderte sie. »Hauptsache, du läufst dann nicht weg, sonst ist es nämlich aus. Du sagst den Leuten einfach, du wohnst in der Via Borghetto und hast mit einem Kumpel gewettet, dass du es schaffst, über die Terrassen einmal ums ganze Karree zu klettern. Du bist noch ein Junge, da glauben sie dir bestimmt.«

Ja, das war eine gute Ausrede, dachte Carolino. Marisella war wirklich schlau! Wenn sie ihm half, konnte ihm nichts passieren.

»Die Bullen auf der Piazza Duse können dann ruhig warten, bis sie schwarz werden. Sie werden dich nicht erwischen, denn du bist ja längst über die Via Borghetto verduftet.«

Sie lächelten beide – sie euphorisch von der Tablette, er aus Naivität. »Ich werde das Haus derweil ganz normal durch den Haupteingang verlassen und in mein Auto steigen. Die Typen da unten können mich ruhig sehen, denn für die bin ich schließlich eine x-beliebige Person, die wie viele andere in diesem Haus ein- und ausgeht. Sie können ja nicht ahnen, dass du bei mir gewesen bist, sie wissen ja nicht einmal, dass wir uns kennen.« Sie freute sich, dass er nickte, denn das gab ihr das Gefühl, es sei ein perfekter Plan. »Und dann fahre ich an die Ecke Viale Majno/Via Borghetto und warte auf dich, und sobald du herauskommst, zischen wir ab.«

Carolino nickte erneut, auch wenn er immer noch ein wenig Angst hatte.

»Los, du Langnase, ab die Post.« Sie gingen ins Wohnzimmer zurück, und Marisella öffnete die Fenstertür. »Hopp!«

Carolino zögerte. »Wartest du auch wirklich im Viale Majno auf mich?«

»Natürlich«, antwortete sie. »Wenn sie dich schnappen, schnappen sie schließlich auch mich, das weißt du genauso gut wie ich.«

Sie merkte, dass sie den Jungen beruhigt hatte, und sah zu, wie er sich auf die etwas tiefer gelegene Dachterrasse gleiten ließ. Dann beobachtete sie, wie er sich flink und geschickt am Stacheldraht der nächsten Terrasse zu schaffen machte. Nun musste sie sich auch selbst in Bewegung setzen. Sie schloss die Fensterläden, schaltete den Ofen aus, kontrollierte noch einmal, ob sie auch nichts Kompromittierendes zurückgelassen hatte – ach, die Zeiten waren längst vorbei! –, verließ die Wohnung, sperrte die Tür hinter sich ab, stieg die Treppe hinab bis ins Erdgeschoss und trat auf die Piazza Duse hinaus. Natürlich bemerkte sie, dass die beiden Kerle, die an dem Fiat 1100 lehnten, sie durchdringend ansahen und sich ihre Erscheinung genau einprägten. Sollten sie doch! Ruhig ging sie zu ihrem Fiat 600, der in der Via Salvini parkte, öffnete den Schlag, stieg ein, ließ den Motor an, fuhr die Via Salvini hinunter und fädelte sich in die Autoschlange Richtung Corso Venezia ein. Dann bog sie rechts um die Ecke und gelangte in die Via Majno, kreuzte die Via Borghetto und stoppte den Wagen vor dem nächsten Haus.

Sie blickte auf die Uhr, zündete sich eine Zigarette an, vergewisserte sich, dass sie das Messer in der Handtasche hatte, zog noch ein paar Mal an ihrer Zigarette und sah schließlich noch einmal auf die Uhr. Es war erst eine Minute vergangen. Fast zehn Minuten musste sie warten. Sie begann bereits, sich Sorgen zu machen, dass Carolino vielleicht ein Fehler unterlaufen war, als er plötzlich am Ende der Straße auftauchte. Er ging schnell, ja er lief fast. Anscheinend wollte er aller Welt zeigen, dass er auf der Flucht war, dachte sie gehässig. So ein Dummkopf! Sie öffnete ihm den Schlag von innen, und er sprang ins Auto, als wäre eine ganze Horde Verfolger hinter ihm her.

»Ist was passiert? Wieso hast du denn so lange gebraucht?«, erkundigte sie sich.

»Ich weiß nicht«, keuchte Carolino. »Eine alte Frau hat mich gesehen, als ich an ihrer Terrasse vorbeikam. Sie stand genau vor dem Fenster. Sie hat es geöffnet und angefangen zu schreien. ›Haltet den Dieb, haltet den Dieb!‹ Da bin ich schnell weggerannt.«

Wie kann man nur so blöd sein, dachte sie. Zu blöd, um zu leben. Nervös fuhr sie an.

FÜNFTER TEIL

*Was bringt es, ein Monster zu verhaften? Es zu bestrafen?
Es zu töten? Was bringt es, wenn es weiterlebt?*

I

Livia warf einen Blick auf ihre Armbanduhr. Es war kurz vor zwei. Dann wandte sie sich wieder dem Schachbrett zu, das zwischen ihr und Duca stand. Irgendwie mussten sie sich ja die Zeit vertreiben, bis Carolino vom Zigarettenkaufen zurückkam, also hatten sie beschlossen, eine Partie Schach zu spielen.

»Du bist dran«, bemerkte Duca, bemüht, nicht auf die Uhr zu sehen.

Sie zog und dachte dabei an Carolino, der die Wohnung vor fast einer Stunde verlassen hatte. Eigentlich spielte sie sehr gern Schach mit Duca, doch heute waren ihre Gedanken bei Carolino, seinem mageren, knochigen Gesicht mit der großen Hakennase, den hellen, hervorquellenden Augen und diesem unsicheren Ausdruck, halb ängstlich, halb herausfordernd.

»Komische Verteidigung. Hast du die erfunden?«, fragte Duca mit leicht ironischem Unterton, als sie gezogen hatte.

»Du brauchst dich gar nicht über mich lustig zu machen«, antwortete Livia »Das ist die moderne Benoni-Stellung, die hast du wohl noch nie...«

Sie wurde vom Klingeln des Telefons unterbrochen. Aus dem Flur hörten sie Lorenzas Stimme: »Ich gehe schon.« Kurz darauf streckte sie ihren Kopf in die Küche. »Mascaranti.«

Duca stand auf und ging zum Telefon. Er horchte einen Moment in die Muschel und sagte dann: »Verstehe. Bin sofort da.« Als er wieder in die Küche kam, sah er Livia traurig an. »Carolino ist getürmt. Mascaranti ist ihm gefolgt und hat ihn in ein Haus an der Piazza Duse gehen sehen. Er überwacht jetzt den Eingang. Noch ist Carolino nicht wieder rausgekommen. Wir müssen sofort hin.« Schon war er dabei, die Schachfiguren in die Kiste zu räumen. »Du hast die Wette verloren«, meinte er bedauernd und streckte ihr auffordernd die geöffnete Hand entgegen.

Sie holte ihre Handtasche und gab ihm tausend Lire.

»Ich hätte nicht gedacht, dass Carolino fliehen würde«, antwortete sie enttäuscht. »Ich hab geglaubt, er sei in Ordnung.«

»Er ist in Ordnung«, erwiderte Duca. »Bloß dass du noch nie in einer Besserungsanstalt warst oder im Gefängnis oder im Waisenhaus und dir nicht vorstellen kannst, was es für so einen Jungen heißt, frei zu sein. Manch einer wäre dafür sogar bereit zu töten.«

Mit dem Auto brauchten sie nur wenige Minuten bis zur Piazza Duse. Es war kurz nach zwei. »Er ist immer noch drin«, teilte Mascaranti ihnen mit.

»Dann müssen wir wohl warten«, meinte Duca. »Jedenfalls bis abends die Haustür abgeschlossen wird.« Das hieß bis Sonnenuntergang. »Ich geh mal zur Portiersfrau.« Er bedeutete Livia, auf ihn zu warten, und trat in den Hauseingang, in dem Carolino vor einer knappen Stunde verschwunden war. Als er durch die Zwischentür kam, schlug die Glocke an, und die Portiersfrau erschien in der Tür zwischen ihrer Wohnung und dem Glasverschlag. Duca stieg die drei Stufen des Treppenabsatzes hinauf und trat in die Portiersloge. Er zeigte der Frau seinen Dienstausweis, worauf diese sich beeilte zu erklären, sie sei gerade dabei gewesen abzuwaschen und habe nur deswegen nicht an ihrem Platz gesessen. Sie war jung und geschwätzig, und ihre linke Hand steckte in einem gelben Gummihandschuh.

»Die Liste der Hausbewohner, bitte«, sagte Duca kurz.

Die Frau verschwand in ihrer Wohnung und kam kurz darauf mit dem Verzeichnis zurück. Sie hatte den Gummihandschuh und ihre nasse Schürze jetzt ausgezogen und stellte ungeniert die Rundungen unter ihrem eng anliegenden Pullover zur Schau.

Während er die Liste überflog, fragte Duca: »Haben Sie vor etwa einer Stunde einen großen, mageren Jungen mit Hakennase hereinkommen sehen?«

Die junge Frau tat so, als denke sie angestrengt nach. »Nein... Ich war gerade in der Küche, wissen Sie – auch wir brauchen ja unser Mittagessen. Die Tür zu meiner Loge lasse ich zwar immer offen, aber natürlich guckt man auch mal woandershin. Und die Glocke ist inzwischen ein so vertrautes Geräusch, dass ich sie manchmal schlichtweg überhöre. Er könnte also auch hereingekommen sein, ohne dass ich es gemerkt habe.«

Duca las, ohne ihr zuzuhören. Die Frau hatte den Jungen nicht kommen sehen und wusste demzufolge auch nicht, zu wem er gegangen war. Das Verzeichnis der Hausbewohner war lang und wies eine ganze Reihe durchgestrichener Namen auf. Während er weiterlas, fragte er: »Sind die Hausbewohner hier ruhige Leute?« Nicht gerade eine sehr präzise Frage!

Ihre Antwort fiel jedoch erstaunlich wortreich aus. »Fast schon zu ruhig«, begann die Portiersfrau eifrig. »Im ersten und zweiten Stock befinden sich nur Büros, da ist schon ab sieben keine Menschenseele mehr. Und sonst gibt es hier nur alte Leute. Die jüngste Dame wohnt oben unterm Dach, aber auch die ist mindestens fünfzig. Die Dienstmädchen sind natürlich jünger, aber mit denen lasse ich mich nicht ein, sonst gibt es nur Krach.«

Nun war Duca am Ende des Verzeichnisses angelangt. Unter all den Namen war einer, der ihm irgendwie bekannt vorkam: Domenici. Er kannte zwar keine Maria Domenici, von Beruf Hausfrau, aber irgendwo war ihm dieser Name kürzlich untergekommen. Er stand auf.

»Hören Sie,« sagte er zu der jungen Frau in der Portiersloge, »wenn Sie einen großen, mageren Jungen mit einer Hakennase in einem hellgrauen Anzug sehen, dann sagen Sie ihm auf keinen Fall, dass ich nach ihm gefragt habe. Klar?«

»Warum sollte ich ihm das sagen?«, entgegnete sie verschwörerisch. »Ich tratsche so was doch nicht weiter!«

»Danke«, unterbrach Duca sie knapp und ging. Es gibt Leute, die immer gerne schwatzen, egal, mit wem und worüber. Er überquerte den Platz, nickte Mascaranti zu und setzte sich dann neben Livia ins Auto. »Nach Hause«, wies er sie an und meinte damit das Kommissariat. Wenn er in seine Wohnung an der Piazza Leonardo da Vinci wollte, sagte er zwar auch »nach Hause«, aber in einem anderen Ton, und Livia hatte gleich verstanden.

Als sie im Hof des Kommissariats hielt, stieg Duca aus und sagte: »Wenn du willst, kannst du eine kleine Runde drehen. Bleib aber in der Nähe, ja?«

Er ging in sein Büro hinauf, öffnete die bewusste Schublade seines Schreibtischs, nahm den Ordner heraus und fand sofort den Namen, den er gesucht hatte: Domenici. Da stand er, dieser Name, der ihm irgendwie bekannt vorgekommen war: Ettore Domenici, siebzehn Jahre, Mutter Prostituierte, Übertragung des Sorgerechts auf die Tante, zwei Jahre Besserungsanstalt – einer der elf Jungen, die ihre Lehrerin so schändlich zugerichtet und umgebracht hatten, in Carruas knapper Beschreibung.

Ettores Mutter konnte ja durchaus diese Maria Domenici sein, die an der Piazza Duse wohnte – außer es handelte sich um eine rein zufällige Namensgleichheit. Doch das war eher unwahrscheinlich, dachte Duca, während er mit einem blaurot gestreiften Bleistift spielte. Carolino musste zur Piazza Duse gegangen sein, um Ettores Mutter aufzusuchen. Es wäre schon ein sehr merkwürdiger Zufall, wenn der Junge aus einem anderen Grund in diesem Haus verschwunden wäre, in dem ausgerechnet eine Frau wohnte, die genauso hieß wie die Mutter eines seiner Kameraden. Nein, so viel Zufall gab es nicht.

Wenn diese Signora Domenici von der Piazza Duse aber die Mutter des jungen Verbrechers Ettore Domenici war, dann war sie eine Prostituierte, und in diesem Fall musste im Archiv eigentlich etwas über sie zu finden sein.

Hoffnungsvoll sprang Duca auf und lief ins Archiv. Natürlich war es der dunkelste Ort des ganzen Gebäudes. Die wenigen Funzeln, die an der Decke hingen, schienen nur die Funktion zu haben, mit ihrem spärlichen Licht die Dunkelheit noch hervorzuheben. Außerdem war der Chefarchivar der reizbarste Mensch der Welt und dazu noch allergisch gegen Polizisten. »Die denken immer, sie könnten Räuber und Mörder fangen, indem sie in meinen Artikeln herumschnüffeln. Und wenn es ihnen dann nicht gelingt, ist es meine Schuld«, giftete er gerne.

»Buongiorno, Doktor Lamberti«, brummte der Archivar, ohne aufzusehen oder auch nur den Kopf von seiner Schreibmaschine zu heben, auf der er stockend herumhackte.

»Maria Domenici, Prostituierte«, sagte Duca kurz, da der alte Mann vor ihm eine knappe Ausdrucksweise schätzte. Er war das genaue Gegenteil der Portiersfrau, die so gern mit ihren Mitmenschen plauderte. Je weniger er davon um sich hatte, desto besser.

»Entschuldigen Sie, Doktor Lamberti«, erwiderte der Archivar und erhob sich. Er war groß, sehr mager und etwas bucklig und trug eine dicke Brille. »Ich vermute, Sie kennen weder den Namen ihres Vaters noch Geburtsort oder Alter. Was machen wir also, wenn ich jetzt in der Kartei siebenundzwanzig Maria Domenicis finde, die sich ihren Lebensunterhalt mit Prostitution verdienen?« Er ging Duca voraus durch die langen dunklen Gänge zwischen den Metallregalen, auf denen die Karteien standen.

Duca hatte keine Ahnung, was sie tun würden, wenn es siebenundzwanzig Maria Domenicis gab, unter denen er die richtige auswählen musste. Er hoffte eigentlich, dass es nicht so viele wären.

»Sie haben Glück, Doktor Lamberti«, belehrte ihn der Archivar schließlich und übergab ihm eine Mappe, die er aus der Tiefe eines Regals gezogen hatte. »Es gibt nur zwei Prostituierte namens Domenici, und nur eine davon heißt Maria.«

Duca las voller Eifer. Die Akte enthielt zunächst die Personalien der Frau, einschließlich ihres Künstlernamens, Marisella, und ihres Mädchennamens, Faluggi. Er fand den Namen des Mannes, der sie geheiratet und die Vaterschaft für ihr Kind übernommen hatte, dessen leiblicher Vater beim Einwohnermeldeamt als unbekannt angegeben war. Marisellas Mann hieß Oreste Domenici, genannt Francone (siehe entsprechende Akte, weiterer Vermerk unter »Francone«, wie der Archivar gewissenhaft aufgeschrieben hatte). Maria Domenicis Akte war ziemlich dick, denn sie enthielt nicht nur die Liste aller Verhaftungen wegen Prostitution, sondern auch die Gerichtsurteile – vier im Ganzen in insgesamt sieben Jahren –, die im Zusammenhang mit nebenberuflichen Tätigkeiten wie Diebstahl, Drogenhandel und Rauschgiftkonsum verhängt worden waren.

Obwohl die Akte ziemlich dick war, sagte der Inhalt nicht allzu viel aus. Also nahm Duca all seinen Mut zusammen und wandte sich noch einmal an den Archivar: »Könnten Sie mir vielleicht auch noch die Akte von Oreste Domenici, genannt Francone, heraussuchen?« Er bekam sie tatsächlich und ging mit den beiden Ordnern in sein Büro, um sich in Ruhe in sie zu vertiefen. Er las sie dreimal und machte sich auch ein paar

Notizen, doch das brachte keine wirkliche Klärung. Nein, mit Zahlen und Fakten allein kommt man nicht weiter. Es sind vielmehr die scheinbar bedeutungslosen Einzelheiten, die Nuancen, die die Wahrheit endlich ans Licht bringen.

Die Fakten waren folgende: Signor Oreste Domenici, genannt Francone, hatte schon als sehr junger Mann den Beruf des Zuhälters ausgeübt. Mit sechsundzwanzig hatte er zum ersten Mal geheiratet, seine Frau natürlich auf den Strich geschickt – wofür er auch verurteilt worden war und eine Gefängnisstrafe abgebüßt hatte – und sie dann für zweitausend Lire, was in der Zeit vor dem Krieg eine stolze Summe war, an einen Kollegen weiterverkauft. Mit vierzig hatte er seine Geschäfte auf die Rauschgiftszene ausgeweitet und wegen Drogendelikten mehrere Jahre hinter Gittern verbracht. Auch letztes Jahr, also 1967, war er wegen eines Drogengeschäfts mit der Schweiz im Gefängnis gelandet. Eine Episode, die angesichts der schmutzigen Machenschaften des Signor Domenici positiv herausstach, war, dass er am 27. September 1960 Maria Faluggi – später dann Domenici – geheiratet und die Vaterschaft für ihren neunjährigen, unehelichen Sohn Ettore übernommen hatte. Bereits vier Jahre später, also 1964, war ihm das väterliche Sorgerecht allerdings wieder entzogen worden, denn keinen Vater zu haben ist besser als so einen. Seinen Adoptivsohn, einen unruhigen, aufmüpfigen Jungen, hatte man seiner Tante, der verwitweten Schwester seiner Mutter, einer gewissen Signora Novarca, überantwortet.

Die letzte Notiz über Signor Oreste Domenici, die wirklich allerletzte, besagte, dass er am 30. Januar 1968 im Gefängnis San Vittore in Mailand – wo er, wie in diesen letzten Jahren so oft, wegen Drogenhandel und Rauschgiftschmuggel einsaß – an Lungenentzündung gestorben war.

All diese säuberlich aufgezeichneten Daten, die Namen, Adressen und Jahreszahlen, verrieten jedoch im Grunde nur, dass Oreste Domenici ein äußerst zwielichtiges Individuum gewesen war. Und auch aus der Akte seiner Frau Marisella ging eigentlich nur hervor, dass sie von Beruf Prostituierte war. Beide Ordner wirkten wie Firmenbilanzen, in denen zwar alle Ausgaben auf Heller und Pfennig aufgeführt sind, aber praktisch niemandem bekannt ist, dass unter der Position »Betriebsausgaben« auch die dreihunderttausend Lire registriert sind, die monatlich an eine gewisse Signora X ausgezahlt werden, von der wiederum kaum jemand weiß, dass sie die Geliebte des Generaldirektors ist.

Nachdem Duca sich ein paar Daten notiert hatte, ließ er einen Beamten kommen, damit der die Akten dem Archivar zurückbrachte. Er stand auf. Der Nebel vor dem Fenster hatte sich fast vollständig verzogen, ein kalter Wind schien ihn weggeblasen zu haben. Was sollte er jetzt tun? Oreste Domenici konnte er nicht verhören, denn der war tot. Marisella konnte er auch nicht verhören, denn er wollte lieber abwarten, was sie mit Carolino vorhatte, schließlich musste der gute Gründe gehabt haben, auf seiner Flucht ausgerechnet bei ihr unterzuschlüpfen.

Es hatte auch keinen Sinn, in die Besserungsanstalt zu fahren, um Marisellas Sohn Ettore noch einmal zu verhören. Alle elf Jungen, einschließlich Carolino, hatten ja wiederholt beteuert, sie wüssten nichts, und das würden sie auch weiterhin tun. Mit wem konnte er also reden, um den nüchternen Informationen aus den soeben durchgesehenen Akten Leben einzuhauchen?

Nach einer Weile kam die Antwort ganz von selbst. Er warf noch einmal einen Blick in seine Aufzeichnungen, in denen auch eine Adresse stand: Via Padova 96.

»Fahr mich bitte in die Via Padova 96«, sagte er zu Livia,

als er sich neben sie ins Auto setzte. Er legte ihr die Hand aufs Knie und drückte es ein wenig, denn einen Augenblick lang war er sich bewusst geworden, was für eine schöne und attraktive Frau neben ihm saß.

»Bitte, nicht«, bat sie. »Ich begehre dich zu sehr, um so eine Berührung jetzt aushalten zu können. Und zwar seit Tagen. Aber solange du diesen Fall nicht löst, wirst du wohl kaum einen Gedanken an mich verschwenden.« Sie war wirklich immer sehr explizit, die Signorina Livia Ussaro. Nichts lag ihr ferner als englisches Understatement. Sie nannte immer alles beim Namen, und zwar klar und deutlich.

»Entschuldige«, antwortete er und zog die Hand zurück. Und schämte sich ein wenig, dass er sie gequält hatte, ohne es zu merken.

2

In der Via Padova 96 wohnte die Witwe Novarca, eine kleine, schlanke Frau mit noch fast schwarzem Haar. Sie trug ein untadeliges graues Kleid mit weißen Pünktchen und um den Hals eine goldene Kette mit einem Medaillon, in dem sich – daran bestand nicht der geringste Zweifel – ein Foto ihres verstorbenen Gatten befinden musste. Diese Frau war die Schwester von Marisella.

»An Polizeibesuche bin ich längst gewöhnt«, stellte Signora Novarca fest. »Seit Jahren oder, um genau zu sein, seit mir Ettore anvertraut wurde, sind mir immer wieder Beamte ins Haus geschneit. Ich wusste ja, dass mir der Junge nichts als Schereien bringen würde. Deswegen wollte ich ihn erst partout nicht haben – sollten sich doch die anderen um einen Lümmel wie ihn kümmern! Ich bin zwar seine Tante und einzige Verwandte, aber was heißt das schon?«

Geduldig hörte Duca zu. Er saß in einem kleinen, harten Sessel in Signora Novarcas altmodischem Wohnzimmer und lauschte ihrem weichen Mailänder Tonfall. »Ich und meine Schwester – wir haben ungefähr so viel miteinander gemein wie eine Giraffe und eine Schildkröte. Aber die Sozialarbeiterinnen haben einfach nicht lockergelassen: ›Ach, nehmen Sie ihn doch unter Ihre Fittiche, den armen Jungen. Als Witwe sind Sie schließlich allein, da kann er Ihnen auch ein wenig Gesellschaft leisten. Und außerdem könnten Sie ihn erziehen und auf den rechten Weg zurückbringen.‹ Und da ich alt und dumm bin, habe ich mich schließlich breitschlagen lassen. *Mamma mia!* Seitdem ist die Polizei bei mir ständig ein- und ausgegangen. Entweder sie kamen, um Ettorino abzuholen und ins Beccaria zu bringen, weil er mal wieder etwas angestellt hatte, oder sie brachten ihn mir nach seinem Aufenthalt in der Besserungsanstalt wieder zurück, oder sie wollten Ettorino die Ohren lang ziehen, wussten aber nicht, wo er steckte. Aber wie sollte ich das wissen, bitte schön? Oft kam er zwei, drei Tage lang nicht nach Hause, und ich konnte ihn ja schlecht suchen gehen. Und Sie, Herr Wachtmeister, was wollen Sie jetzt wissen? Raus mit der Sprache und keine falsche Schüchternheit, schließlich bin ich mit der Polizei per du. Nein, Scherz beiseite, denn eigentlich ist mir überhaupt nicht nach Scherzen zu Mute. Sie können sich gar nicht vorstellen, was ich wegen dieses Jungen durchmachen musste, und auch wegen seiner unseligen Mutter! Alles habe ich getan, um den Lümmel wieder hinzukriegen, aber es ist mir ergangen wie dem Mann, der Öl zu Essig machen wollte: Es ist mir nicht gelungen.«

Duca hörte zu, wie sie freimütig, wenn auch etwas wirr vor sich hin plapperte. Als sie endlich schwieg, erschöpft, aber noch immer mit einem Lächeln auf ihrem faltigen und doch irgendwie jugendlichen Gesicht, wusste er eigentlich auch nicht mehr als zuvor.

»Hat der Junge hier bei Ihnen gewohnt?«, begann er.

»Ja, natürlich, das war vom Gericht so bestimmt«, erklärte die kleine, schlanke Frau trocken und präzise. »Tagsüber sollte er als Bote des Lebensmittelhändlers unten am Platz arbeiten und abends dann in die Abendschule gehen. Aber über das Gesetz kann man eigentlich nur lachen – die Wirklichkeit sieht anders aus.«

Als Staatsbeamter durfte Duca diese Ansicht natürlich offiziell nicht teilen, aber im Grunde war er ihrer Meinung. Gesetze müssen beachtet werden, andernfalls kann man nur über sie lachen, wie die alte Dame, die kerzengerade vor ihm saß, soeben hatte verlauten lassen.

»Hin und wieder war mein Neffe richtig verlässlich«, nahm sie ihre Schilderung wieder auf. »Er arbeitete für den Lebensmittelhändler, half mir ein wenig im Haushalt und ging abends dann in die Schule, sodass ich dachte, er habe sich gebessert, und ihm erklärte, wenn er so weitermache, werde er es im Leben einfacher haben. Aber das hätte ich mir auch sparen können.«

»Wieso?«

»Weil es dann doch immer wieder von vorn losging. Er verschwand einfach, ließ sich tagelang nicht blicken und ging auch nicht zur Schule. Ich musste das der Polizei melden – ich war dazu verpflichtet, denn ich hatte ja die Verantwortung für ihn übernommen. Doch der Beamte am Telefon sagte mir immer nur: ›Vielen Dank, Signora, ich mach mir eine Notiz‹, und hängte wieder ein, denn bei all dem Gesindel, mit dem sich die Polizei herumschlagen muss, haben sie natürlich keine Zeit, sich um einen Minderjährigen zu kümmern, der bei seiner Tante wohnt. Ab und zu schickten sie einen Beamten vorbei, um zu hören, ob es Neuigkeiten gab. Oder die Sozialarbeiterin tauchte auf.«

»Alberta Romani?«, erkundigte sich Duca.

»Ja, natürlich, sie ist für diese Gegend zuständig«, erklärte die kleine Alte. »Sie fragte mich, ob mein Neffe zurückgekommen sei, und wenn ich verneinte, beschwor sie mich, der Polizei nichts zu sagen, da sie ihn sonst wieder in die Besserungsanstalt stecken würden. Signorina Romani ist wirklich eine herzensgute Frau, bloß dass Güte auf diese Kerle keinerlei Wirkung hat. Einmal hat mich sogar die Lehrerin der Abendschule aufgesucht.«

»Signorina Crescenzaghi?«, fragte Duca.

»Ja, Signorina Matilde.«

»Die, die tot im Klassenzimmer aufgefunden wurde?«, fragte Duca weiter.

Die Augen der Alten mit den immer noch schwarzen Haaren verengten sich vor Wut. »Die, die von diesen Bestien abgeschlachtet worden ist, ja«, präzisierte sie.

Duca stimmte vollkommen mit ihr überein, nur mochte er sich nicht so drastisch ausdrücken. »Und was hat Signorina Matilde Crescenzaghi Ihnen gesagt?«

»Was soll sie schon gesagt haben? Sei teilte mir mit, dass mein Neffe seit über zwei Wochen nicht mehr in der Schule gewesen sei, und wollte wissen, ob er krank sei. Sie war eine gute, gewissenhafte Lehrerin, der ihre Schüler alle sehr am Herzen lagen. Und dann so zu enden, die Ärmste!«

Vielleicht war der Moment der Wahrheit gekommen. Duca spürte, dass die lebhafte Witwe dabei war, ihm etwas sehr Wichtiges mitzuteilen.

»Und was haben Sie Signorina Crescenzaghi darauf geantwortet?«, wollte Duca wissen.

»Die Wahrheit«, erwiderte die Alte prompt. »Dass auch ich meinen Neffen seit zwei Wochen nicht mehr zu Gesicht bekommen hatte. Sie fragte mich, ob ich wüsste, wo er sich aufhalten könnte, und da erklärte ich ihr, dass er immer an derselben Stelle landete, nämlich bei seiner Mutter und seinem Stiefvater.«

Duca wollte es genau wissen. »Sie meinen also, dass Ihr Neffe zu seiner Mutter ging? Zu Maria Domenici, Ihrer Schwester?«

»Ja, zu meiner Schwester und ihrem Mann.«

»Und was machte er da?«

»Was soll er da gemacht haben, bei so einer Mutter und einem Adoptivvater, der noch zehnmal schlimmer ist als sie? Bestimmt nichts Anständiges.«

Ja, mit einer Prostituierten als Mutter und einem Zuhälter und Drogenhändler als Vater war es eher unwahrscheinlich, dass Ettore Domenici im Zoo spazieren ging oder interessiert durch Museen schlenderte, dachte Duca.

»Haben Sie eine Ahnung, ob Ihr Neffe mal in der Schweiz war?«

»Woher wissen Sie das?«, fragte die kleine Alte zurück.

»Ich weiß es ja gar nicht, ich frage nur.«

»Einmal kam er mit mehreren Schachteln Zigaretten an und sagte mir, er habe sie in der Schweiz gekauft.«

»Sind Sie sich darüber im Klaren, dass Ihr Neffe keinen Pass besitzt und außerdem unter Polizeiaufsicht steht, sodass er die Grenze nur illegal überschreiten konnte?« Duca bewunderte diese aufbrausende, impulsive Frau immer mehr.

»Natürlich. Aber bei solchen Eltern ist es ja nicht verwunderlich, wenn man am Ende irgendetwas Illegales tut.«

»Zum Beispiel mit Drogen handeln?«

»Irgendetwas, habe ich gesagt. Sie glauben ja wohl nicht, dass mein Neffe mir jedes Mal erzählte, was er schon wieder verbrochen hatte!«

»Na gut. Jedenfalls haben Sie gewusst, dass er in irgendwelche schmutzigen Angelegenheiten verwickelt war. Warum haben Sie dann nicht die Polizei informiert? Schließlich steht Ihr Neffe doch unter Ihrer Obhut?«

Sie schwieg lange. Schließlich sagte sie mit vor Wut erstickter Stimme. »Ja, das hat mir die Lehrerin auch vorgeworfen.«

»Matilde Crescenzaghi?«

»Ja. Sie sagte: ›*Sie müssen das doch anzeigen.*‹ Aber da habe ich ihr erklärt, dass mir Ettores Schicksal inzwischen egal sei. Sollte er doch seine krummen Dinger drehen! Ich jedenfalls wollte mit der ganzen Geschichte nichts mehr zu tun haben, auch wenn das Gericht ihn mir anvertraut hatte.«

»Und was meinte Signorina Crescenzaghi dazu?«

Sie lächelte. »Die Ärmste war ganz verstört. Sie sagte, diese Jungen können nichts dafür und man müsse sie nur entsprechend erziehen. Und dazu gehöre, sie zu bestrafen, wenn sie es verdienen. Jetzt müsse ich Ettore jedenfalls erst mal anzeigen, damit er nicht immer wieder bei seiner Mutter und seinem Vater herumhing. ›Sie müssen es einfach tun!‹, sagte sie mit Nachdruck. Zwei Tage vorher war die Sozialarbeiterin da gewesen und hatte genau das Gegenteil von mir verlangt. ›Sie dürfen ihn nicht anzeigen, denn in der Besserungsanstalt werden sie nur noch schlimmer.‹ Ich wusste nicht, ob ich lachen oder weinen sollte, ehrlich! Die haben ja selbst keine Ahnung, was sie wollen. Und deshalb wurde ich auf einmal schrecklich wütend – wie habe ich das später bereut! – und schrie, ich wolle mit der ganzen Geschichte nichts mehr zu tun haben. Ettorino werde sowieso auf keinen grünen Zweig mehr kommen, und wenn sie ihn unbedingt anzeigen wolle, solle sie das ruhig tun, aber ich hätte keine Lust mehr, lauter sinnlose Zeit zu verschwenden, weder mit Ettorino noch mit ihr. Die Ärmste! Ich erinnere mich noch genau, wie erschrocken sie war wegen meines

Geschreis. Aber dann meinte sie, gut, dann werde sie eben selbst zur Polizei gehen und Ettorino anzeigen. Und das hat sie dann auch tatsächlich getan.«

Duca saß kerzengerade auf der Kante seines Sessels und rührte sich nicht. Wenn man der Wahrheit so nahe ist, wartet man am besten regungslos ab. Ohne sich dessen bewusst zu sein, würde diese Frau ihm die Wahrheit verraten, das spürte er.

»Und was ist dann passiert?«, fragte er die kleine Alte.

»Als Polizist müssten Sie sich das doch eigentlich denken können. Die Lehrerin ging auf die Wache und erzählte den Beamten, dass mein Neffe seit zwei Wochen nicht mehr in der Abendschule gewesen sei und dass sie fürchte, er sei bei seiner Mutter und deren Mann und stelle irgendwelche üblen Sachen an. Es war eine reguläre Anzeige, denn wenn die Lehrerin etwas tat, dann tat sie es richtig. Sie wollte meinen Neffen doch nur vor dem schlechten Einfluss seiner Mutter und deren Lebensgefährten schützen. Vier Tage später saßen sie alle hinter Gittern, mein Neffe, meine Schwester und ihr Mann. Fast hätten sie mich auch noch eingelocht, weil ich keine Anzeige erstattet hatte. Was am Ende herauskam, war eine lange Geschichte, so genau erinnere ich mich gar nicht mehr daran. Der Mann meiner Schwester brachte meinen Neffen und einen seiner Klassenkameraden von der Abendschule immer an die Schweizer Grenze. Drüben gingen die beiden in die Bar eines Hotels – wissen Sie, auf zwei Jugendliche achtet niemand besonders – und trafen dort zwei Dienstmädchen, die ihnen das Zeug übergaben. Und dann kamen die beiden Jungen über die Grenze zurück nach Italien, wo der Mann meiner Schwester schon auf sie wartete. Stellen Sie sich vor, sie hatten die Jungen das Rauschgift sogar schon ausprobieren lassen! Manchmal kam Ettorino mir tatsächlich etwas wirr vor, aber ich hätte nie gedacht, dass er selbst Drogen nahm.«

Obwohl Duca Lamberti die Wahrheit, die durch ihre Worte funkelte, schon längst begriffen hatte, ließ er die kleine Alte in Ruhe ausreden, und als sie schließlich fertig war, bedankte er sich bei ihr und ging. Zehn Minuten später war er wieder im Kommissariat und saß mit Livia vor Carruas Schreibtisch.

3

Inzwischen war es sechs Uhr abends, aber noch nicht dunkel. Trotz des Nebels und der Kälte konnte man spüren, dass der Frühling nahte.

»Wir wissen jetzt, warum die Lehrerin Matilde Crescenzaghi umgebracht worden ist.« Mit Carrua sprach Duca immer besonders leise. »Es war ein Akt der Vergeltung. Matilde Crescenzaghi, Lehrerin der Klasse A in der Abendschule Andrea e Maria Fustagni, sieht einen ihrer Schüler, den siebzehnjährigen Ettore Domenici, tagelang nicht beim Unterricht und macht sich Sorgen um ihn, da ihr das Wohl ihrer Jungen so sehr am Herzen liegt. Sie will wissen, warum er nicht kommt, geht zur Tante des Jungen, der das Sorgerecht für ihren Neffen übertragen wurde, und die erzählt ihr, dass er bestimmt bei seiner Mutter ist und irgendwelche krummen Dinger dreht. Die junge Lehrerin fühlt sich verpflichtet, Anzeige zu erstatten. Daraufhin landet Ettore in der Besserungsanstalt, während seine Mutter und ihr Mann Oreste Domenici wegen Drogenschmuggel verhaftet werden. Erschwerend kommt hinzu, dass sie sich der Mithilfe eines Minderjährigen bedient haben. Nach einigen Monaten wird die Mutter von Ettore Domenici wieder auf freien Fuß gesetzt. Ihr Mann Oreste jedoch, genannt Francone, stirbt im Gefängnis, und zwar im Januar dieses Jahres.«

Es war sehr heiß in dem Büro. Carrua hielt Livia eine Schachtel Zigaretten hin, doch sie schüttelte den Kopf. Auch Duca lehnte ab. Also zündete Carrua sich selbst eine an und sagte schließlich: »Du meinst also, Marisella Domenici hat sich an der Lehrerin rächen wollen, weil diese ihren Mann angezeigt hat. Und wie hat sie das deiner Meinung nach angestellt?« Er musterte Duca mit verhaltenem Wohlwollen. Er hasste Leute, die Probleme schufen, wo es keine gab. Und Duca war so jemand.

»Indem sie die Jungen dazu angestachelt hat, ihre Lehrerin umzubringen«, sagte Duca tonlos und versuchte, Carruas Sarkasmus zu ignorieren.

»Und wie willst du das beweisen?«, fragte Carrua mit Widerwillen, aber auch Sympathie in der Stimme. »Elf Personen zu einer solchen Handlung zu bewegen ist schließlich kein Kinderspiel. Selbst einen einzigen Menschen zu einer bestimmten Tat zu verleiten ist ja mühsam genug.« Er klang ein wenig höhnisch.

Duca saß mit gesenktem Kopf leicht vornübergebeugt da, die Hände um die Knie geschlungen. Neben sich sah er Livias Beine – schöne Beine, wie er schon mehrmals festgestellt hatte, und jetzt gefielen sie ihm ganz besonders gut. Das hinderte ihn jedoch nicht daran, mit großem Nachdruck zu sprechen, wenn er die Stimme auch nicht hob. »Ich glaube, dass Ettores Mutter es einfach nicht verwinden konnte, dass ihr Mann verhaftet worden und dann im Gefängnis gestorben war. Und zwar nur deshalb, weil die Lehrerin sie angezeigt hatte. Dieser Mann, Francone, hatte sie geheiratet und ihr uneheliches Kind als Sohn angenommen. Er war zwar ihr Zuhälter und hatte sie auf den Strich geschickt, aber das Geld war schließlich in der Familie geblieben. Später hatte er sich dann auch noch auf Drogengeschäfte eingelassen, und so verdienten sie wahrscheinlich recht gut. Als Francone dann im Gefängnis starb, war sie plötzlich allein, ohne Beschützer und auch zu alt, um einen Neuen zu finden, der sie mit einem Minimum an Respekt behandelte. Und ohne all das Geld, das durch den Drogenhandel hereingekommen war. In ihrer Einsamkeit und Angst vor der Verarmung muss Marisella Domenici schreckliche Rachegefühle gegen die Lehrerin gehegt haben, die ihr mit ihrer Anzeige all dieses Elend eingebrockt hatte. Huren sind extrem rachsüchtig.«

»Woher weißt du denn das schon wieder?«, murmelte Carrua anzüglich.

Duca sah weiter versonnen auf Livias Beine und nahm sich zusammen. »Ich habe ein halbes Jahr lang in einem Ambulatorium für Geschlechtskrankheiten gearbeitet und jeden Tag dutzende von Prostituierten untersucht. Sie wurden immer fuchsteufelswild, wenn sie erfuhren, dass sie Gonorrhö hatten. Sie schrien, wenn sie den Hurensohn erwischten, der sie angesteckt hatte, würden sie ihn in Stücke reißen. Und sie meinten das ernst.«

»Ist ja gut!« Carruas Stimme wurde ungeduldig. »Du weißt ja immer alles und hast deshalb natürlich auch ein klares Bild von der Rachsüchtigkeit der Huren. Womöglich zauberst du auch gleich noch jede Menge Belege und Statistiken hervor. Wenn wir diese Frau verhaften wollen, müssen wir ihr aber etwas Konkretes vorwerfen können. Und was, bitte schön? Vielleicht, dass sie den elf kriminellen Jugendlichen der Abendschule gesagt hat: ›Bringt eure Lehrerin um?‹ Und wie beweisen wir dem Richter das? Sollen wir ihm vielleicht deine Intuitionen präsentieren? Ich kann mir gut vorstellen, dass du Recht hast, also dass Marisella sich an der Lehrerin rächen wollte und die Jungen dazu gebracht hat, sie zu ermorden. Aber vor Gericht ist das, was wir uns vorstellen, keinen Deut wert. Bei Gericht zählen nur

Beweise, und bei Geschichten wie dieser gibt es keine Beweise, sondern nur Mutmaßungen, Verdachtsmomente, Überlegungen. Und die sind in einem Prozess vollkommen wertlos.«

Duca hob den Kopf und sah Carrua unendlich geduldig an. »Wenn ich eine Arbeit beginne, möchte ich sie auch zu Ende führen. Lass mich dieser Geschichte auf den Grund gehen, bitte!«

Carrua schwieg eine Weile, dann stand er auf, marschierte einmal quer durch den Raum und wieder zurück, und dann noch einmal. Wenn Duca »bitte!« sagte, wurde er immer schwach, denn es kam nur sehr selten vor, dass dieser um etwas bat. Noch einmal hin und zurück, dann blieb er hinter Livia stehen. »Raus mit der Sprache: Was hast du vor?«, fragte er Duca freundlich.

»Danke«, erwiderte Duca und meinte damit auch Carruas Zuvorkommenheit. »Marisella zu verhaften und zum Reden zu bringen.«

»Sie wird nicht reden. Huren reden nicht. Ich war zwar noch nie in einem Ambulatorium für Geschlechtskrankheiten, aber ich weiß trotzdem, dass sie niemals gestehen.«

Geduldig erwiderte Duca: »Du brauchst mich gar nicht auf den Arm zu nehmen, ich meine es nämlich ernst. Lass mich diese Frau verhaften. Lass mich der Sache auf den Grund gehen.«

Carrua legte Livia eine Hand auf die Schulter. »Glauben Sie, dass Duca Recht hat?«

»Ich weiß nicht«, antwortete sie, ohne einen Moment zu zögern. »Aber ich würde ihn machen lassen.«

Carrua drückte ihre Schulter ein wenig. »Natürlich. Ich werde ihn machen lassen«, murmelte er, als habe er eine schwere Last zu tragen. Dann ging er zu seinem Stuhl zurück und sah Duca und Livia über den Schreibtisch hinweg an. »Natürlich. Ich lasse ihn ja immer machen, und ich werde es auch diesmal tun.« Er musterte Duca mit väterlicher Zuneigung. »Aber vergiss nicht, dass du nicht nur diese Frau verhaften, sondern mir auch den Jungen wiederbringen musst, den du dir aus der Besserungsanstalt geholt und mit nach Hause genommen hast, um mit deinen modernen Methoden die Wahrheit aufzudecken. Wo ist er jetzt? In der Wohnung dieser Frau an der Piazza Duse? Wunderbar. Heute Mittag um eins hat er ihr Haus betreten, aber jetzt ist es bereits sechs, und er ist noch nicht wieder aufgetaucht. Bring ihn mir zurück – und komm mir ja nicht damit, dass er dir abgehauen ist! Bring mir diesen Jungen, denn das ist das Wichtigste von allem. Und denk daran: Wenn etwas schief geht, werde ich dir das nie verzeihen.«

4

Der Junge, also Carolino, musste in Marisella Domenicis Mansarde in dem Haus an der Piazza Duse sein. »Beeil dich«, bat Duca Livia, die wie üblich am Steuer saß. Doch gegen sieben Uhr abends wird der Verkehr immer dichter, sodass man für das kurze Stück von der Via Fatebenefratelli bis zur Piazza Duse leicht zwanzig Minuten braucht, obwohl man sonst nicht mehr als fünf benötigt.

Mascaranti stand noch immer mit seinem Kollegen auf dem Platz und erklärte, der Junge habe sich bisher nicht blicken lassen. Inzwischen war es dunkel, und der Nebel senkte sich langsam an den hohen Straßenlaternen herab. Die geschwätzige Portiersfrau, die so gerne mit ihren Mitmenschen verkehrte, teilte Duca mit, sie habe keinen großen, grau gekleideten Jungen mit Hakennase gesehen. Signora Domenici habe das Haus jedoch verlassen. »Die fällt ja sofort auf mit ihrem roten Pelzmantel«, fügte sie hinzu.

Sie brauchten eine knappe Stunde, um einen Schlosser kommen zu lassen, der ihnen die Tür zur Mansarde aufbrach. Dann stöberten Duca, Mascaranti und Livia ein wenig in der Wohnung herum. Doch das Einzige, was sie fanden, war eine Menge überfüllter Aschenbecher und Schubladen voller Schlaf-, Beruhigungs- und Aufputschmittel, die aber alle gesetzlich zugelassen waren.

Duca öffnete die Fenstertür zur Terrasse, trat nach draußen an die Brüstung und blickte an den beiden kleinen Schornsteinen vorbei auf die Nachbarmansarde hinüber. Eins war klar: Carolino war in diese Wohnung gegangen, um mit Marisella zu sprechen, hatte das Haus aber nicht wieder durch den Haupteingang verlassen. Da die Wohnung leer war, musste der Junge auf einem anderen Weg geflohen sein. Die einzige Möglichkeit war der über die Terrassen, auch wenn sie teils mit Stacheldraht umzäunt waren.

Gegen acht erfuhr Duca von einer älteren Dame, die mit ihren fünf Katzen eine nahe gelegene Mansarde bewohnte, dass am Nachmittag ein grau gekleideter Junge über ihre Terrasse gelaufen sei. Sie habe laut »Haltet den Dieb!« gerufen, aber er sei blitzschnell verschwunden. Das konnte niemand anders als Carolino gewesen sein. Duca folgte dem Weg über die Terrassen und kam schließlich in der Via Borghetto heraus.

Nun war alles klar, dachte er, als er wieder neben Livia im Auto saß. Carolino hatte Marisella Domenici aufgesucht. Diese hatte festgestellt, dass ihm die Polizei auf den Fersen war, und ihn über die Terrassen fliehen lassen. Sie selbst hatte seelenruhig das Haus verlassen, denn die Polizei, also Mascaranti, hatte ja keinerlei Grund, sie zu verdächtigen. Und dann? Wo steckte

Carolino jetzt? Wo steckte Marisella? Waren sie zusammen geflohen, oder hatten sich ihre Wege getrennt?

Schwer zu sagen.

Eins jedoch stand fest: Er hatte den Jungen, für den er verantwortlich war, verloren. Um ihn aus der Besserungsanstalt zu holen, hatte er nicht nur einen hohen Beamten des Kommissariats, nämlich Carrua, sondern auch den Leiter des Beccaria und den Richter, der Carolinos »Urlaub« angeordnet hatte, in Schwierigkeiten gebracht. Jetzt war der Junge verschwunden, und sie hatten nicht einen einzigen, winzigen Anhaltspunkt, um herauszufinden, wo er steckte.

»Hast du Lust ins Kino zu gehen?«, schlug Duca Livia vor.

In einer Bar der Galleria del Corse, gleich neben dem Kino, aßen sie ein Brötchen und sahen sich dann einen Krimi an, in dem zwei Jugendliche eine ganze Familie ermordeten, mit einer Hand voll Dollar als Beute flohen, nach ein paar Tagen von der Polizei aufgegriffen wurden, mehrere Jahre im Gefängnis schmorten und schließlich gehängt wurden.

»Nein«, sagte Duca zu Livia, als sie aus dem Kino traten, »ich habe jetzt wirklich keine Lust, mit dir über die Todesstrafe zu diskutieren.«

Selbstbewusst ging sie neben ihm den Corso Vittorio entlang bis zur Piazza San Carlo, wo sie das Auto geparkt hatten, und antwortete ruhig: »Ich wollte gar nicht mit dir diskutieren. Ich habe nur gesagt, dass ich nicht verstehe, wie es möglich ist, dass es in einem zivilisierten Land wie den Vereinigten Staaten immer noch so etwas Barbarisches wie die Todesstrafe gibt.«

Doch Duca waren die Vereinigten Staaten genauso egal wie alle möglichen anderen Formen der Barbarei. Er gab dem Parkwächter zweihundert Lire und stieg neben Livia ins Auto. »Lass uns jetzt nicht nach Hause fahren«, bat er und meinte diesmal sein wirkliches Zuhause, das an der Piazza Leonarda da Vinci, was sie sofort an seinem Ton erkannte: »Lass uns irgendwo anders hinfahren, egal, wohin. Aber lass mich jetzt bitte nicht allein.«

Er hörte sie tief Luft holen. »Warum willst du denn nicht nach Hause fahren und ins Bett gehen?«

»Das kannst du dir doch denken – wegen Carolino.«

Sie mussten beide lächeln wegen dieses merkwürdigen Namens, aber es war ein bitteres Lächeln.

Langsam durchquerte Livia San Babila und bog dann in den Corso Venezia ein. »Du findest ihn sicher bald wieder.«

»Natürlich«, erwiderte Duca ironisch. »Vielleicht fügst du noch den klassischen Satz ›Weit kann er ja nicht gekommen sein‹ hinzu, dann bin ich gänzlich beruhigt.« Er schaltete das Radio ein. Der Zufall wollte es, dass ihnen eine angenehme Musik ohne Worte entgegenschlug. Doch schon bald stellte Duca das Radio wieder ab und sagte zu Livia: »Kannst du hier kurz halten?« Sie betraten eine winzige Bar. An den Tresen gelehnt, trank Duca ein starkes, dunkles Bier und beobachtete hasserfüllt in dem großen Spiegel, wie alle Eintretenden unverhohlen Livias vernarbtes Gesicht anstarrten. In dem kalten Licht traten ihre kleinen »Falten« noch deutlicher hervor: brutale Schnitte, die zwar mit großer Kunstfertigkeit geflickt worden waren, aber dennoch unzählige Narben hinterlassen hatten, die bei bestimmten Lichtverhältnissen sofort ins Auge sprangen. Warum blickten manche Leute nur auf diese grobe, unbarmherzige Weise? Manchmal schien es gar, als sei es nicht nur Neugier, sondern eine Art sadistischer Freude, als wollten sie dem Opfer signalisieren: Siehst du, ich bin normal und du nicht!

Er musste schlucken, als er sah, wie tapfer Livia diesen direkten Blicken mit einem leicht spöttischen Lächeln auf den Lippen und einer gewissen Anzüglichkeit in den Augen standhielt, als denke sie: Ja, guck du nur, du hast wohl noch nie in deinem Leben eine Narbe gesehen, was?

Er berührte sie am Arm und flüsterte ihr kaum hörbar zu: »Ganz hier in der Nähe liegt ein kleines Hotel.«

»Ja, ich habe es bemerkt«, antwortete sie mit normaler Stimme. »Es sah richtig gemütlich aus. Gehen wir.«

Ihre Antwort fiel genauso aus, wie er es sich von diesem Wesen namens Livia Ussaro erwartet hatte. »Es sah richtig gemütlich aus. Gehen wir.« Und dabei war es das erste Mal, dass sie zusammen ein Zimmer mieten würden.

Das Hotel erwies sich tatsächlich als gemütlich. Als der Portier Ducas Dienstausweis sah, gab er ihnen den hübschesten Raum, und ein Kellner brachte umgehend das dunkle Bier für ihn und das Eis für sie hinauf. Sie saßen weit voneinander entfernt, sie auf dem Sofa und er auf dem Eckhocker vor einer Spiegelwand. Er trank sein Bier, und sie aß ihr Eis.

Obwohl das Fenster geschlossen war, drang vom Corso Buenos Aires starker Verkehrslärm herauf, der jedoch mit der Zeit abebbte.

»Du hast mich mit hierher genommen, weil du heute Nacht doch nicht schlafen kannst, stimmt's?«, fragte sie plötzlich ganz ruhig.

»Ja«, antwortete er finster. »Eigentlich hatte ich mir das erste Mal mit dir etwas anders vorgestellt.«

»Wie anders?«

»Nicht in einem Hotel am Corso Buenos Aires in Mailand.«

»Was ist denn an einem Hotel am Corso Buenos Aires in Mailand auszusetzen?«

Es war sinnlos, mit einer Schachspielerin wie ihr zu diskutieren. »Vielleicht hast du Recht. Hier ist es auch ganz schön.«

Livia löffelte stumm ihr Eis. Er hielt sein Bierglas in der

Hand, trank aber nicht. Schließlich sagte er: »Ich habe nicht nur den Jungen verloren, ich kann auch nichts tun, um ihn wieder zu finden.« Dieser Gedanke ließ ihn einfach nicht los.

»Es gibt keine Situationen, in denen man nichts tun kann«, erwiderte die Schachspielerin.

Ach ja, er hatte ganz vergessen, dass er einem Moralapostel und überzeugtem Dialektiker gegenübersaß und nicht einem Menschen. Trotzdem fragte er freundlich: »Wo soll ich ihn denn suchen?« Sollte er vielleicht durch Mailand fahren und immer wieder rufen: »Carolino, wo bist du?« Oder zu Carrua gehen, ihm sagen, dass der Junge weg war, und ihn bitten, eine Suchmeldung an alle Streifen durchzugeben? Dann würde die Geschichte sofort in der Zeitung stehen und nicht nur er, sondern auch Carrua würde seine Stelle verlieren.

»Ich weiß nicht, wo du ihn suchen sollst«, antwortete Livia. »Aber ich weiß, *dass* du ihn suchen musst, eine andere Möglichkeit gibt es nicht.«

Schlimm, aber wahr. Er stand auf und stellte sein Glas auf das Tischchen vor Livia. Dann setzte er sich neben sie aufs Sofa. Ja, er musste Carolino suchen, in einer Stadt mit zwei Millionen Einwohnern. Falls er überhaupt noch in Mailand war. Und ohne jeden Anhaltspunkt.

»Du hast Recht«, sagte er. »Vielleicht können wir ja damit anfangen, uns vorzustellen, was diese Frau, Marisella, gedacht haben könnte, als Carolino bei ihr auftauchte und sie merkte, dass die Polizei hinter ihm her war.«

Begeistert war sie bestimmt nicht gewesen. Sie musste sich bedroht gefühlt haben. Das bewies die Tatsache, dass sie Carolino über die Dachterrassen hatte entkommen lassen. Es wäre wichtig herauszufinden, ob die beiden getrennt geflohen waren oder ob sie sich getroffen hatten, um ihre Flucht gemeinsam fortzusetzen. Carolino war zu Marisella gegangen, damit sie ihm half. Die einzige Art, ihm zu helfen, aber war, ihn vor der Polizei zu schützen.

»Hör mal zu«, sagte er zu Livia, die genauso steif wie er dasaß. »Einen Minderjährigen zu verstecken ist nicht einfach. Wer ist denn schon bereit, so ein Risiko einzugehen? Minderjährige sind schwierig. Marisella hat bestimmt jede Menge Bekannte, aber es ist wohl niemand so gut mit ihr befreundet, dass er ihr zuliebe einen Jugendlichen bei sich unterschlüpfen lässt. Und sie kann sich wohl auch auf keinen ihrer Freunde so verlassen, dass sie ihm jemanden wie Carolino anvertrauen würde.«

»Klingt logisch«, bestätigte Livia.

»Wenn das aber so ist«, fuhr Duca fort, der immer noch so hölzern dasaß wie zuvor – das war die innere Spannung, die einfach nicht weichen wollte –, »dann muss diese Frau den Jungen in ein abgelegenes Versteck gebracht haben, an einen Ort, wo es keine Menschen gibt, die etwas mitbekommen und neugierig werden könnten, also keine Pförtner, Nachbarn, Ladenbesitzer, Tankwarte oder so. Solche Verstecke haben wir in der Stadt aber nicht, höchstens in der Peripherie oder auf dem Land, wenn auch vielleicht ganz in der Nähe der Stadt. In einer Ortschaft sind sie aber bestimmt nicht, denn für jemanden, der sich verstecken will, sind kleine Orte am allergefährlichsten, da ein Fremder dort auffällt wie ein Tintenfisch, der über den Domplatz spaziert. Da weiß dann im Handumdrehen das ganze Dorf Bescheid. Diese Frau und Carolino sind also vermutlich weder in Mailand noch in einer Ortschaft in der Umgebung, können aber andererseits auch nicht weit von der Stadt entfernt sein.«

»Warum glaubst du, sie könnten nicht weit von Mailand entfernt sein?«, wollte Livia wissen. Sie legte ihm eine Hand auf den Arm und entspannte sich allmählich. Dann lehnte sie sich gegen seine Brust, ließ den Kopf auf seine Knie gleiten und streckte sich auf dem Sofa aus.

»Weil...«, meinte Duca und legte ihr die Hand aufs Gesicht – sie war so groß, dass es fast völlig darunter verschwand, er spürte ihre Wärme, ihren heißen, unregelmäßigen Atem – »... wenn sie schlau ist, und sie muss es sein, denn sie kennt sich mit der Polizei ja bestens aus, wird sie Straßensperren aus dem Weg gegangen sein. Ich habe Carrua zwar nicht gebeten, die Ausfallstraßen abzuriegeln, aber das kann sie ja nicht wissen, und deswegen wird sie sich nicht allzu weit weg gewagt haben. Sie muss also die großen Kreuzungen vermieden und eher kleinere Straßen gewählt haben.« Duca strich Livia jetzt übers Haar, als sei sie ein kleines Mädchen. »Sie muss an einen Ort gefahren sein, den sie kannte, einen Ort, der geeignet ist, Carolino zu verstecken, vielleicht sogar für längere Zeit.«

»Dann«, fasste Livia zusammen, »müssen wir also nach einer Stelle auf dem Land in der Mailänder Umgebung suchen, der aber nicht zu nahe an einer Ortschaft liegen darf und an dem man jemanden längere Zeit verstecken kann.«

Nichts einacher als das, dachte er ironisch. Ohne es zu merken, ballte er die Hand um ihre Haare zu einer Faust. »Nein, Livia, mit solchen Schlussfolgerungen ist es unmöglich, sie ausfindig zu machen. Ich habe mich diesem Gedankenspiel überlassen, um dir eine Freude zu machen, aber in Wirklichkeit bringt das nichts. Wir müssen akzeptieren, dass wir nicht den geringsten Anhaltspunkt für eine Suchaktion haben. Wir können nichts tun. Ich habe den Jungen verloren, das ist nun mal so. Es ist Quatsch, sich Illusionen zu machen. Wir haben nicht den Hauch einer Spur.«

»Zieh mich nicht an den Haaren«, erwiderte sie.

»Entschuldigung.« Duca legte ihr die Hand wieder sanft aufs Gesicht und spürte ihren leichten Atem, der immer noch sehr unregelmäßig ging – schließlich war sie es nicht gewohnt, mit dem Kopf auf den Beinen eines Mannes zu liegen. »Nein, es ist alles aus. Morgen muss ich zu Carrua gehen und ihm sagen, dass Carolino verschwunden ist. Bei der Gelegenheit kann ich ihm auch gleich meinen Dienstausweis zurückgeben, und so werde ich außer Exarzt bald auch Expolizist sein. Am besten gehe ich gleich morgen früh hin, je früher, desto besser.«

»Warum?«

Duca antwortete nicht sofort. Es gibt Dinge, die so traurig sind, dass es Zeit braucht, sie auszusprechen. »Weil ich mir nicht sicher bin, ob diese Frau Carolino wirklich helfen und ihn verstecken will. Vielleicht will sie ihn ja für immer verschwinden lassen.«

Livia Ussaro, die rationale Schachspielerin, löste sich von seiner sanften Hand und richtete sich auf. Sie hatte verstanden, was Duca meinte, doch der fuhr fort, seine Gedanken wortreich zu erklären, während sie sich die Haare ordnete.

»Vielleicht würde diese Frau am liebsten alle zehn Jungen umbringen, denn sie kennen die Wahrheit, auch wenn sie bisher geschwiegen haben. Sie tut es nur nicht, weil es nicht geht. Doch jetzt ist Carolino in ihrer Gewalt, und wenn sie ihn tötet, geht sie erstens sicher, dass er am Ende nicht doch noch redet, und zweitens haben auch die anderen Jungen einen Grund mehr zu schweigen.« Er schüttelte den Kopf. Er hatte verloren, das fühlte er, und wer verliert, muss sich früher oder später damit abfinden. Er fror obwohl das Zimmer gut geheizt war. Es war die Kälte der Angst. Immerzu sah er Carolinos mageres Gesicht vor sich, die lange Nase, die etwas hervorquellenden Augen, seine ganze fast ein wenig schwindsüchtige Erscheinung. Er hatte ihn entkommen lassen und damit großer Gefahr ausgesetzt. Er sah auf die Uhr. Es war fast zwei. Ob Carolino noch lebte?

»Nimm eine Schlaftablette«, schlug Livia vor. »Ich hab welche in der Handtasche. Ich kann nämlich manchmal auch nicht schlafen.«

Doch Duca lehnte ab. Er hatte schließlich auch etwas von einem rationalen Schachspieler und mochte den künstlichen, chemischen Schlaf nicht.

»Es bringt doch nichts, wenn du hier die ganze Zeit vor dich hin starrst und dir das Hirn zermarterst«, sagte sie eindringlich, doch es half nichts, er wollte keine Tablette. Um vier Uhr lagen sie auf dem Bett, eng aneinander gekuschelt, aber voll bekleidet. Duca hatte sich noch nicht einmal die Schuhe ausgezogen.

»Wie spät ist es?«, erkundigte er sich, das Gesicht an ihren Hals geschmiegt. Die Krawatte war ihm zu eng, der Revolver lag schwer auf seiner Hüfte.

»Vier«, antwortete sie.

Vier. Wo Carolino sich wohl befand? Ob er noch lebte?

Nun befreite sich Livia aus seiner Umarmung und stand auf. »Mir ist kalt hier auf dem Bett.« Sie zog sich den Pullover aus und streifte den Rock ab, wobei ein dunkler Gegenstand schwer auf den Boden fiel. Duca zuckte zusammen. »Was war das?«

»Die Pistole«, antwortete sie. »Du hast mir gesagt, ich soll sie in den Strumpfhalter stecken, und deshalb steckt sie dort auch.«

Er lächelte bitter und holte tief Luft. Dann brach er in ein abgehacktes, heiseres Lachen aus. Er hatte sie aufgefordert, dachte er und begann sich auszuziehen, die Waffe in ihren Strumpfhalter zu stecken, und sie hatte sich geradezu sklavisch an seine Anweisung gehalten. Erleichtert schlüpfte er aus den Schuhen, löste die Krawatte und zog Hemd und Unterhemd aus, wobei er immer noch von diesem seltsamen Lachen geschüttelt wurde.

»Hör auf!« Livia Ussaro schlotterte vor Kälte zwischen den kühlen Laken. »Hör jetzt auf, so zu lachen!«

»Ich lache, wie ich will.«

»Schluss damit, sonst stehe ich auf und gehe.«

Ihre Stimme war streng und bittend zugleich. Er verstummte und kuschelte sich an sie. »Entschuldige.«

»Mach jetzt die Augen zu«, entgegnete sie, »und wärme mich.« Miteinander schlafen würden sie ein anderes Mal, das wusste sie. Er wärmte sie mit seinem Körper, konnte aber nicht einschlafen. Seine stoppeligen Wangen kitzelten sie am Hals, und sein Atem strich über ihre Brust und hielt auch sie wach. Hin und wieder bewegte er sich ein wenig, nur ein paar Millimeter, nicht mehr, aber sie verstand.

»Es ist Viertel nach fünf«, sagte sie dann. Denn er wollte ja wissen, wie spät es war, und weiter daran denken, wo Carolino sich wohl um diese Zeit aufhielt.

5

An dieser Stelle nicht weit von Mailand, aber auch nicht in einer Ortschaft, denn dort ist es sehr gefährlich, jemanden zu verstecken, stoppte sie das Auto. Mit einem nervösen Lächeln auf den schmalen, blutleeren Lippen, die durch den Lippenstift nicht gerade jünger wirkten, eher im Gegenteil, sagte sie zu Carolino: »Hier sind wir sicher.«

Carolino folgte ihrem Beispiel und stieg aus. Es war kurz nach drei Uhr nachmittags. Das Land lag platt unter einem feinen, von der Sonne angestrahlten Nebel. Bäume gab es hier keine. Die braunen, noch brachliegenden Felder waren einzig von riesigen Hochspannungsmasten zerschnitten. Eine Ortschaft war nirgendwo auszumachen. Nur in weiter Ferne ließ eine dicke Nebelschicht die Reisfelder erahnen. Carolino wusste nicht, dass diese weit entfernten, tief über dem Land hängenden Nebelschwaden auf Reisfelder hindeuteten, und selbst wenn er es gewusst hätte, hätte es ihn wohl kaum interessiert. Seine Aufmerksamkeit wurde vielmehr von einer länglichen Holzbaracke mit vernagelten Fenstern in Anspruch genommen. Auf einem ausgebleichten Schild las er: ENEL – *Elektroleitung Magenta – Sektor 44 – Zutritt für Unbefugte verboten – Vorsicht, Hochspannung, Lebensgefahr.*

Carolino starrte auf eine Nebelwolke, die sich um einen Hochspannungsmast legte, musterte den Wellblechschornstein auf der langen Holzbaracke, die einst die Bauarbeiter beherbergt haben musste, und ließ seinen Blick schließlich auf ihr, Marisella Domenici, ruhen.

»Komm«, forderte sie ihn auf, »hier gibt es keine Menschenseele.«

Das stimmte. Obwohl sie nur wenige Kilometer von der Stadt entfernt und das Mailänder Umland normalerweise mit einem dichten Netz von Dörfern, Ortschaften und kleinen Siedlungen überzogen war, gab es in dieser Gegend nichts und niemanden, keine Häuser, keine Straßen, nur diese Traktorspur, auf der sie gekommen waren. Lächelnd blieb Marisella vor der Tür der Baracke stehen, die wohl lange Zeit nicht mehr benutzt worden war, denn riesige Spinnweben zogen sich über den Türrahmen. Kräftig trat sie gegen die Tür, die sich knarrend nach innen öffnete. »Nur hereinspaziert«, forderte sie ihn mütterlich auf und öffnete ihre Handtasche. Eigentlich suchte sie nach den Zigaretten, aber sie freute sich doch, als sie zufällig das lange, kalte Messer berührte. »Francone hat diese Baracke letztes Jahr entdeckt«, erklärte sie und trat hinter Carolino ein. Die Tür ließ sie offen, damit ein wenig Licht hereinfiel.

»Sie scheint vollkommen in Vergessenheit geraten zu sein. Vielleicht weiß heute überhaupt niemand mehr, dass sie noch existiert. Die Arbeiter der Hochspannungsleitung konnten sich während der Bauarbeiten hierhin zurückziehen, doch als sie fertig waren, haben sie alles zurückgelassen, sogar die Öfen, die Petroleumlampen und den Spiritus. Sieh doch mal auf dem Tisch nach, da müsste eigentlich eine Lampe stehen.« Sie zündete sich eine Zigarette an. In dem muffigen Dunkel waren zwei lange Tische und einige umgekippte Stühle zu erkennen. Während sie das Feuerzeug in ihre Handtasche zurücksteckte, dachte sie an Francone, der jetzt tot war. Alles war mit seinem Tod zu Ende gegangen, auch ihr Leben. Doch sie wollte nicht in einem dreckigen Gefängnis sterben, sie würde sich nicht schnappen lassen!

Und so griff sie nach dem Messer, denn jetzt musste sie diesen Zeugen ihrer Rache zum Schweigen bringen. Das Aufputschmittel, von dem sie im Auto noch einmal eine Tablette genommen hatte, würde ihr genug Kraft geben, ihn rücklings zu erstechen. Oh, wie sie ihn hasste, auch deshalb, weil er noch so jung war, so gesund, und sie so alt und verbraucht. Sie nahm all ihre Kraft zusammen und stieß zu. Carolino, der gerade nach der Petroleumlampe auf dem verstaubten Tisch greifen wollte, drehte sich ruckartig um. Er schrie nicht, er verspürte keinen Schmerz, er verstand überhaupt nicht, was soeben geschehen war. Während er sich umdrehte, griff er instinktiv an die Stelle, an der das Messer seine Jacke, den Pullover, das Hemd und das Unterhemd durchbohrt hatte, und als er auf den kalten Schaft stieß, umschloss ihn seine Hand automatisch und zog ihn heraus.

Und dann schrie er. Ungläubig starrte er Marisella an und fühlte auf einmal einen stechenden Schmerz und das warme Blut, das ihm über die Hüften lief.

»Aber ich ...«, keuchte er und blickte verständnislos um sich, mit dem bluttriefenden Messer in der Hand, »... ich – was soll das?«

Sie warf sich auf ihn, um ihm das Messer zu entreißen und noch einmal zuzustechen, und da begriff er: Diese Frau wollte ihn umbringen. Er konnte keinen klaren Gedanken fassen und sah auch nichts, weil es in der staubigen Baracke so dunkel, aber auch weil er blind vor Angst, Schwäche und Schmerz war. Und so trat er aufs Geratewohl nach der Frau vor ihm. Der Zufall wollte es, dass sein Knie sie mit voller Wucht genau unterm Kinn traf, als sie gerade »Du hässliche kleine Wanze!« schrie. Der Tritt schlug ihr hart die Kinnlade zu, sodass sie sich heftig auf die Zunge biss und stöhnend zu Boden fiel, das Bewusstsein verlor und mit blutigem Mund liegen blieb.

Es war still geworden. Carolino stand über Marisella und schaute einen Moment auf sie hinab, die Hand instinktiv auf die Wunde im Kreuz gepresst. Sie blutete zwar nicht mehr so stark wie vorher, aber trotzdem troff seine Hand schon nach kürzester Zeit von Blut. Stöhnend humpelte er aus der Baracke. Am liebsten hätte er um Hilfe gerufen, doch geistesgegenwärtig begriff er, dass es besser war zu schweigen und zu versuchen, sich in Sicherheit zu bringen.

Ein paar Meter weiter stand das Auto, von einem Sonnenstrahl, der sich durch den Nebel gekämpft hatte, malerisch erhellt. Carolino blinzelte und überlegte, wie er sich retten konnte. Er überlegte nicht, warum Marisella wohl versucht hatte, ihn zu töten, sondern dachte nur daran, dass er wegwollte, weit weg von ihr. Und dass er dringend Hilfe brauchte, denn er war verletzt, und die Schmerzen in der Nierengegend wurden immer heftiger.

Mühsam hievte er sich ins Auto. Es war nichts zu sehen außer den riesigen Hochspannungsmasten, den Nebelschwaden über den Reisfeldern in der Ferne und dem blau verschleierten Himmel. Er ließ den Motor an, denn obwohl er keinen Führerschein besaß und auch noch nicht volljährig war, konnte er natürlich längst Auto fahren. Er wusste nur nicht, wohin. Ins nächste Dorf?, dachte er, während er langsam der Traktorspur folgte, wobei ihm vor Schmerz immer wieder schwarz vor Augen wurde. Und dann? Zum Arzt? Ins Krankenhaus? Nein, sie würden ihn schnurstracks in die Besserungsanstalt zurückbringen, auf die Krankenstation des Beccaria.

Er verließ den steinigen Feldweg und bog auf die Landstraße Magenta–Mailand ein. Er fuhr sehr langsam, nicht mehr als zwanzig Stundenkilometer. Das Steuerrad hielt er nur mit einer Hand, die andere war auf die Wunde gepresst. Sie tat ihm nicht nur schrecklich weh, sondern auch sein Bewusstsein und sein Leben schienen langsam aus ihr herauszusickern.

Unzählige Autos überholten ihn hupend, weil er so langsam dahinkroch. Da ihm die Fahrer im Vorbeifahren erboste Blicke zuwarfen, würde früher oder später sicher jemand merken, dass da ein Minderjähriger am Steuer saß. Und dann würde er ihn anhalten und zur Rede stellen und sehen, dass er verwundet war, und ihn ins Krankenhaus bringen. Und da würde ihn schließlich die Polizei abholen.

Alle Überlegungen, wie er sich wohl retten konnte, liefen auf das Gleiche hinaus: die Polizei. Und Polizei hieß Beccaria, und Beccaria das, was er unbedingt vermeiden wollte. Lieber verblutete er hier mitten auf der Straße, als dass er in die Besserungsanstalt zurückging.

Während er fieberhaft die verschiedenen Möglichkeiten auf Rettung durchging, entdeckte er das Zufahrtsschild eines Parkplatzes. Vorsichtig verließ er die große Straße und bog auf den öden, steinigen Platz ein, der vollkommen verlassen dalag. Diese Einsamkeit machte ihn richtig glücklich, und auch der Nebel, der inzwischen so dicht war, dass die Sonne nicht mehr hindurchkam, sodass er sich gut verborgen und sicher fühlte.

Die eine Hand auf die Wunde gepresst, rutschte er vorsichtig auf den Beifahrersitz. Es war gefährlich, als Minderjähriger hinter dem Steuer zu sitzen. So hingegen konnte er jederzeit behaupten, er warte auf seinen Vater. Zufrieden, ein so gutes Versteck auf diesem gottverlassenen Parkplatz gefunden zu haben, auf dem noch nie ein Auto gestanden zu haben schien, tief eingehüllt in den dicken Nebel, übermannte ihn der Schlaf, denn der Blutverlust und der ständige Schmerz hatten ihn müde gemacht.

Ab und zu wachte er auf, etwa wenn auf der Straße ein hupender Bus vorbeifuhr oder rechts von ihm, jenseits des verdreckten Kanals, von dem immer wieder übel riechende Schwaden herüberwehten, ein Zug vorbeiraste und mit seiner Wucht das Auto durchrüttelte. Jedes Mal, wenn er aufwachte, spürte er einen stechenden Schmerz in der Nierengegend und stöhnte instinktiv auf. Mühsam öffnete er dann die Augen, versuchte zu begreifen, in welcher Welt er sich eigentlich befand und wie spät es wohl war, und erinnerte sich schließlich daran, dass er auf einem Parkplatz an der Straße nach Mailand stand, mit einer großen Stichwunde im Rücken, und dass es nicht mehr viel Hoffnung für ihn gab. Angst vor dem Sterben hatte er eigentlich nicht, denn mit vierzehn ist der Tod nichts als ein abstrakter Gedanke, etwas, das die anderen betrifft, nicht einen selbst. Er hatte nur Angst, ins Beccaria zurückzumüssen – nicht weil es ihm dort besonders schlecht ergangen wäre, sondern eher aus Prinzip. Er hatte einfach panische Angst davor, ohne einen konkreten Grund.

Immer öfter wurde er nun wach. Immer häufiger tauchte er aus seinem ungesunden Schlummer auf, denn jetzt begann eine neue Qual. Seit Stunden hatte er nichts mehr getrunken, und der Blutverlust hatte seinen Durst noch verstärkt. Lippen und Zunge waren ausgetrocknet, und sein Magen brannte. Er musste unbedingt etwas trinken, doch ihm war klar, dass er nicht einfach in eine Bar oder ein Lokal gehen konnte, denn dort hätte man sofort bemerkt, dass er verletzt war, und dann wäre alles aus gewesen.

Es war inzwischen ganz dunkel, es musste tief in der Nacht sein. Er hielt durch, bis der Durst unerträglich wurde und er das Gefühl hatte, seine Zunge sei inzwischen so dick, dass er nicht mehr richtig atmen konnte. Da saß er und röchelte, ganz allein auf diesem einsamen Parkplatz in der feuchten Mailänder Tiefebene, und vor seinen Augen stiegen die verschiedensten Bilder von Wasser auf – Wasserhähne, Springbrunnen, Wasserfälle. Doch plötzlich schob sich noch eine andere Erscheinung darüber: das Bild des freundlichen Polizisten.

Eigentlich mochte er Polizisten nicht, aber obwohl der, an den er jetzt dachte, mit Leib und Seele Polizist war, erschien er ihm irgendwie zugänglicher, als könne man gut mit ihm reden – eine Eigenschaft, die er bei anderen Polizisten noch nie bemerkt hatte. Außerdem hatte er mehrere Tage mit ihm verbracht. Es war ein Polizist, der eine Schwester hatte und eine Freundin, ein Polizist, der ihn vollkommen neu eingekleidet hatte, von den Socken bis zur Krawatte, vom Hemd bis zu den Schuhen, und auch das war etwas, was ihn von anderen Polizisten unterschied.

Wenn es irgendjemanden gab, der seinen Durst löschen konnte, dachte Carolino, dann dieser Polizist. In ein Lokal wagte er sich nicht, verletzt wie er war, und die Kraft, irgendwo nach einem Bach oder einer Quelle zu suchen, besaß er nicht mehr. Nur dieser Polizist konnte ihm helfen, dachte er röchelnd, und ein Schauer überlief ihn, denn nun bekam er auch noch Fieber. Mühsam rutschte er hinter das Steuer, ließ den Motor an, legte den Gang ein und fuhr sehr langsam, noch langsamer als zuvor, auf die Straße hinaus. Er schaltete die Scheinwerfer ein, denn die Nacht war tiefschwarz, und konzentrierte sich auf den einen Gedanken, nämlich dass er jetzt zur Piazza Leonardo da Vinci fahren musste, zu dem freundlichen Polizisten, denn dort würde er etwas zu trinken bekommen, und außerdem war das der einzige Polizist, vor dem er keine Angst hatte. Piazza Leonardo da Vinci, dachte er, während er vorsichtig den Wagen lenkte. Mailand, Piazza Leonardo da Vinci. Dort musste er hin, und zwar ohne einen Unfall zu bauen, zu diesem Polizisten, dem einzigen Menschen auf der Welt, bei dem er sich irgendwie geborgen fühlte – komisch, erst gestern war er von dort abgehauen –, dem Einzigen, mit dem er glaubte reden zu können, den er um Hilfe bitten konnte, vor dem er keine Angst zu haben brauchte.

6

Tatsächlich schaffte er es, Mailand und die Piazza Leonardo da Vinci zu erreichen. Der Himmel hellte sich bereits ein wenig auf, als sein Auto endlich vor dem bekannten Haus stand. Doch leider hatte er vergessen, dass die Haustore um diese Zeit noch geschlossen sind und die Pförtner schlafen.

Natürlich hätte er telefonieren können, denn den Namen des Polizisten kannte er ja. Nur hätte er dann irgendein geöffnetes Lokal aufsuchen müssen, um sich eine Telefonmünze zu holen, und so früh am Morgen ist das ein fast unmögliches Unterfangen. All diese Überlegungen überstiegen seine Kräfte. Er verlor die Besinnung und kippte zur Seite. Trotz seiner Ohnmacht stöhnte er auf, denn durch die ruckartige Bewegung hatte sich die Stichwunde in seinem Rücken wieder geöffnet, und das Blut begann von neuem herauszusickern. Doch das bekam er schon nicht mehr mit.

Er bewegte sich erst wieder, als er diese Stimme hörte, die Stimme des Polizisten, der ihn aus dem Beccaria geholt hatte und mit ihm durch Mailand geschlendert war, bei dem er gebadet hatte und von dem er neu eingekleidet worden war. »Carolino. Carolino!«

Mühsam flüsterte er: »Durst, ich habe Durst«, sonst nichts, auch nicht, dass er verwundet war, denn daran erinnerte er sich nicht einmal. Nur dass er Durst hatte, wusste er, großen Durst.

Als Duca nach Hause gekommen war, hatte er das Auto vor der Tür entdeckt und darin Carolino, der auf dem Vordersitz lag und zu schlafen schien. Doch Duca erkannte rasch, dass er nicht schlief. Vorsichtig hatte er ihn geschüttelt und dann den dunklen Fleck auf seiner Jacke unterhalb der Schulterblätter bemerkt, und als Carolino gekrächzt hatte: »Durst, ich habe Durst«, hatte er den Fleck berührt. Er war feucht und hinterließ rote Spuren auf seinen Fingern.

»Setz dich ans Steuer und fahr sofort ins Fatebenefratelli«, sagte er kurz zu Livia.

Ohne Carolino auch nur um einen Millimeter zu verrücken, klemmte sich Livia hinter das Steuer des kleinen Wagens. Duca nahm auf dem Rücksitz Platz. Sie erreichten das Krankenhaus, als die Morgensonne die ersten Dächer Mailands rot aufflammen ließ. In rötliches Licht getaucht, wurde Carolino in den OP gebracht, wo sich zwei junge Ärzte der Nachtschicht und zwei Krankenschwestern um ihn kümmerten. Während Duca auf einem Hocker saß und zuschaute, zogen sie Carolino aus, wuschen ihn, gaben ihm eine Spritze, nähten die Wunde, füllten die Venen mit Plasma und verabreichten ihm eine Infusion, bis seine Lippen, die hart und rissig wie Stahlwolle geworden waren, wieder weich wurden und sogar eine rosa Färbung annahmen.

»Einen Millimeter weiter, und das Messer hätte die Niere abgetrennt«, stellte einer der beiden angehenden Chirurgen der Nachtschicht fest. Carolino, versorgt und nicht mehr vom Durst gefoltert, bewusstlos, aber lebendig, wenn auch noch immer in Lebensgefahr, wurde durch die Krankenhausflure in sein Zimmer gerollt. Die beiden Krankenschwestern betteten ihn um und gingen dann hinaus, nachdem sie die Rollos heruntergelassen hatten, um das Licht der kalten Morgensonne etwas zu dämpfen.

Nun fiel die Sonne nur noch streifenweise durch das Fenster und zeichnete ein waagerechtes Muster auf die beiden Gestalten an dem Krankenbett, in dem Carolino in tiefen Schlaf versunken dalag und nicht wusste, wie nah er dem Tod gewesen war.

»Ist er außer Lebensgefahr?«, erkundigte sich Livia besorgt.

»Ich weiß es nicht«, antwortete Duca.

»Wann wird er aufwachen?«, fragte Livia weiter.

»In etwa zwei Stunden«, erwiderte Duca.

»Und wann, meinst du, wird er reden können?«, wollte sie wissen. Dieser Junge musste einiges zu erzählen haben und konnte Duca sicher helfen, die Wahrheit herauszufinden. Und die Wahrheit interessierte sie und Duca brennend, auch wenn sie nichts mehr ändern würde.

»Wir müssen ihn schonen«, antwortete Duca. »Vor heute Abend kann er wohl nicht reden.«

Von Tagesanbruch bis Sonnenuntergang, das ist eine lange Zeit. Stunde um Stunde wachten Duca und Livia an Carolinos Bett und ließen ihn nicht eine Sekunde aus den Augen. Mal stand Duca auf und ging in den Flur, um eine Zigarette zu rauchen, mal Livia. Gegen neun erschien Carrua, den Duca inzwischen benachrichtigt hatte. Er betrachtete Carolino, wie er in seinem Bett lag und schlief, und blickte Duca dann fragend an.

»Er ist niedergestochen worden«, erklärte Duca. »Ich weiß allerdings nicht von wem, ich konnte noch nicht mit ihm sprechen.«

Sie unterhielten sich gedämpft und blickten dabei auf Carolino, um sich nicht ansehen zu müssen. »Ist er in Lebensgefahr?«, fragte Carrua.

»Ich fürchte, ja«, erwiderte Duca. »Aber um eine Prognose abgeben zu können, müssen wir mindestens vierundzwanzig Stunden warten.«

»Und wenn er stirbt?«

Duca antwortete nicht. Sie sahen sich an. Beide wirkten sie sehr erschöpft.

»Ich hab dich gefragt, was wir tun, wenn der Junge stirbt«, beharrte Carrua.

Wieder gab Duca keine Antwort. Wenn jemand stirbt, kann man nichts mehr tun, außer ihn zu beerdigen.

»Wir sind dafür verantwortlich, dass er herumlaufen und sich niederstechen lassen musste, das ist dir doch klar, oder?«, flüsterte Carrua.

Ja, das war ihm klar. Doch auch diesmal antwortete Duca nicht.

»Sieh zu, dass er nicht stirbt«, sagte Carrua. Und mit dem Blick fügte er hinzu: Sonst erwürge ich dich mit diesen meinen Händen.

Duca nickte. Gut, er würde zusehen, dass er nicht starb.

Kurz vor zehn öffnete Carolino die Augen, war jedoch offenbar noch nicht bei Bewusstsein. Er schlief wieder ein, doch diesmal war sein Schlaf leichter. Hin und wieder bewegte er sich ein wenig, dann stöhnte er auf und streckte die Beine aus.

Kurz nach halb elf öffnete er die Augen erneut, erblickte Livia, die gerade an seinem Bett saß, und lächelte.

»Wie fühlst du dich, Carolino?«, fragte Livia und näherte ihr Gesicht dem des Jungen, damit er sie besser hören konnte. Trotzdem verstand er sie offensichtlich nicht und schloss die Augen. Duca, der ihn genau beobachtet hatte, begriff, dass er nicht wieder eingeschlafen, sondern ohnmächtig geworden war. Er fühlte seinen Puls.

»Hol sofort Parrelli«, befahl er Livia scharf. »Ich glaube, er kollabiert gleich.«

Carolino hielt durch, bis Professor Gian Luca Parrelli, der junge Chefarzt des Krankenhauses, erschien. »Wir geben ihm zur Sicherheit ein Ornicox intravenös und beatmen ihn.«

Gegen Mittag normalisierte sich Carolinos Atmung, und auch sein Herz begann wieder kräftiger zu schlagen. Um eins schlug er die Augen auf. Durch das Sauerstoffzelt sah er in Livias lächelndes Gesicht. Er lächelte zurück, ohne zu wissen, dass er noch immer unter den dunklen Schwingen des Todes lag.

Zwei Tage lang schwebte Carolino zwischen Leben und Tod. Zwei Tage lang wichen Duca und Livia nicht von seiner Seite und fragten sich ununterbrochen, wer wohl versucht hatte, ihn umzubringen. Er durfte einfach nicht sterben! Am Nachmittag des zweiten Tages wachte er auf und sah erst Livia an und dann Duca.

»Bin ich im Beccaria?«, fragte er.

Duca schüttelte den Kopf. »Siehst du nicht, dass dies ein Krankenhauszimmer ist?«

»Ich habe Durst«, erwiderte Carolino.

Duca reichte ihm ein Glas Wasser, doch es verging noch ein ganzer Tag, bis der Junge sich so weit erholt hatte, dass er reden konnte. Zuerst wollte er jedoch eine Zigarette rauchen.

»Das kommt gar nicht in Frage«, meinte Duca. »Du hast auch ohne Zigaretten Mühe zu atmen. Morgen.«

Dann wollte er die Zigarette wenigstens zwischen den Fingern halten. Und obwohl sie nicht brannte, steckte er sie sich zwischen die Lippen und zog ein wenig daran. Mascaranti war gekommen, um mitzuschreiben.

»Wer hat dich niedergestochen?«

Mit bleichem Gesicht, das in diesen Tagen noch schmaler geworden war, antwortete Carolino: »Sie.«

»Wer, sie?«, fragte Duca sehr leise.

»Marisella.«

»Marisella Domenici?«

»Ja.«

»Die Mutter von deinem Klassenkameraden Ettore Domenici?«

»Ja.«

»Und warum?«

Carolino nahm die Zigarette aus dem Mund. Das eine Ende war feucht und dunkel. »Ich weiß nicht«, antwortete er. Er wusste es wirklich nicht.

»Wir wissen es«, meinte Duca. »Sie hatte Angst, du würdest der Polizei alles verraten.«

»Aber ich hab ihr doch gesagt, dass ich nichts erzählt hatte.«

»Sie hat dir eben nicht geglaubt. Sie meinte, früher oder später würdest du auspacken.«

»Aber ich bin doch von Ihnen weggelaufen und zu ihr gegangen. Hätte ich alles verraten wollen, wäre ich doch nicht abgehauen!« Er konnte noch immer nicht glauben, dass Marisella ihm misstraut hatte. Warum nicht? Warum hatte sie ihn bloß töten wollen?

»Du musst mir jetzt alles sagen, was du weißt«, forderte Duca ihn auf. »Alles.«

Carolino nickte und steckte sich die etwas zerbröselte Zigarette wieder in den Mund.

»Wer hat sich als Erstes an eurer Lehrerin vergriffen?«, fragte Duca. Er musterte das Gesicht des Jungen genau, um das Verhör beim ersten Anzeichen von Müdigkeit abbrechen zu können. Auch fühlte er immer wieder seinen Puls. Er sah, wie Carolino rot wurde. »Wer war es?«, fragte er noch einmal. Vielleicht war Carolino doch noch nicht bereit, einen seiner Klassenkameraden zu verraten. Selbst die schlimmsten Verbrecher haben oft eine sonderbare Auffassung von Ehre.

Doch das war nicht der Grund für Carolinos Zögern. Er sah erst Duca, dann Livia und anschließend Mascaranti an, der mit dem Stift in der Hand dasaß und wartete. Er schwieg, weil er sich an jenen Abend am liebsten nie mehr erinnert hätte.

»Wer hat sich als Erstes an eurer Lehrerin vergriffen?«, wiederholte Duca.

Carolino nickte: »Sie.«

Duca hatte erwartet, den Namen eines der elf Jungen zu hören, die die Lehrerin umgebracht hatten, also einen Jungennamen. Das Wort »sie« brachte ihn einen Moment völlig aus der Fassung. Was konnte denn eine *sie* mit der Vergewaltigung einer Frau zu tun haben? »Wer, sie?«, fragte er, obwohl er sich die Antwort ja eigentlich denken konnte.

»Marisella«, antwortete Carolino prompt.

Kaum zu glauben. Mascaranti schrieb den Namen zwar auf, aber auch er hatte das Gefühl, etwas Falsches zu Papier gebracht zu haben.

»Willst du damit sagen, dass die Mutter deines Schulkameraden Ettore an jenem Abend mit euch in der Schule war?«, fragte Duca. Eine Frau in der Klasse A der Abendschule! Er hatte zwar geglaubt, dass eine Frau diese Jungen angestiftet hatte, aber auf die Idee, dass sie selbst an dem schrecklichen Mord mitgewirkt hatte, war er nicht gekommen.

7

Doch genauso war es gewesen, wie Carolino nun in allen Einzelheiten ausführte. An jenem nebligen Abend hatte Marisella sich einen alten, dunkelblauen Mantel übergezogen, sodass sie aussah wie eine ganze normale Mutter. Unter dem Mantel hatte sie die Flasche mit dem milchweißen Anis versteckt, diesem starken, sizilianischen Schnaps, der bei der geringsten Berührung auf der Zunge verdampfte. Zur Sicherheit hatte sie noch ein paar Tropfen Amphetamine in die Flasche geschüttet: Der mörderische Mix würde die Jungen regelrecht aufpeitschen, sodass sie zu allem bereit wären.

Marisella war einfach durch den Haupteingang hineinspaziert. Die Portiersfrau ließ das Schnappschloss des Schultors nach Beginn des Unterrichts immer einrasten, damit niemand die Schule unbemerkt betreten konnte; von innen konnte die Tür aber geöffnet werden, und darum hatte sich Marisellas Sohn gekümmert. Er hatte mit seinen Mitschülern in der Klasse gesessen, in der die junge Lehrerin Matilde Crescenzaghi hinter ihrem einfachen Tisch stand, der als Lehrerpult diente, und gerade mit der Geografiestunde begonnen hatte. An jenem Abend wollten sie Irland durchnehmen. Die Lehrerin hatte sich vorgenommen, ihren Schülern den Unterschied zwischen Irland und Eire zu erklären und die historischen und religiösen Gründe dieses Unterschieds darzulegen.

Zur vereinbarten Uhrzeit war Ettore Domenici aufgestanden und hatte das Klassenzimmer verlassen. »Ich muss mal auf

Toilette«, hatte er gesagt. Das war die Entschuldigung, die er und seine Kameraden regelmäßig vorbrachten, um sich eine Weile zu verdrücken, und jedes Mal, wenn das Wort »Toilette« fiel, lachte mindestens einer von ihnen auf. Die Toiletten lagen im ersten Stock, und die Jungen nutzten ihre Ausflüge vor allem zum Rauchen. Ja, das war also die gängige Ausrede: »Ich muss mal auf Toilette.«

Doch an jenem Abend war Ettore Domenici nicht auf die Toilette gegangen, sondern hatte seiner Mutter rasch und leise das Schultor geöffnet, sodass sie unbemerkt eintreten konnte. Dann war sie ihrem Sohn zur Klasse A gefolgt. Ettore hatte die Tür geöffnet.

»Signorina«, hatte er gesagt, »meine Mutter ist gekommen, um etwas mit Ihnen zu besprechen.«

Signorina Matilde Crescenzaghi war aufgesprungen und hatte ihre Ausführungen über Irland unterbrochen. Eltern oder sonstige Verwandte der Schüler ließen sich fast nie bei ihr blicken, und eigentlich mussten sie sich vorher auch anmelden. Aber nun war diese Mutter einmal da und wollte mit ihr reden, mit der Lehrerin ihres Sohnes, und deshalb hatte sie wohl die Pflicht, sie anzuhören. »Kommen Sie herein, Signora«, hatte die junge Lehrerin sie freundlich aufgefordert und war ihr mit ausgestreckter Hand entgegengegangen. Es war immer sehr aufschlussreich, mit den Eltern der Schüler zu sprechen, besonders mit den Müttern.

Ettores Mutter hatte ihren Gruß jedoch nicht erwidert und auch ihre Hand nicht genommen, sondern nur schweigend die Flasche mit dem milchweißen Anis und den Amphetaminen unter dem blauen Mantel hervorgezogen und auf den Tisch gestellt, neben die Hefte, das Klassenbuch und die kleine Schachtel mit den Kugelschreibern und den rot-blauen Bleistiften.

Endlich stand sie der Frau, die ihren Francone umgebracht hatte, Auge in Auge gegenüber. Sie hatte die Lehrerin ihres Sohnes nie zuvor gesehen, denn sie gehörte nicht zu den Frauen, die in die Schule gehen und sich nach den Leistungen ihres Sprösslings erkundigen. Doch eins wusste sie: dass diese junge Frau sie und Francone angezeigt hatte und sie deshalb im Gefängnis gelandet waren, wo Francone an seiner Lungenentzündung starb. Wäre er frei gewesen, hätte sie ihn in die beste Klinik Mailands gebracht, er hätte überlebt, wäre wieder gesund geworden, und sie wäre nicht allein zurückgeblieben. So aber war auch ihr Leben verwirkt, denn inzwischen war sie zu alt, um sich allein durchzuschlagen.

Bleierne Stille breitete sich in der Klasse aus. Die elf Jungen, die der Szene beiwohnten, rührten sich nicht. In dieser unheimlichen Stille, die durch den Lärm der Straßenbahnen, Autos und Lastwagen draußen auf der Straße noch beunruhigender wirkte, spuckte Marisella Domenici der jungen Lehrerin Matilde Crescenzaghi plötzlich mitten ins Gesicht. Es war so still in der Klasse, dass die elf Jungen den Speichel regelrecht durch die Luft sausen hörten. Doch noch immer rührten sie sich nicht.

Signorina Matilde Crescenzaghi, die der Speichel genau an der Nasenwurzel getroffen hatte, blickte die Frau mit der dunklen Sonnenbrille einen Augenblick fassungslos an und hob gleich darauf schützend den Arm vors Gesicht. Sie war wie benommen von dieser bösen Überraschung und brachte kein Wort heraus, ja sie war sogar unfähig zu schreien.

»Du hast meinen Mann in den Knast befördert, du elendes Miststück«, fauchte Marisella mit verzerrtem Gesicht. Sie musste ihre unbändige Wut über die Einsamkeit nach Francones Tod an irgendjemandem auslassen, und die junge Lehrerin war ein geeignetes Ziel für ihren Hass.

Matilde Crescenzaghi begriff kein Wort. Sie hatte doch niemandem etwas Böses antun wollen! Sie hatte der Polizei doch nur gesagt, dass Ettore Domenici – ein auf Abwege geratener, aber im Grunde guter Junge –, dass dieser Ettore Domenici also seit längerer Zeit nicht mehr in die Schule kam. Die Polizei war der Anzeige nachgegangen und hatte dadurch entdeckt, dass der im Grunde brave Junge, statt zur Schule zu gehen, mithilfe seines großherzigen Adoptivvaters Oreste Domenici, genannt Francone, und seiner lieben Frau Mama, Beruf Hure, in die Schweiz gefahren war, Opium geschmuggelt hatte und seinen Eltern dann auch beim Vertrieb desselben zur Hand gegangen war. Die Polizei sieht es gar nicht gern, wenn Minderjährige in solche Geschäfte verwickelt werden, und hatte Francone und Marisella deshalb verhaftet. Die junge Lehrerin hatte jedoch keine Sekunde lang beabsichtigt, die beiden anzuzeigen. Sie wollte nur, dass ihr Schüler wieder in die Schule kam, statt krumme Dinger zu drehen.

»Signora! Ich bitte Sie! Vor den Jungen!« Die junge Matilde Crescenzaghi hatte sich den Speichel mit dem Ärmel abgewischt und ein wenig von ihrer Würde und ihrem Mut wiedergefunden. »Sie können sich vor den Jungen doch nicht so betragen!« Auch jetzt galt ihre einzige Sorge den Schülern, die nach dem Angriff auf ihre Lehrerin aufgesprungen waren und nun schweigend und gespannt abwartend hinter den Bänken standen.

Ettorino hatte ihnen erzählt, dass seine Mutter in die Schule kommen würde, um sich an ihrer Lehrerin zu rächen, denn schließlich war es ihre Schuld, dass sein Vater im Gefängnis gelandet und dort an Lungenentzündung gestorben war. Von seiner Mutter angestachelt, hatte Ettorino seine Mitschüler gegen die Lehrerin, diese Informantin der Polizei, aufgehetzt. Seinen Schulkameraden war es im Grunde vollkommen egal, ob Ettorinos Vater im Gefängnis gestorben war oder nicht. Sie alle verabscheuten jedoch die Lehrerin, die mit der Polizei zusammenarbeitete, und waren tief befriedigt darüber, dass Marisella nun gekommen war, um ihr ins Gesicht zu spucken.

»Halt's Maul, du dreckige Schnüfflerin«, fauchte Marisella und spuckte ihr noch einmal ins Gesicht. Dann griff sie mit der linken Hand in ihren Haarschopf, hielt sie fest und schlug ihr mit der Rechten so fest ins Gesicht, dass die Ohrfeige wie ein Hammerschlag wirkte.

Da begriff Matilde Crescenzaghi, die junge Lehrerin, auf einmal, dass es hier nicht bei einer heftigen Diskussion oder einem schlimmen Streit bleiben würde. Nein, diese Frau wollte sie umbringen. Sie konnte ihren Blick hinter der schwarzen Brille nicht erkennen, aber sie spürte eine schreckliche Gewalttätigkeit, eine Bereitschaft zu töten. Instinktiv stieß sie einen Schrei aus.

Das heißt, sie versuchte es. Sie hatte sogar schon den Mund geöffnet, doch Marisella Domenici hatte sich bereits den Schal vom Hals gerissen und ihn der Lehrerin in den Rachen gestopft, sodass er ihren Schrei erstickte und sie kaum noch atmen konnte. Mit der Linken hielt Marisella sie noch immer an den Haaren fest, mit der Rechten schlug sie weiter auf sie ein, ins Gesicht, auf den Kopf, an den Hals. Dabei stieß sie leise zischend, damit die Portiersfrau nichts hörte, die schlimmsten Schimpfwörter aus, die wohl eher auf sie, die alte, heruntergekommene Hure der Mailänder Bürgersteige, zutrafen als auf die junge, unbescholtene Lehrerin.

Vero Verini, einer der elf Jungen – er war schon zwanzig Jahre alt und der Polizei bestens bekannt, denn sein Vater saß im Gefängnis und er selbst hatte wegen verschiedener Sexualdelikte bereits drei Jahre Besserungsanstalt hinter sich –, musste lachen. Er lachte heiser bei dem Anblick dieser Gewaltszene, die ihm plötzlich das Gefühl verlieh, er reite auf einem wilden Stier. Das Gewinsel der jungen Lehrerin, die vergeblich versuchte, sich gegen die wild gewordene, von ihrem Hass und den Drogen aufgeputschte Marisella zu wehren, erregte ihn, als übe er selbst diese Gewalt aus. Geil stöhnte er auf, als er beobachtete, wie Ettorinos Mutter nicht nur immer wieder zuschlug, sondern jetzt auch begann, der jungen Lehrerin die Kleider vom Leib zu reißen, wie sie ihre dunkle Bluse zerriss und an ihrem Büstenhalter zerrte. Sie trat mit Füßen und Knien nach ihr und zog ihr den Rock herunter, bis auf einmal ihr Sohn Ettorino neben ihr stand und der Frau, die einst, vor langer, langer Zeit, seine Lehrerin gewesen war, mit roher Gewalt den Strumpfhalter und den Slip wegriss. Matilde Crescenzaghi bewegte sich jetzt kaum noch und war glücklicherweise schon nahe daran, das Bewusstsein zu verlieren. Als der Junge sie dann zu Boden riss und sich auf sie warf, verlor sie die Besinnung.

Seine Mutter stand neben ihm und blickte mit vor Erregung und Hass verzerrtem Mund durch ihre dunkle Brille auf die beiden hinab. Das war die Rache! Wie oft hatte sie sich diesen Moment ausgemalt, seit Francone gestorben war! Das war es, was sie wollte: diese Frau, diese elende Schnüfflerin massakrieren, bis nichts als ein Häufchen Elend von ihr übrig blieb.

Die Schüler der Klasse A standen schweigend da und schauten gebannt zu, genau wie sie es sich von diesen rohen, unbarmherzigen Jungen mit ihren leicht zu entfesselnden primitiven Instinkten erhofft hatte. Carletto Attoso, der Dreizehnjährige, verfolgte die Szene mit glühendem Blick. Trotz seines jungen Alters waren ihm nackte Frauen nichts Neues, und er war bestens über alle Einzelheiten des Geschlechtsverkehrs in den verschiedensten Varianten informiert. Eine nackte Frau, die vergewaltigt wurde, hatte er jedoch noch nie gesehen. Wie hypnotisiert blickte er auf die beiden Körper am Boden. Durch die bleierne

Stille drangen Ettorinos schweres Atmen und das ersterbende Gurgeln der Lehrerin an sein Ohr, und er bemerkte kaum, dass Ettorinos Mutter ihm die Flasche hinhielt und ihn aufforderte: »Trink.«

Mechanisch gehorchte er, den Blick weiter fest auf den Boden geheftet, und hob die Flasche an die Lippen.

»Vorsicht, das Zeug ist stark«, warnte sie ihn.

Obwohl er nur einen kleinen Schluck genommen hatte, wurde er sofort von einem heftigen, trockenen Husten geschüttelt. Doch noch immer konnte er seinen Blick nicht von dem einzigartigen Schauspiel lösen.

Auch Vero Verini, der Zwanzigjährige, schaute gespannt zu. Doch dabei beließ er es nicht. Träge und ein wenig stumpfsinnig schob er sich aus der Stuhlreihe und näherte sich langsam der Lehrerin, die mit weit aufgerissenen, in Tränen schwimmenden Augen am Boden lag. Nun erhob sich Ettorino. Erst kniete er sich hin, dann stand er auf, nahm die Flasche, die seine Mutter ihm hinhielt, benetzte die Lippen mit dem Teufelszeug und verfolgte ohne die geringste Gemütsbewegung, wie sein Schulkamerad Vero Verini sich mit dumpfer Gewalt auf die Lehrerin warf.

Auch Paolino Bovato sah mit morbidem Interesse zu. Er hatte sich an seinem Tisch nach vorn gebeugt, um die beiden auf dem Boden besser beobachten zu können, und so konnte er das Stückchen Schal, das aus dem Mund der Lehrerin hing, genau sehen, und auch, wie sie mit dem Kopf hin- und herschlug, um dem Mund des sadistischen Triebtäters zu entgehen, der sie brutal würgte.

»Nein, nicht zudrücken!«, rief Marisella Domenici, als sie sah, was vor sich ging. Doch sie hätte genauso gut einen Hund anschreien können, der seine Beute schon an der Gurgel gepackt hat. Erwürgt hatte Vero Verini sie nicht, doch Matilde Crescenzaghi hatte die Besinnung verloren, und das war ein Glück. Doch lange währte diese Schonfrist nicht. Schon nach wenigen Minuten tauchte sie wieder aus ihrer Ohnmacht auf, um jetzt Carletto Attoso über sich zu erblicken, ihren jüngsten Schüler, der doch eigentlich noch ein Kind war. Sein Gesicht war von einem bestialischen Grinsen verzerrt. Sie schloss die Augen.

Die Jungen hingegen taten das nicht, o nein. Auch Carolino Marassi sah wie gebannt zu. Einmal hatte er die Schwester eines Freundes im Auto neben sich gehabt, doch damals war es dunkel und das Mädchen angekleidet gewesen, sodass er im Grunde mehr gefühlt als gesehen hatte. Jetzt hingegen war es hell und ihre Lehrerin vollkommen nackt. Hin und wieder bewegte sie sich noch ein wenig, weshalb ihn ihre Nacktheit noch mehr erregte. Die Gesichter von Ettorino und dann von Vero und Carletto erschreckten ihn aber irgendwie, auch wenn gleichzeitig ein nervöses Lachen in ihm aufstieg.

»Los, jetzt du.« Ettorinos Mutter schob ihn auf die Lehrerin zu, die gerade verzweifelt versuchte aufzustehen. Langsam kniete sie sich hin, wie in Zeitlupe, als melde sich ihr Fluchtinstinkt. Carolino zögerte, wurde jedoch schon im nächsten Moment unsanft auf seine Lehrerin geschubst, die aber keineswegs versuchte, ihm auszuweichen, wie sie es bei den anderen getan hatte, sondern ihre Arme fest um ihn schlang und ihn mit den Augen anflehte – reden konnte sie ja nicht –, sie zu retten, sie fortzubringen. Carolino war der Einzige, bei dem sie es versuchen konnte, er war nicht ganz so roh wie die anderen. Und tatsächlich wollte er etwas schreien, irgendetwas, vielleicht »Basta! Basta!«, gedrängt von dem qualvollen Blick dieser gemarterten menschlichen Kreatur. Doch schon packte ihn eine schwere Hand und entriss ihn dem klammernden Griff der Lehrerin. Es war die Hand von Ettore Ellusic, Sohn anständiger Eltern, der eigentlich ein relativ ordentliches Leben führte und sich damit durchschlug, hin und wieder in der Bar der Via General Fara beim Spielen zu tricksen oder sich von Frauen, egal, ob jung oder alt, aushalten zu lassen.

»Vielleicht gehst du lieber ein Milchfläschchen trinken, du Idiot«, fuhr Ettore Ellusic ihn an und stieß ihn zur Seite.

»Du kommst später noch mal dran«, beruhigte ihn Marisella. »Jetzt trink erst mal.«

Carolino trank. Sogar ohne zu husten.

»Du auch«, sagte sie zu einem anderen Jungen, der still auf seinem Platz saß und zuschaute, wenn auch irgendwie anders als die restliche Meute.

»Den kannst du vergessen, das ist ein warmer Bruder«, erklärte Ettorino seiner Mutter abfällig. Er hatte inzwischen begriffen, wie seine Mutter sich an der Lehrerin rächen wollte, und die drei, vier Schlucke mit Amphetamin versetzter milchweißer Anis ließen ihn in Bewunderung erglühen. »Das ist Fiorello, unser Blümchen«, fügte er höhnisch lachend hinzu. Selbst er, der erste Vergewaltiger, konnte seinen Blick nicht von der Szene lösen, sondern starrte unverwandt auf die junge Lehrerin und ihren Schänder. Gerade war Benito Rossi an der Reihe, und er ließ seine Gewalttätigkeiten an dem, was von der gepeinigten Lehrerin noch übrig war, ungezügelt aus.

»Auch Invertierte haben ein Recht auf einen guten Schluck«, sagte Marisella hämisch und hielt Fiorello Grassi die Flasche hin. Fiorello hatte nichts mit den anderen gemein, gar nichts. Sein Vater war kein Dieb und seine Mutter keine Hure, er selbst war weder Syphilitiker noch Verbrecher. Auch war er noch nie in der Besserungsanstalt gewesen. Das Einzige, was ihn immer wieder Schwierigkeiten bereitete – und dafür konnte er ja schließlich nichts –, war seine sexuelle Vorliebe. Ein Krimineller aber war er nicht.

»Eine Dame hat dir etwas zu trinken angeboten, und deshalb trinkst du jetzt«, sagte Ettorino böse und musste bei dem für seine Mutter wohl nicht gerade zutreffenden Ausdruck »Dame« unwillkürlich lächeln. Er hatte Fiorello bei einem Ohr gepackt wie einen störrischen Schüler und zwang ihn aufzustehen. »Los, trink, Schwuli!«

Fiorello Grassi grauste es vor körperlicher Gewalt, und so nahm er die Flasche und setzte sie an die Lippen. Er musste furchtbar husten, doch Ettorino zwang ihn, noch einmal zu trinken.

»Kommt, Kinderchen, trinkt!« Marisella war vollkommen außer sich. Mit der Sonnenbrille auf der Nase, in den dunkelblauen Mantel gehüllt und die Flasche in der Hand, lief sie über den Schauplatz der feigen, schändlichen Tat, die sie ersonnen und organisiert hatte, indem sie diese sowieso schon triebhaften Jungen in eine Meute Bestien verwandelte. Jedem Einzelnen gab sie zu trinken. Sie bot den milchweißen Anis Federico dell'Angeletto an, der bereits betrunken zur Schule gekommen war, und dem finsteren dreizehnjährigen Carletto Attoso, der den Alkohol brauchte, um sich erneut und mit frischer Kraft auf die Lehrerin zu stürzen, die er genauso abgründig hasste wie jede Autorität, jedes Gesetz, jede Regel.

Dann reichte sie den Schnaps zwei weiteren jungen Helden: Paolino Bovato, dem Junkie, und Michele Castello, der es schon lange auf die junge Lehrerin abgesehen hatte und seine schmutzigen Phantasien nun endlich ausleben konnte. Da stand er und trank mit breitem Grinsen, und während er darauf wartete, noch einmal an die Reihe zu kommen, sah er mit der Flasche in der Hand, und manchmal durch ihr grünes Glas hindurch, auf seine junge Lehrerin hinab, die sich unter dem jeweiligen Vergewaltiger wand, auch wenn diese Bewegung kein Ausdruck von Widerstand oder Hoffnung mehr war, sondern nur noch eine mechanische Reaktion auf die bestialischen Qualen, die sie erlitt. Ohne den Blick von der Szene abzuwenden, gab er Ettorinos Mutter die Flasche zurück. Ein dünnes Rinnsaal Anis floss ihm aus dem Mundwinkel.

Fiebrig fuhr Marisella Domenici fort, mit der Flasche durch die Klasse zu gehen, um die Jungen mit Unterstützung ihres Sohnes und mithilfe des Alkohols immer wieder neu anzustacheln, bis auch der Schüchternste und Nüchternste unter ihnen restlos die Kontrolle verlor. Sie war es, die damit begann, Obszönitäten an die Tafel zu kritzeln; sie war es, die den Strumpf der Lehrerin zwischen den Tischen spannte, die Jugendlichen ermunterte, darüber zu springen, und jedem, er es schaffte, noch einen Schluck Anis versprach; und sie war es auch, die den sechzehnjährigen Silvano Marcelli, auch er ein Sohn anständiger Eltern, aufhielt, als er nach oben auf die Toilette gehen wollte. »Bist du verrückt? Wenn du jemanden triffst, ist es aus! Mach doch einfach hier in die Ecke.« Sie war es, die die Jungen mehrmals anhielt, nicht so laut zu sein, und sie war es auch, die der Lehrerin schließlich den Schal aus dem Mund zog, da sie wusste, dass sie nun keine Kraft mehr besaß zu schreien oder zu stöhnen. Und so steckte sie den mit Blut und Speichel besudelten Schal wieder in die Tasche, damit auch ja keine Spur von ihr zurückblieb.

Sie war es, die endlich – als die Flasche leer war und selbst die Wildesten dieser entfesselten Meute auf dem Boden saßen und wie in Trance um sich blickten – anordnete, dass es nun Zeit sei aufzubrechen und nach Hause schlafen zu gehen. Geduldig schärfte sie ihnen ein, jeder Einzelne müsse der Polizei sagen, er sei es nicht gewesen, sondern die anderen, denn nur mit dieser Ausrede könnten sie ihre Haut retten. Ihr Sohn Ettorino fügte mit der leeren Flasche Anis in der Hand hinzu, falls jemand es wagte, seine Mutter zu verraten und ihren Namen zu nennen, werde er den Verräter mit eigenen Händen in Stücke reißen. Doch diese Drohung war im Grunde überflüssig: Die Schüler besaßen nicht einen Hauch von Sympathie für die Polizei und waren nur zu bereit, auch das scheußlichste Verbrechen zu decken, einfach um ihr und dem Gesetz ein Schnippchen zu schlagen.

Und sie war es, Marisella, die, bevor sie mit den Schülern das Klassenzimmer A verließ, noch einmal auf die Reste des menschlichen Wesens hinabschaute, gegen das sie ihre Rache entfesselt hatte und das nur noch schwach zuckte. Nur ein Arm schob sich plötzlich ganz langsam über den Boden in dem sinnlosen Versuch, ihren Körper aufzurichten. Diese Reste einer menschlichen Kreatur, die nur noch stimmlos stöhnte, waren ihr Triumph, und den besiegelte sie nun dadurch, dass sie der Lehrerin Matilde Crescenzaghi mit voller Wucht ins Geschlecht trat und damit eine Blutung auslöste, die, wie der Arzt festgestellt hatte, schließlich zum Tode führte – genau, wie sie gehofft hatte.

Carolino war nicht gerade ein begnadeter Redner, aber er hatte alles mit peinlicher Genauigkeit und zahlreichen Einzelheiten erzählt.

Duca erhob sich schweigend. Auch Livia stand auf, blass vor Übelkeit und gelähmt von den schrecklichen Bildern, die ihren Geist nicht mehr losließen. Auch Mascaranti war speiübel. Er erhob sich und klappte seinen Stenoblock zu.

»Danke«, sagte Duca leise und legte eine Hand auf Carolinos Stirn.

»Ich will nicht wieder ins Beccaria«, bat Carolino. Deswegen hatte er ausgepackt, weil er hoffte, dass die Polizei, dass dieser freundliche Polizist, der ihm gerade über die Stirn strich, ihn nicht wieder ins Heim schickte.

»Du musst nicht mehr zurück«, beschwichtigte ihn Duca. Er

strich ihm noch einmal über die Haare. »Das schwöre ich dir.« Noch nie in seinem Leben hatte er zu jemandem gesagt: »Das schwöre ich dir« oder »Ehrenwort«. Noch nicht einmal »Versprochen«. Aber jetzt kam dieser Satz ganz spontan heraus: »Das schwöre ich dir.«

8

»Wir müssen diese Frau unbedingt finden«, sagte Carrua. Auch ihm war ein wenig übel nach der Lektüre von Carolinos Bericht, den Mascaranti mitgeschrieben hatte. Massaker ist nicht gleich Massaker. Im Krieg war er in Russland gewesen und hatte grausame Schlachten miterlebt, bei denen viel mehr Menschen ums Leben gekommen waren als hier, wo nur eine einzige Frau ermordet wurde, nämlich die junge Lehrerin Matilde Crescenzaghi. Aber irgendwie war bei einem Massaker wohl nicht die Anzahl der Opfer das Entscheidende, sondern der Gedanke, der dahinter steckte. Und diese Frau, Marisella Domenici, war das teuflischste Wesen, von dem er je gehört hatte. Übertroffen wurde sie vielleicht nur von Ilse Koch, der Hyäne von Buchenwald, die sich im Krieg Lampenschirme aus der Haut jüdischer Mädchen hatte anfertigen lassen. »Du bekommst Leute und Mittel, so viel du willst – Hauptsache, du findest diese Frau so bald wie möglich.«

In dem alten, stickigen Büro war es Nacht geworden. Müde und unglücklich lehnte Duca in dem großen Sessel vor Carruas Schreibtisch.

»Ich rede mit dir, Duca«, sagte Carrua, sichtlich um Geduld bemüht.

»Ja, ich weiß«, erwiderte er.

»Dann antworte mir bitte.«

Duca richtete sich ein wenig in dem Sessel auf. »Warum willst du diese Frau schnappen? Es hat doch überhaupt keinen Sinn, nach ihr zu fahnden.«

»Wie bitte?«, fragte Carrua gereizt. »Soll ich sie etwa frei durch ganz Norditalien spazieren lassen und so tun, als gäbe es sie gar nicht?«

Duca nickte. Carrua zwang sich zur Ruhe. Dass sie allein im Büro waren, war ja kein Grund herumzubrüllen in dieser ungewöhnlichen Mailänder Nacht, halb Winter, halb Frühling, in der man mal das Fenster öffnete und dann wieder den Elektroofen anschaltete, denn die Zentralheizung war kaputt. Also brüllte er nicht, sondern bemerkte mit leiser, bebender Stimme: »Duca, hör auf mit dem Quatsch. Diese Frau hat eine unfassbare, bestialische Tat begangen. Sie ist eine Bestie, und wir müssen sie so bald wie möglich verhaften!«

»Nein«, widersprach Duca, »*du* willst sie vielleicht verhaften. Ich nicht!« Er stand auf. Auch er hätte am liebsten laut gebrüllt, so aufgebracht war er. Nein, es war nicht einfach, ehrlich zu sein. »Ich will ihre Verhaftung nicht. Ich will ihren Tod!« Er drehte sich um und blickte Carrua an. »Du weißt doch, was passiert, wenn wir Marisella Domenici verhaften, oder? Erst kommt der Untersuchungsrichter, und dann erscheinen die Anwälte. Und die haben nur eins im Sinn: ihre Mandantin als unzurechnungsfähig hinzustellen. Schwer wird ihnen das nicht fallen, denn nur eine Wahnsinnige kann solch ein Gemetzel in einem Klassenzimmer anrichten, eine drogenabhängige, syphilitische Verrückte. Marisella Domenici wird am Ende mit dem Irrenhaus davonkommen. Lange wird sie da jedoch nicht bleiben, denn die Irrenhäuser sind überfüllt, und es wird dringend Platz für die wirklich gefährlichen Irren gebraucht. Die weniger Schlimmen schickt man deshalb nach Hause. Und so ist die

Urheberin dieser Wahnsinnstat sicher in spätestens sieben, acht Jahren wieder auf freiem Fuß.« Duca ließ sich erneut in den Sessel vor dem Schreibtisch fallen. »Eine unschuldige junge Lehrerin hingegen liegt nach einem grausamen Tod für immer unter der Erde, und elf Jungen, die auch vorher schon zum Abschaum Mailands zählten, sind durch die schreckliche Lektion Sadismus, die Marisella ihnen erteilt hat, noch ein wenig unmenschlicher geworden. Und du willst dieses Ungeheuer nur verhaften! Tu, was du nicht lassen kannst! Aber ohne mich.«

Carrua antwortete ungewöhnlich ruhig. »Ja, ich will sie verhaften. Mein Beruf ist es, Diebe und Delinquenten zu verhaften, und darum verhafte ich sie. Aber selbst wenn ich diese Frau umbringen wollte – und wenn ich es mir genau überlege, dann hätte ich schon Lust dazu –, macht das unsere arme Lehrerin auch nicht wieder lebendig.«

Heftig – vielleicht war er einfach zu angespannt, um höflich zu sein – antwortete Duca: »Erzähl das allen möglichen Komitees gegen die Todesstrafe, aber nicht mir!«

»Gut, dann halte ich jetzt keine Reden mehr, sondern bitte dich stattdessen um einen Gefallen: Sag mir, was du an meiner Stelle tun würdest, um diese Frau zu finden und sie dem Gericht zu übergeben.«

Das Schöne war, dass man mit Carrua immer reden konnte, und zwar ganz offen und ehrlich. »Das will ich dir sagen: Ich würde gar nichts tun, um sie zu finden. Ich würde nicht mal den größten Trottel des ganzen Kommissariats dafür abkommandieren. Ich würde kein einziges Telefonat verschwenden, und wenn ich ihr auf der Straße begegnete, würde ich ihr nicht einmal folgen, im Gegenteil: Ich würde auf die andere Straßenseite hinüberwechseln.«

Carrua starrte ihn an. »Ich fürchte, im Irrenhaus landest am Ende du.« Doch das sagte er nur so dahin – im Grunde wusste er, dass Duca es ernst meinte und dass es sich lohnte, seinem Gedankengang zu folgen.

»Überleg doch mal, was passiert ist.« Ducas Stimme wurde noch leiser. »Ein niedergestochener Minderjähriger hat uns erzählt, wie eine Meute durchgedrehter Schüler ihre junge Lehrerin geschändet und abgeschlachtet hat. Das brauchen wir doch nur öffentlich zu machen. Wir berufen eine Pressekonferenz ein, erzählen, was geschehen ist, geben den Journalisten ein Foto von Marisella Domenici, denken uns eine griffige Schlagzeile aus wie *Hyäne in der Abendschule* und, vor allem, sagen ihnen die Wahrheit, die ganze Wahrheit, all das, was Carolino uns erzählt hat, in allen Einzelheiten, auch den schlimmsten. Die Leute müssen wissen, dass hier nicht einfach ein besonders brutales Verbrechen begangen worden ist, sondern dass es eine monströse, entsetzliche Tat war, die nach Bestrafung schreit. Du weißt doch, wie man das heutzutage nennt? Die öffentliche Meinung mobilisieren. Die Leute sollen alle Einzelheiten erfahren – nicht nur ich, du, Mascaranti und der Anatom des Leichenschauhauses, sondern alle.«

Carrua deutete ein Nicken an. »Du hast Recht, das werde ich tun. Morgen früh um acht werde ich eine Pressekonferenz einberufen. Aber dann? Damit haben wir diese Frau doch noch nicht verhaftet. Oder was denkst du? Dass du die Leute so aufbringen kannst, dass sie sie lynchen, sobald sie ihr über den Weg laufen?«

Duca lächelte. Auf ihn wirkte Carruas Erregung fast beruhigend. »Nein, nein, ich will keine Lynchjustiz.«

»Sondern? Was erhoffst du dir dann von so einer Pressekonferenz und ein paar Artikeln in der Zeitung?«

»Ich bin Arzt«, antwortete Duca. »Ich habe eine Reihe rauschgiftsüchtiger, sadistischer Frauen kennen gelernt. Überleg doch mal, was in Marisella Domenici vorgehen wird, wenn sie liest, dass sie entlarvt ist, dass Carolino ausgepackt hat, und zwar in allen Einzelheiten: Wie sie der Lehrerin die Kleider vom Leib gerissen hat; wie sie ihre Vergewaltigung eingeleitet hat, und zwar durch ihren Sohn – ihren eigenen Sohn! Wie sie diese jungen Delinquenten angestachelt hat, mit Worten und diesem Höllentrank; wie sie die Schandtat wochen- und monatelang geplant und die arme junge Frau am Ende mit einem bestialischen Tritt endgültig ins Jenseits befördert hat. Was meinst du wohl, was in ihr vorgehen wird, wenn sie das alles in der Zeitung liest?«

Carrua antwortete nicht.

»Überleg doch mal: Sie ist eine alte, rauschgiftsüchtige, von der Syphilis zerstörte Frau, die sich einsam fühlt, weil ihr Mann und Zuhälter nicht mehr lebt. Nie hat sie damit gerechnet, dass die ganze Geschichte herauskommen würde. Du weißt doch, dieses Gesindel hofft immer, mit heiler Haut davonzukommen. Was, meinst du, tut sie, wenn sie aus der Zeitung erfährt, dass die Polizei alles weiß? Dass sie keine reelle Fluchtchance mehr hat, sondern früher oder später gefasst werden wird? Dass sie nicht mehr frei herumlaufen kann, um sich ihre Drogen zu besorgen? Was, meinst du, wird sie tun?«

Carrua hatte begriffen. »Sie wird sich umbringen.«

»Eben. Irgendwann wird man sie irgendwo mit Schlafmitteln voll gestopft finden. Oder sie stürzt sich von einem Hochhaus. Wir brauchen sie gar nicht zu suchen. Wir brauchen keinen Finger zu rühren: Sie wird sich ihr Grab selber schaufeln.«

Carrua erhob sich. »Und wenn sie sich wirklich umbringt? Wenn sie das tut, bevor ich sie verhaften kann – bist du dann zufrieden?«

Duca blickte ihn direkt an. »Ja«, antwortete er. Wenn selbst Carrua ihn nicht verstand, wer sollte ihn dann verstehen? Natürlich wünschte er eigentlich niemandem den Tod, nicht einmal dem schlimmsten Gewalttäter. Aber es konnte auch nicht angehen, dass eine so abscheuliche Mörderin am Leben blieb und vielleicht sogar noch weitere Untaten verübte. »Ja, ich glaube schon. Aber wirklich sicher bin ich mir dessen nicht.«

»Na, das kannst du mir ein anderes Mal erklären. Jetzt ist es besser, du gehst schlafen«, erwiderte Carrua.

9

Sie las die Zeitung im Auto. Erst entdeckte sie ein großes Foto von sich selbst, dann las sie die Überschrift und schließlich, wenn auch mit großer Mühe, den Text. Sie saß in einem kleinen Mietauto, und ihre erste Reaktion war nicht etwa Angst, sondern Ärger. Wo sollte sie übernachten? Woher würde sie ihre Pillen und Pulver beziehen?

Ihr Name stand in riesigen Lettern in jeder Zeitung. Gut versteckt hinter ihrer dunklen Brille und eingehüllt in ihren roten Pelzmantel, so ganz anders als diese blasse Person ohne Brille auf dem Foto, war sie an jedem Kiosk ausgestiegen, an dem sie vorbeikam, und hatte sich immer wieder andere Zeitungen besorgt. Jetzt, wo ihr Name aller Welt bekannt war, würden ihre Freunde sicher nicht den Mut aufbringen, ihr zu helfen. Nach Francones Tod waren ihr sowieso nicht viele geblieben, da sie kaum Geld besaß, sie bei Laune zu halten.

Es war kurz nach neun. Die Nacht war dunkel, und in der Gegend von Sesto, wohin sie sich instinktiv geflüchtet hatte, um die Zeitungen zu studieren, war es besonders düster. Nach dem ersten Anflug von Ärger stieg Angst in ihr auf. Sie wurde von der Polizei gesucht, und jeder, der die Zeitungen gelesen und die Fotografie betrachtet hatte, musste sie hassen und war vielleicht sogar bereit, sie zu verfolgen und zu lynchen.

Doch diese Angst währte nicht lange. Ihre Gedanken waren klar, und so wurde sie sich bewusst, dass sie von der Polizei und dem Gesetz im Grunde nicht viel zu befürchten hatte. Sie würden sie verhaften und ins Irrenhaus schicken, doch lange würde sie da nicht bleiben müssen. Man hatte schon viel schlimmere Verrückte entlassen, und früher oder später käme auch sie wieder frei. Diese Perspektive schreckte sie also nicht wirklich.

Was sie hingegen in nackte Panik versetzte, war, dass sie nur noch ein paar Gramm von ihrem Pulver in der Handtasche hatte. Im Knast oder in der Klapsmühle würde sie nichts mehr bekommen. Das würde Entzug bedeuten, ob sie wollte oder nicht. Monatelang würde sie Höhlenqualen leiden. Schließlich würde sie clean sein, aber auch körperlich und seelisch am Ende.

Da saß sie in ihrem Auto in einem dunklen, einsamen Winkel der Mailänder Peripherie, und ihre Gedanken kreisten immer wieder um diesen einen Punkt. Es war ihre Art, die Dinge immer kühl zu überdenken, egal, in welcher Situation sie sich befand, und so wurde ihr jetzt klar, dass sie keine Kraft mehr besaß zu leben, dass sie am Ende war. Seit Francones Tod hatte sie sich nur mühsam durchgeschlagen, ohne die geringste Lebenslust, und nur deshalb durchgehalten, weil sie immer wieder ihr Pulver nahm und manchmal auch ein wenig Gesellschaft hatte. Jetzt aber, nach all diesen Schlagzeilen, würde sie keine Freunde mehr haben und auch keine Drogen. Und die Kraft, ständig auf der Flucht zu sein, wie ein gehetztes Wild, hatte sie auch nicht.

Eigentlich wollte sie nicht sofort sterben. Erst würde sie die letzten Gramm Rauschgift verbrauchen und dann, wenn sie wieder auftauchen würde aus den Halluzinationen, würde sie weitersehen. Doch schon einen Augenblick später beschloss sie, dass es besser sei, gleich Schluss zu machen, denn einen Ausweg gab es nicht. Und so ließ sie ruhig und mit kühlem Kopf den Motor an und fuhr langsam auf die große Landstraße nach Monza zu, die wie ein leuchtender Streifen aussah, auf dem die Scheinwerfer der Autos, Busse und Lastwagen ein bewegtes Band bildeten. Vorsichtig schwenkte sie von der parallel verlaufenden Nebenstraße auf die Hauptstraße Richtung Monza ein. Der Verkehr ebbte inzwischen ein bisschen ab, und so konnte sie ihre Geschwindigkeit immer weiter erhöhen. Sie bremste auch nicht ab, als sie auf der Gegenfahrbahn plötzlich einen großen Bus herankommen sah, im Gegenteil, sie beschleunigte sogar noch, riss dann das Steuer herum und fuhr mit voller Absicht in die blendenden Lichter.

Nicht einmal eine Stunde später war Duca im Krankenhaus. Die Straßenpolizei hatte das Kommissariat über ihren »Unfall« informiert. Als Duca eintraf, befand sich Marisella Domenici noch im OP, aber ein Assistent, der gerade herauskam, um eine Zigarette zu rauchen, teilte ihm ein paar Einzelheiten mit. »Das Auto war nur noch ein Haufen Schrott. Es ist mir ein Rätsel, wie sie die Frau überhaupt da rausziehen konnten. Und dabei ist sie mit zwei gebrochenen Rippen und einer Fraktur des Handgelenks davongekommen. Unglaublich!«

»Ist sie in Lebensgefahr?«, fragte Duca, obwohl er als Arzt genau wusste, dass das eine dumme Frage war.

»Wie soll sie denn mit zwei gebrochenen Rippen in Lebensgefahr sein? Die wird Sie und mich locker überleben.«

Duca verließ das Krankenhaus und stieg ins Auto. »Zu Carrua«, sagte er.

Livia legte den Gang ein. »Ist sie tot?«

»Nein, sie lebt. Hat nur zwei gebrochene Rippen.«

Denselben Satz wiederholte er Carrua, als er im Kommissariat eintraf. »Sie lebt, hat nur zwei gebrochene Rippen. Jetzt kannst du sie verhaften.«

Carrua sah ihn prüfend an und fragte dann geradeheraus: »Du hättest es vorgezogen, wenn sie gestorben wäre, nicht?«

Duca nickte. Doch dann fügte er leise hinzu: »Jedenfalls dachte ich das vorher, als ich noch nichts von dem Unfall wusste.«

»Und jetzt?«, hakte Carrua nach.

Aufrichtig erwiderte Duca: »Vorhin, als ich ins Krankenhaus fuhr, habe ich begonnen zu hoffen, dass sie überlebt hat.«

Carrua lachte kurz auf. »Warum denn das?«

Obwohl er scherzte, antwortete Duca ernst: »Ich weiß es nicht.«

»Dann bist du also jetzt froh, dass sie lebt?«, fragte Carrua väterlich. Er spaßte nun nicht mehr.

»Ich weiß nicht. Vielleicht.«

Duca ging. Wieder stieg er neben Livia ins Auto. »Lass uns irgendwohin fahren, egal, wohin, Hauptsache ohne Ziel«, sagte er. Er legte ihr den Arm um die Schultern. Eine Frage rumorte in seinem Kopf und machte ihn ganz nervös: Warum sollte er froh darüber sein, dass eine grausame Mörderin wie diese Frau nicht gestorben war, sondern lebte? Warum sollte er froh darüber sein, dass sie nicht für immer vom Antlitz der Erde verschwunden war, sondern weiterhin auf ihr wandelte? Warum?

Vielleicht sollte er Livia fragen, Livia Ussaro, seine ganz private Minerva. »Das ist doch ganz klar...«, hub sie an. Sicher würde sie eine überzeugende Antwort parat haben.